世界探偵小説全集 30

救いの死

Death to the Rescue

ミルワード・ケネディ　横山啓明＝訳

国書刊行会

Death to the Rescue
by
Milward Kennedy
1931

アントニイ・バークリー殿

親愛なるアントニイへ

小説の技巧においてすでに名人の域に達している貴兄に対して、失礼を承知のうえでこのような駄文を寄せるのはなぜか、その理由を説明いたしましょう。

探偵小説の未来について、これまでもよく議論してきましたが、我々が自らに課した制約についてはすでに自明のことでありましょう。すなわち、フェアプレイの原則、探偵のつかんだ手がかりを読者に伏せておかない、「殺人光線」や「未知の毒」の使用および中国人を頻繁に登場させることは避ける、といった類のことです。また、いまひとつの関門、すなわち探偵のキャラクターという問題についても我々は充分承知しております。

読者はますます洗練されてきています。(紙の上での) 殺人が好きなことには変わりはないのですが、事件の捜査に素人の名探偵や私立探偵のしゃしゃり出る場がないことを知っているのです。ベイカー街の全盛はすでに過去のものとなりました。(探偵仕事にはもってこいの道具立ての) カントリーハウスでいけ好かないその家の主が殺されたときに、ちょうど素人探偵が客として招かれていたという話も、一回、せいぜい二回というのならまだしも、次から次へとこの手の本が出版されるとなると――？　そこで、作家としては、司祭や保険会社の調査員、弁護士、ジャーナリスト、要は、事件が起こったときにさりげなく登場させることのできる人物を探偵役に設定したくなるわけですが、これもすでに出尽くした感があります。なかでも始末が悪いのが警官を探偵役に設定することで、こうした警官は非常に変わり者であるとか、舌を巻くほどの切れ者であったりするのですが、どちらにしてもその存在が際立っているために、物語の構成上の面白さを弱めかねません。殺人の方法に関しては、さらに巧妙なやり方がたえず模索されています……。

貴兄は、殺人にいたるまでの「心の過程」を追求する新たな道を見いだされたようです。貴兄やセイヤーズ女史をはじめとする作家たちは、この新しい方向性を垣間見ることのできる優れた作品を発表しています。しかし――それは「推理（Detection）」から離れていくことになりはしないでしょうか？

本書は「推理」を主題とした小説で、それ以外の要素はほとんどありません。「探偵」はまったくの素人で、「ふぐの毒」の知識もなければ、「指紋」、「葉巻の灰」についての専門的な知識もありませんし、またここには手に汗握る追跡劇も、迫り来る狂気や無実の者に絞首台の影が延びていくサスペンスもありません。それどころか、真相が明かされるかなり前に、読者はすでに結末を見越していることになるでしょう。

しかし、著者としては、「推理じたいを物語のモチーフにすることはできるか」という問いに対して、この小説が答えを出しているとは思っておりません。貴兄なら、この問いに「イエス」という解答を与えてくれる作品を発表してくれるのではないでしょうか。

貴兄の変わらぬ友なる
ミルワード・ケネディ

救いの死　目次

救いの死

主な登場人物

グレゴリー・エイマー……………………裕福な地主。フェアローン邸の主
モートン…………………………………その隣人。マッチングズ邸の主
ボウ・ビーヴァー………………………映画俳優
グラディス・レン………………………ビーヴァーの秘書
オーヴァバリー…………………………同
ジェームズ・ソロルド…………………ビーヴァーのボディガード
オードリー・エムワース………………エイマーの秘書
ジョイス・ウィロビー…………………ジョージと竜亭の娘
トム・バーチェル………………………ジョイスの恋人
ヒルグローヴ……………………………弁護士事務所の青年
エリザベス・モートン…………………元女優の中年女
ヘンリー・モートン……………………その息子
ハロルド・モートン……………………同
ギャリー・ブーン………………………舞台俳優
ハロルド・イーストン…………………名家の息子
ホーキンズ………………………………警視

第一部　グレゴリー・エイマーの手記

第一章　いかにして手記を綴ることになったか

この事件に関わりを持つようになった経緯《いきさつ》を語るにあたり、まずは、わたし、グレゴリー・エイマーについて簡単に触れておく必要があるだろう。いや、事件との関わりというよりも、（月並みな表現ではあるが）「スコットランド・ヤードを手玉に取った」とおぼしきふたつの事件の真相を手記に綴るようになった経緯、と言った方がよいかもしれない。とはいえ、懇意にしている人たちならば、わたしに自画自賛するつもりなどないことは請け合ってくれるだろう。ありがたいことに、些細なことで手前味噌を並べるのは、わたしの性分ではないのだ。

わたしのように十六歳にしてひとり世の中に放り出され、しかも経済的にはなにひとつ不自由のないほどの財産を相続した若者なら（もちろん、わたしの場合は三十年以上も昔のことで、今日《こんにち》のけしからぬ税制のおかげで、暮らし向きは裕福というにはほど遠いが）、つまり、若い人たちが、わたしと同じ立場に立ったなら、たいてい気ままな道楽生活に身を任せるのではないだろうか。たしかに、わたしは狩猟のような趣味は持たなかった——乗馬の腕はかなりのものだという評判はとったものの、かねてから狩猟は残酷な趣味だと思っていた――それでもやはり、ケンブリッジ大学に入学するや、世の中のためになるような目的を持ち、生産的な活動に従事する道を模索しなければならないと悟ったのは、今にして思えば嬉しいことだ。わたしは孤児であったうえに近しい間柄と呼べる人もひとりとしてなく、後見人でさえわたしが成年に達するとすぐにこの世を去ってしまった。

もちろん、その気になれば身を固め、西部地方の地所を管理して暮らすこともできたのだが、わたしのような立場にある者は注意が必要だ。若い頃も、裕福とまではいかなくとも暮らし向きはよく、結婚には悪くない相手《パルティ》であったが、社交で頭がいっぱいの野心的な妻にそそのかされて、いつの間にか偽善的で潤いのない生活にどっぷりと浸かっていたということだけは避けたかった。しかも、地所の管理では、収入よりも支出の方が多いことにも、ごく若いうちに気がついた。もしそれが使用人の解雇につながるような問題であったなら、わたしはいかなる犠牲を払おうとも、自分の義務をまっとうしたであろう。それにしても、身代を築き上げた商店主が、土地を所有することにご執心なのは今も昔も同じで、わたしも地所の大半をこうした成功した商人たちに売って、わたしと、(そう信じているのだが)借地人のために大きな利を得ることができたのであった。当然、わたしは世故にもたけていたので、そう安々と商人たちの貪欲な毒牙にかかるわけがなかったし、また、地元の食料雑貨店ではなく、ロンドンで買い物をすることで、地元の世論を無視することになりはすまいかと怖じ気づくような人間でもなかった。引退した商人のほうが好い買い手であったことは確かである。

要するに有効に活用できる資産を増やしたわけで、責任を逃れるために地所を売ったのではないかという狭量な人たちの非難が聞こえてきそうだが、これに対しては、大局的に見ればもっとも国のためになるところ――国債あるいは鉄道やそれに類した事業など――に投資したのだと切り返しておこう。もっとも利益はほとんどないのが実状である。投資家にはそれ相応の見返りが必要であるという声は、きょうび、とんと耳にしないように思うが、こちらは全財産を失う危険を冒しているのだ、特に、ゼネストの時などは……。

いやいや、政治の話はやめておこう。ともかくわたしは、グレイハーストという静かな村に自分の屋敷――フェアローン――を手に入れ、自活していくに足る、ほどよい資産を持った男として相応の生活を送り、小さな地域社会の一員となって自分の役割を精一杯つとめるよう意を砕くことになった。

グレイハーストの人たちが暖かくわたしを受け入れてくれたことは、移り住んだその日からはっきりと分かった。嬉しいことに、それはわたしの金のためではなかった――裕福だと思った向きもあったようで、実に退屈な老婦人（ミセス・エルダーとかいうご婦人で、すでに故人。相手を辟易させる人であったことは、彼女の妹もそれとなく認めてくれた）が、教会に新しいオルガンを寄進してくれないかと持ちかけてきた。わたしはただちにその噂をしりぞけた。ミセス・エルダーや教区牧師といった人たちに、自分がそれほどの金持ちではないことを力説し、十ギニーの寄付金を寄せた人たちの名簿の筆頭に名前を載せることができたのも、身を削る思いをした結果なのだということを、ようやく分かってもらえた。資力の許す限りという条件つきではあるものの、根っからの寛大な人間であること――金銭的な面だけでなく奉仕活動も進んで引き受けることも強調しておいた。たとえば、わたしは教会の専用席をいつも予約しているにもかかわらず、日曜日にはオルガン奏者の代理を務めることが多かった。しかも、音楽家としてわたしは並々ならぬ才能の持ち主なのだ。音楽家にとって村の聖歌隊でオルガンを弾くことは……。

また、クリケット・クラブの例もある。クリケットにはまったく興味がなかったが、クラブの副会長として寄付を惜しまないばかりか、グラウンドに隣接した我が敷地内の小さな放牧場にテントを張ることも、快く聞き入れてきた。

こう書き連ねるのも例をあげただけのことで他意はない。グレイハーストに移り住んでから、村の生活のあらゆる面に関わるようにしてきたが、わたしの趣味にもっとも合った活動に身を入れてきたのは当然のことである。男声合唱団「グリー・ソサイアティ」はわたしが後押ししなければ、あってなきがごとし、また、情報誌としての色彩の強い評論雑誌を月一回発行する小さな「サークル」――「クラブ」と呼ぶべきものではない――もあれば、婦人会や村の公会堂で開かれる講演会は、その質の高さや興味の深さにおいて、グレイハーストのような村のレベルをはるかに凌駕していると自負している。

以上はもちろん、どちらかと言えば公的な活動の例である。こうした活動で一層重要なことは、人々に影響を与えることができるか、率直に言えば、人々を教化する人物になりえるか、ということである。わたしは、少なくとも月一回、気の置けない人たちを集めて小規模な夕食会を開いているのだが、たまたま耳に挟んだところによると、それがなにやら名誉ある会で、客人に栄誉を与えるものと思われているらしいのだ。わたしのような男は、村の外の世界、つまり政治や芸術、科学思想の潮流にも自然と通じているものである。その上、画家や彫刻家、作家にも知己が多く、また新たに知り合うようにもなる。彼ら芸術家にとって、静かな数日を田園で送ることは、つねに変わらぬ喜びなのだ。わたしはたんなる肉体的な安らぎには食指が動かないのだが、多くの人にとって魅力的であることは承知しており、フェアローンをくつろぎの宿として提供してきたと思っている。

つまり、わたしは、静かな村とより広い外の世界の橋渡し役となったのだ――ヴォルテールはパリの知識人にジュラ山脈の静かなたたずまいの息吹を伝え、地方の名士やご婦人方には日進月歩の都会の刺激的な熱気《サブソン》を吹き込んで、フェルネーとパリの橋渡し役をしたが、わたしの役目もそれに似ている。とはいえ、もちろんわたしはヴォルテールたらんとしているわけではない。

こうして程なく――ごく自然に、と思うのだが――わたしは美の審判者《アルビトレ・エレガンティウム》とみなされるようになり、さらには優美な趣味の領域を超えた難しい問題も、わたしのところへ持ち込まれるようになった。優れた審美眼を持っていればその分野で判断を誤ることはないが、まったく現実的な問題となると、ことは容易には運ばない。考古学的な問題から――つい最近、住宅を建てようと基礎工事をしていたところ、土中からローマ時代のコインが数枚発見された――一番よい調理用石油レンジは何かといった現代的な問題まで、知らないものはないと村人から当てにされているのである。

とはいえ都合のよいことに、こうした問題に答えるのはわたしの性に合っている――天性という人もいる――、特にどこを捜せば答えを見つけ出すことができるのか、生まれつきの嗅覚を持ち合わせているのだ。これが高じてわたしは、いろいろな新聞の常連寄稿者になってしまった。新聞の投書欄にはさまざまな出来事の起こった日付やら、各種引用文の出典を問い合わせる手紙が、数多く寄せられているが、それに対する解答がまったく追いついていない現状に気がつき、答えを寄せることはできないかと考えてみたのだった。つまりは、生来の好みが満たされたわけで、「業務」も堅実な伸びを示すようになり、今では問い合わせの数はかなりの件数に上ってますます増え続け、国中から——実際、遙かアメリカから来るものもある——相談の手紙が寄せられている。秘書を雇おうかと真剣に考えたことも一度ならずあるが、男を雇うとなると我が家の慣わしにも村の生活にも簡単には馴染んでもらえないに違いなく、また、若い女性を雇い入れたら、非常に難しい立場に立たされることは目に見えている。近々そのような羽目に陥るかもしれない。実はずっと思っていたのだが——いや、これについては今は語るまい。

わたしのことを長々と書いてたいへん申し訳なく思っているが、これも自分の立場をはっきりさせておく必要があると考えたからだ。乱暴な言い方かもしれないが、明らかに職業といえるもの、弁護士や公務員のような専門職を手に入れたのである。そう、我が家の図書室は、難問の答えを探る手がかりとなる特別な「テーマ別インデックス」さえ備えている。こうした調査の仕事と精神的にバランスをとるため、とはいえ、調査の役にも立つわけだが、文学的、芸術的な活動にも力を入れており、そのために時には田舎の静かな隠遁生活をすてて、数日をロンドンで過ごさなければならないこともある。ロンドンでは最新のニュースを仕入れ、流行の芝居や映画——そう、最近の映画までも見て回る。かねてより時流には乗っているつもりで、「トーキー映画」でさえ芸術的な可能性を秘めているという説も認めるにやぶさかではない……。

長々とした自己紹介の落ち着く先がこれでお分かりだろう。ある週末、ロンドンにいたおかげで、そして日曜の午後を「ロンドン・シネマ・クラブ」で過ごしたおかげで、これまで持ち込まれた問題のなかでもとびきり興味深い一件に思いがけず、めぐり合うことになったのだ。

一九一二年、一三年、あるいはそれ以前の古い映画を見ることは、今日の映画を評価するうえで新鮮な判断基準を与えてくれる。クラブの会員に推してくれた古い友人ジョージ・ミラーには心から感謝しているが、ミラーが会員になったのは、一般に上映するには「進歩的」すぎる映画を見たいからで、古い映画を見るためではないらしい。ある日曜日、確かに一般向けの上映には不適切な、この上なく破壊的なロシア映画が上映され、それに続いて併映されたのがある俳優の主演作で、その男の名前はかすかに聞き覚えていた程度で作品を見るのは初めてだった。映画に興味を持つようになったのは比較的最近のことだとお断りしておく。昔の映画は芸術的な魅力に欠けていたからだ。当然、例外の作品もあり、この日見たのもそうした一作だった。ここに登場するのが、色男《いろおとこ》ボウ・ビーヴァーというばかげた名前の俳優で、確かな演技力の持ち主であると同時に軽業師でもあり、その大胆で危険な演技には思わず息をのむほどであった。うろ覚えながら、以前、その評判を耳にしたような気もする。しかし、顔となるとそれ以上に漠然としていて、どうもはっきりとしない。

いや、目もくらむような芸当には「からくり」があるにちがいない。配られたパンフレットを読むと、数ある芸当のうちには、ボウ・ビーヴァーの製作した最後の作品で披露した曲芸、つまり、ピカデリー通りに張ったワイアーの上を向こう側まで渡り、両腕で女を抱えながら戻ってくるというものがあった――そこには警官が待ちかまえていて、交通妨害を引き起こした廉《かど》で、召喚状を手渡されたというのである。ボウ・ビーヴァーは召喚には応じなかったようで、弁護士を通じて抗弁し、ロープはかなり高いところに張られていたので交通妨害にはあたらないとして、情状酌量を申し立てた。

しかし、わたしが興味を抱いたのは実はこのことではなかった。ある場面では繊細な演技を見せる男が、綱渡りの軽業師に要求される図太い神経をも併せ持つことができるという点に、わたしは驚いたのだ。曲芸シーンでは「代役」を立てていたと考えるのが妥当なのだろうが、パンフレットはそれも否定し、ピカデリーでの一件を報じた新聞記事を引用している。

「劇的な瞬間であった。ボウ・ビーヴァーが折り返して安全な屋根に近づいてきた時に、自分を捕まえようと待ちかまえている警官の姿が、突然目に入ったのである。しかし動揺することはなかった。足を止め、神経は細いワイアーに集めたままである。

『何事だい？　台本にはなかったようだが？』

『何でもないよ、ミスター・ビーヴァー』プロデューサーが答えた。『きみのせいで、人がわんさか押し掛けたということらしい。ま、早く退散したほうがよさそうだ』

『ああ、そんなことかい』ボウ・ビーヴァーはそう答えると、抱えていた女性をしっかりと屋根の上に立たせた。綱渡りの間、顔をビーヴァーの肩に押しつけていた女性は、屋根に降り立つと、腕を相手の腕に絡ませながら笑顔をこちらに向けた。

『お見事よ、ボウ。さあ、みんなに話して』

『家内です。数日前に結婚したんですよ』
ピカデリー通りの綱渡りにヒロインの女優が難色を示したために、ミスター・ビーヴァーは代役を立てることにし、この数秒の役に新婦を選んだという次第らしい。
『怖いなんて思いませんでした』ミセス・ビーヴァーは笑いながら言った。『より深い絆で結ばれたわけですもの』」

綱渡りをしたのはボウ・ビーヴァー自身であり、図太い神経の持ち主であることもこれで決定的となった。とはいえ、この時にはまだグレイハーストの午後のいっとき、おしゃべりの話題にでもなればという軽い気持ちだったので、劇場を出るときにふと小耳に挟んだ話から、あることに思い至らなければ、真剣に考えてみる気は起こらなかったにちがいない。

「本当に奇妙だと思いませんこと」二人連れの婦人のひとりが相手に話しかけた。「突然怖じ気づいてしまったんですもの。映画界から身を引いたのもそのせいだとにらんでおりますのよ。いつだったかしら、サウス・ロンドンで火事があったそうで、ボウ・ビーヴァーは――」

耳にしたのはそこまでだったが、この時どうしたことか、ふとボウ・ビーヴァーの顔に見覚えのある理由がわかった。ミスター・モートンに驚くほどよく似ているのだ。何を隠そう、ミスター・モートンはグレイハーストの我が隣人である。お世辞にも人付き合いがよいとはいえず、むしろ村の謎の人物である。

お茶を飲みにクラブへ向かう道すがら、わたしの胸が躍っていたことは容易に想像していただけるだろう。ミスター・モートンが人付き合いを避けているのなら、それはそれで、もちろん、こちらがとやかく言う筋合いのものではない。村の人たちともっと積極的に交際してもらおうと働きかけたことも一度ならずあったのだが、その時の態度ときたら——無愛想、むしろ無礼と言ってよいほどのものだった。神経が参ってしまったとはいえ、映画俳優以外の顔を持っていないのなら——そう、人付き合いをしない理由を一般に知られたからといって不都合はなかろう。ミスター・モートンとお近づきになる栄誉に浴せなくとも、別にわたしは何とも思わない。（もし、本当にモートンがビーヴァーだったとしたら）ボウ・ビーヴァーとして世に出る前は、どういう男だったのか？そして、豪胆をもって鳴る男が、突然、臆病風に吹かれたのは、本当のところ、なぜなのか？他の人たちから寄せられる山のような質問よりも、わたしはこの問題にはるかに興味をひかれた。

実を言うと、この調査にこれほどの時間がかかろうとは、夢にも思っていなかった。

第二章　身元を明かす手がかり

わたしがまったくなんの私心もなく調査を開始したことは、おいおい明らかとなろう。ここまでお読みになって、わたしに何らかの悪意があったと解釈されては困る。わたしは最後まで偏見のない態度——科学者の態度——を苦もなく貫き通したと、胸を張って言うことができる。

ボウ・ビーヴァーの映画を初めて見てからわずか二、三日後、調査計画の輪郭どころか方向性すら定まっていない頃、地元の食料雑貨店に立ち寄って、こまごまとした買物をしていると、男が入ってきた。顔を見ると、モートンであった。連れの女性はおそらく細君だろう。

ここで付言しておくと、モートン家がグレイハーストに住み始めて二、三年になる。彼らは、フェアローンの隣のマッチングズを購入したのだった。マッチングズはかつてはチューダー様式の農地付き邸宅で、たいそう古い屋敷だったが、新たに越してきたモートンはまったく現代風に改装してしまった。屋敷の原形をとどめぬほどの改装工事と、地元の業者に発注しなかったことで人々の注目を集め、憤りの声をあげる者もいた。それでも新たに住人が越してくることは、村にとって歓迎すべきことであった。

ところが意に反して、新たな住人は世捨て人のように暮らした。ほとんど姿を見せないのだ。マッチングズの敷地を囲む生け垣も、長年ほったらかしにされて繁り放題に繁り、見通しがきかなかった。

モートン家を最初に訪問したのは、もちろんわたしではない。わたしが訪問すれば彼らの人となりに「太鼓判を捺した」ことになり、つまり彼らを認め、受け入れたことを意味する。

たまたま耳にした話では、ミセス・エドワーズ——夫はサマセットハウス（ロンドン、テムズ川の河畔にある官庁用建物）で働いており、昔の事務官、現在の名称では確か、「上級公務員」である——が初めてモートン家を訪問したが留守だったという。といって気にとめる者などいるはずもなく、教区牧師が訪ねて留守だった時も、不審に思う者はいなかった。しかし、レディ・メアリー・エヴェレットをはじめとして、何人かの人たちが訪ねていっても、必ず「不在」なのであった。しかも、礼に答えて先方から訪ねてくることもなく、人々が憶測を交わしあうのは当然であった。

モートン家の人たちが文字通り姿を見せなかったというわけではない。買い物か何かの用で村に出てきた姿を見かけることもあれば、窓を閉め切ったモートン家の大型車が、道を走っていくのを見かけることもたびたびであった。運転手を抱えているのかどうかは定かではなかったが、身分のはっきりしない男をひとり雇っていた。秘書なのか、運転手なのか、あるいは両者を兼ねた仕事をしているのか。たいていの場合はこの男が車を運転していたが、制服を着ているわけではなかった。

使用人からもっと色々と聞き出せるのではないか（といって、わたし自身は使用人の噂話に耳を傾ける気はさらさらない）と思われるかもしれないが、マッチングズには三人のメイドがいるだけで、おまけにイギリス人はひとりもいない。これもまた、さまざまに人々の憶測を呼ぶところとなり、たまたま聞きかじったのだが、当然の成り行きとして、レディ・メアリーがその筋に話を持ち込んだらしい。ところが調査の結果、何ら不審な点はなかったという——レディ・メアリーの言葉を借りるなら、政府《ホワイトホール》に高い税金を払ったところで、ほとんどわたしたちの役には立ってくれないというわけだ。レディ・メアリーは、フランス人の侍女はもとよりドイツ人の住み込みの女家庭教師も雇っており、いっときは、厨房の手伝いをするノルウェー人の娘を置いていたこともあったが、これは身分上当然のことであり、明らかにモートン家とは事情が異なる。しかし、結局、モートン家は主にロンドンの大きな店で買い物をしているのだろうというところに意見は落ち着き、ほんの時たま、モートン夫妻あるいは車を運転している正体不明の人物が、村の店からひとつを選び出して買い物をするという栄誉を与えるが、食料品は別で、これは電話で注文する。

わたしも注意深く見比べて確かめてみたのだが、村の店のほうが安く手に入る品物もあり、こうした物は地元で買うことにしている。これは競争原理にのっとっただけのことだ。

教区牧師は、訪問の礼を返さないモートン夫妻を腹立たしく思っていたようである。ある日、郵便局から出てきて車へ歩いて行こうとするふたりをいきなり遮《さえぎ》り、教会に足を運んでほしい旨を伝えた。ミスター・モートンは礼儀正しく応じたようだが、教区牧師が納得しなかったのは当然のことである。というのも、恐縮至極だが自分も妻も教会に足を運ぶ習慣がなく、使用人も英国国教会の信者ではないという答えが返ってきたからである。かわいそうに教区牧師にはかなりこたえたようで、マッチングズの住人がイースターには気前良く奉納してくれると期待していなかったら、そうはにこやかにはしていられなかっただろう……

そんなことよりも、モートン夫妻と食料雑貨店で鉢合わせをした話である。わたしはふたりに気づいていない振りをしたが、注文をしながらカウンターの向こうにある鏡——ジェイズ・フルイド（英王室御用達の家庭用品会社）の広告用の鏡らしかった——になんとかして二人の姿を映そうと苦労していた。わたしは買い物の注文は自分ですることにしている——地元に貢献しているのはわたしであって、召使いではないことを確実に印象づけるためである。

ともかく、ミスター・モートンとボウ・ビーヴァーが同一人物であることは、ほぼ確実と思われた。もちろん、映画ではメーキャップをほどこしてずいぶんと印象が変わるが、顔かたちがよく似ている（歳月の経過は差し引いて）だけではなく、左のこめかみに一風変わったV字型の傷痕を認めることができたからだ。映画でその傷が見えたのをはっきりと覚えている。ピカデリー通りの綱渡りを終えて屋根に降り立ったボウ・ビーヴァーの顔が、大写しにされた時のことだ。

中肉中背の男で、整った顔立ちと言えなくもない。どこか秘密めいたところがあるというのがわたしの第一印象である。髪は黒で、こめかみのあたりは白いものが混じり、真っ黒な太い眉、半分閉じたような瞼の下で、黒い瞳がきらめいている。真一文字に結んだ唇は、今にも人を小馬鹿にした笑いにひきつりそうである。意志の強そうな顎の線、その青みを帯びた下顎のあたりを見れば見るほど、あの映画俳優であるとの確信が強くなる。スポーツマン・タイプである。ふと右手に目をやると手を握りしめるときに親指と人差し指の間の肉が盛り上がるのに気がついた。わたしは生まれつき観察力が鋭いとよく言われる。

鏡に女の方は映っていなかった――女がウィンドウの中をのぞき込んだ時に、わずかに横顔が見えた。少し位置を変えてもっとよく見ようとした――からだの位置をずらすと、ばつの悪いことに、鏡の中の男もこちらを見ており、その顔にきわめて失礼な笑いが浮かんでいるではないか。

「ビーヴァー」唐突にわたしは言った。

「何とおっしゃったんで？」当然、店の主人のエヴァンズは目を丸くした。しかし、とっさの機転は功を奏した。ミセス・モートンがいきなり振り向いたばかりか、ミスター・モートンまでが妻の方へ目を向けたのである。

「ビーヴァー」わたしは繰り返した。「そんな名前のビスケットがなかったかね――ロンドンで、この間、たしか、クラブで――」

気の毒なことをしたが、親切にもエヴァンズはカタログの束を調べ始めた。しかし、女の口からかすかな音――安堵のため息だろうか？――が漏れるのをわたしは聞き逃さなかった。できるだけ長い間、鏡から目をそらしておこうとつとめ、再び危険を冒して鏡の中の二人を見ようと思った矢先、後ろから声がした。

「綴りをお伝えした方がよろしいですわ、ミスター・エイマー。B-E-L-V-O-I-Rではなかったかしら」

これにはたいそう迷惑した。ミス・スメドリーが相当な身分の家柄であることは承知しているが、だからといって、ゴム底の靴を履いてもよいという理屈はない。好みではなく、経済的な理由からそうしていると認めているわけでもあるまいし。もちろんわたしは、挨拶用の笑みを浮かべながら振り向いた。彼女を傷つけたくはなかったし、夕食会に病気か何かで欠員が生じた時に急遽《きゅうきょ》声をかける客人としては、格好な相手だったからである。

「顎髭の店主相手に、なぞなぞをやっていたんじゃないのか」

顔が赤くなったのではないかと思う。人に当てつけを言うことほど無礼なことはない。しかも、モートンのような男がわたしに対してだ！　当然、無視した。モートンの方に目を向けたくはなかったが、女を見たいという気持ちもあり、少々困った。

女が笑うのが——くすくす笑うのが聞こえた。

「まあ、あなた。とにかく、一日中待っているわけにはいきませんから——」

おそらく夫を急き立てて店を出ていったのだろう。夫の言葉を恥ずかしく思うだけのたしなみを備えているのは何よりだ。わたしはふたりの後ろ姿を見送った。女のほうは、ほっそりとした気品の漂う後ろ姿とブロンドの髪が見えただけであった。どこかで顔を合わせているのではないかと思った。

「あの小男だな、ただ飯《めし》に飛びつくとみくびっていたのは」モートンの声が届いた。

ミス・スメドリーが忍び笑いを漏らしたように思ったので、いきなり振り向いたが、困ったような顔をしているだけであった。

「まあ、あれはマッチングズの方たちではなかった？」

「おそらくね」素っ気なく答えた。

「あら、お知りあいかとばかり思っておりました」

わたしは顔を顰《しか》めた。何が言いたいのだ？

「ほら、夕食会に招待なさったのに、あのひとたち——あら、いけない」

焼きの回った古狐は、申し訳なさそうにいかにも困った風を装い、ラックスの石鹼やら何やかやを口早に注文し、エヴァンズから受け取ると、精一杯の作り笑いを浮かべながらあたふたと店を出ていった。実は、モートン夫妻が訪問に対する礼儀を心得ていない、あるいは、こうした儀礼的なことを否定しているらしい——嘆かわしいことに、最近では多くの人が蔑ろにしている——ことは、すでに思い知らされていた。グレイハーストのような小さな村ではよくやるように、モートンもロンドンの大きな書店から定期的に本を送ってもらっていることを、たまたま耳にしていたわたしは、エドワーズ夫妻が急に夕食会に来られなくなった——ミセス・エドワーズは絶えず頭痛やら風邪、というよりも心気症で寝込んでいる——ある晩、メイドをマッチングズにやって、夕食会に出席願えないかと伝言を届けさせたことがあった。文学関係の友人が数人出席することも付け加えておいた。


あの男は、使いの者に返書を託す礼儀さえ心得ていなかった。メイベルは戻ってくると、自分たちだけでいるほうが好きなので——どういう言葉であったのかはっきり覚えていないが、何かとても無礼な言葉であったのは確かである——という意味の返事を口頭で伝えた。

メイベルが当夜の出来事に尾ひれを付けて村中に触れて回ることぐらい、分かってしかるべきであった。村人の噂話にしても、とてつもなく曲解してわたしに伝えたことがあったので、メイベルを叱ったことも一度や二度ではない。たとえば、トム・バーチェルという若者が、宿屋兼酒場ジョージと竜亭の主人の娘ジョイス・ウィロビーと結婚の約束を取り交わしたという一件も、本当のところは――わたしが婚約のことをそれとなくほのめかすと、父親のバーチェル将軍は動揺をあらわにした――もっとずっと品のある話であったことは言うまでもない。

さて、今度はミス・スメドリーがゴシップの火種をまき散らして歩くのだろう――やれやれ、品位ある態度を貫き通すことができて本当によかった。

食料雑貨店やほかの店での買い物を終えると、いつものように家路についた。帰り着くまでには、前向きに考えられるようになっており、先ほどの不愉快な気持ちは跡形もなく消え去っていた。わずかながらも調査の進展があったのは確かなのだ――ともかく（わたしは普通の人よりも直感に恵まれていると思っているが）、ミスター・モートンとボウ・ビーヴァーが同一人物であるとする手がかりの片鱗をつかむことができた。いずれにしても、自ら進んで調べ始めたささやかな問いへの興味が、店の一件で失われることなどあるはずがない。言ってみれば、この問題はわたしに料理されるのを待っていると教えてくれたようなものだ。

ミス・スメドリーは、二、三ヶ月夕食に招待しないようにすれば、すぐに態度をあらためるだろう。うまい料理など滅多にありつけるものではなく、招待されるのを心の底から待ち望んでいるのはお見通しなのだ。それにわたしは、彼女の手の施しようのないゴシップ好き《パンシャン》を暖かく見守る寛容さを持ち合わせた数少ない人間のひとりなのである。

その足で「見張りの塔」に向かった。「見張りの塔」というのは、実際にはパゴダ（東洋風の塔）のような建物で、図書室の窓から芝生を渡ったあたり――庭の隅に建っていたものに手を加えた、いや、事実上建て直したものである。円筒形の二階建てで、下の階はテニス用具などをしまうのに使い、二階は冗談半分に隠れ家と呼んでいる。中には誰も入れないようにし、わたしはここでたいへん楽しいひと時を過ごすのである。「青ひげの間」だと言う人もいれば、禁欲的な瞑想の場だと思っている人もいる。実際のところ、室内には肘掛け椅子や書き物机などの家具を心地よく配置し、蔵書の中から特に選りすぐった数冊の愛読書を並べ、電気の照明や大きなガス暖房器具に加えて、窓の数も多かった（そのひとつは、小さなバルコニーへ出られるようになっている）ので、夏は風通しが良く、冬はぬくぬくとして居心地が良い。事実、わたしのお気に入りの居間であり、今、手記を書いているのも、この部屋の中である。道から窓の明かりが見えるので、夜遅くまで仕事をしていることもあるが、そこを通る人は気がつくはずだ。ビッグ・ベンを照らす照明のようものだとひとり悦に入ることもあるが、我が居間の窓の明かりのほうが、有意義な活動に使われているのではないかと思うこともある。これまで書いたエッセイのうちの一、二編、とりわけ堅い内容のものは後世まで残るだろうと、わたしは言われたことがある。そう言ってくれた人たちの名前は伏せておくが識者とだけは言っておこう。一方、誰もが認めるところだが、今日では法律の数があまりに多すぎるし、つまらないおしゃべりもまた多すぎる。

とにかく、その日の午前中、わたしは「見張りの塔」へ行き、昼食までの時間を今後の調査の方針を固めるのに費やした。もちろんマッチングズのことは常に頭にあった。にもかかわらず驚いたことに、「見張りの塔」の（小さなバルコニーに面した）窓から、隣の屋敷の前に広がる芝生の一部がまっすぐ見通せることに、その朝初めて気がついたのだ。理由はほどなく分かった。その方角は、窓から十八メートルほど向こうに繁る松の木立に遮られて、ほとんど見透かすことができなかったのだが、今では――つい最近のことだろう、ロンドンに行く前にこの部屋で過ごした時には、松の枝葉が視界を遮っていたのは確かである――大木級の一本が切り倒されて隙間ができ、芝生を見通せるようになったのだ。広々とした芝生の向こうには、砂利を敷き詰めたゆったりとした園路がカーブを描き、そのすぐ後ろにマッチングズの窓があった。さらに建物に添って目を走らせると、屋敷の角にも窓がある。折良く、園路に置かれた椅子に三人の人物が腰を掛けていたのだが、顔を見分けるにには、遠すぎた。

第三章　軽率だった打ち明け話

「見張りの塔」の部屋にひとり座りながら、わたしは私情を交えることなく、冷静に検討を加えていった。手持ちの材料はほんのわずかである――食料雑貨店で、ビーヴァーという言葉を発した時に、ミセス・モートンが見せた驚きの表情、ビーヴァーはモートンであるというわたしの直感、ロンドン・シネマ・クラブでもらったパンフレット。

パンフレットから得られることはあまり多くはなかった。ボウ・ビーヴァーの早すぎる、突然の引退が映画界に与えた痛手を嘆く声で、ほとんどのページは埋まっていた――チャップリンとフェアバンクスを合わせた味が出てきた矢先のこと、引退さえしなければ、ふたりに勝る偉大な俳優が誕生したのではないか、といった調子である。

映画俳優として活躍したのはわずか五年であった。

「イングランド西部に生まれ、若い頃に抱いていた野心は」――とんでもない言葉遣いをしている──「舞台で成功することであった。後ろ盾もなく、俳優になるための修練も積んでいなかった彼は、うだつのあがらない数年間を過ごした後、旅回りの劇団に舞台監督助手兼何でもこなす臨時代役俳優の口を見つけるのがやっとだった。彼はそこで、さまざまな役柄をこなす希な能力をたちまち発揮したようだが、ほかの才能、とりわけ曲芸をやってのける卓越した才能は、まったく顧みられることがなかった。

常に謎の男であった──少しでも自己主張と言えるものがあったとしたら、それはまったく自分を主張しなかったことであろう。だから、映画の世界に自らの未来《メテユエ》を賭けると決めた、唐突な転身の理由も語ることはなかった。ビーヴァーは旅回りの劇団にきっぱりと別れを告げると、すぐにアメリカへ渡った。最初の映画作品は（準主役ながら取るに足らない役柄であった）一九〇九年に公開された。三年後、彼の名はすでに映画界には欠くことのできないものとなっていた──名前で客を呼べる俳優の仲間入りをしたのである。

一九一三年末、映画製作のためにイギリスに帰国。到着するや、ものすごい騒ぎとなった。何といっても時の人である。人々がメトロポリタン・ホテルに押し掛けたため、もみくちゃにされないように従業員専用出入り口を使わなければならなかった。やりたいことがふたつだけあるとビーヴァーは語った──映画を撮ること、昔よく行った所をもう一度訪ねてみること。ところが、人々はそのようなお忍びを許してはくれなかった。道行く人たちに気付かれて騒がれないように、ついに「変装《メーキヤツプ》」までしたと言われている。

しかし、映画製作に関しては厳しい箝口令《かんこうれい》が敷かれていたようである──ピカデリー通りに渡した細いワイヤー・ロープの上を往復する劇的なクライマックスが撮影された、あの忘れがたい日に初めて公にされたのだ。

手に汗握るシーンも、たいていミニチュアを使ったり、映像上の技法を駆使して撮影されることは、当時においてもよく知られていた。『スター』には『替え玉』がいて、危険なシーンを代わりに演じていることも周知のことであった。ボウ・ビーヴァーも、そういった仕掛けに頼っているのだろうと噂された。『ピカデリー通りの一件』――衆人環視の中で行われた、最初にして最後の曲芸――は、そうした噂をものの見事に吹き飛ばした……」

この後に、（たいして重要でもない前置きの言葉とともに）新婦を腕に抱えて屋根にたどり着いたという先ほどの引用文が続く。

「これは、一九一四年の春先のことである。そして、その後すぐに、ボウ・ビーヴァーは引退の決意を表明する。この手の引退声明に対しては、どこまで本気なのか疑いの声があがるものだ。戦争がなければ、ボウ・ビーヴァーの決心も揺らいだのではないかという意見もある。いずれにしても、ビーヴァーが二度とスクリーンに登場しなかったのは、動かしようのない事実である。はたせるかな、ボウ・ビーヴァーは人々から忘れられていった。そして、一、二年前、彼はふいに当クラブに姿を見せたのだが、かつてのアイドルの姿に気がついたのは『昔からの映画ファン』である一、二名にすぎなかった。

誰もが認めることであろうが、この十年間の技術の進歩にもかかわらず、こうした古い映画を見るとボウ・ビーヴァーが……」

以下には姿を消した天才に対するうんざりするような賞賛の言葉が、延々と続く。とはいえ、彼の映画を褒め称える言葉を否定するつもりはない。わたしは批評をくだすさいに、個人的な好悪の感情に左右されることはないし、すでにボウ・ビーヴァーの才能に対しては、賛辞を送ったはずである。

何ものも見落とすまいとパンフレットを読み返し、やおら窓の外に目をやって、木々の間にできたばかりの隙間から向こう側を眺めた。初めから始めて最後まで行き、突き当たったらそこでやめ、というやり方を勧めたのは、たしかルイス・キャロルであったか。しかし、今回の調査ではこれが最良の方法であろうか？　いったいどこが初めなのだろうか？　一九〇九年にビーヴァーの人生が始まったわけでもないし、俳優としての経歴が始まった年でさえない。わたしは、わざわざハリウッドやその手の場所にまで踏み込んでいくつもりはなかった。そこまでやればこの映画スターについていろいろな事実が明らかになるだろうが、実を言うと、馴染みのない世界に足を踏み入れるのは嫌だった。

そこで、俳優としてのキャリアが終わるところから始めて、逆にさかのぼっていった方が、ずっと容易に運ぶのではないかという結論に達した。ビーヴァーがロンドンにやってきた一九一三年から一四年にかけての新聞にあたれば、かなりのことが分かるにちがいない。もちろん、そこからさらに先へ進む必要が出てくるだろう――ボウ・ビーヴァーとミスター・モートンを結びつけるためには。

グレイハーストは、昔の新聞を調べられるようなところではない。ロンドンへ行かなければならないが、別に面倒とも思わなかった。長い間暖めていた計画を実行する良い機会だと気がついたのだ。「見張りの塔」に望遠鏡を据えるのである。木が切り倒されて視界が開けたので、望遠鏡で覗くのは楽しくもあり、また、有意義な情報を手にすることにもなるだろう――言うまでもないが、それが理由で望遠鏡を買うことにしたのではない。くどいようだが、ずっと以前から欲しいと思っていたのだ。こんなにも静かな田舎の村でも、見るべきねたに事欠かないのだから驚きだ。

ロンドンへ行くのは、二、三日待たねばならなかった。例のささやかな夕食会を予定していたからである。今回はいつもよりずっと小規模なもので、レディ・メアリー・エヴェレットをはじめとする、極々親しい人たちだけを招待していた。この夕食会のことを考えると少々心配になった。それというのも、ミセス・エムワースが姪を同行させてもよいかと言ってきたからだ。この夏を叔母の元で過ごしているお嬢さんに、わたしはお目にかかったことがないばかりか、噂もほとんど耳にしていなかった。おそらくグレイハーストへ来たのは、今回が最初なのだろう。なるほど、ミセス・エムワースは立派な家柄の出であるが、身分が下の男性と結婚したのは紛れもない事実である。彼女の夫について耳にしたのは、すべて良い噂ばかりだが、すでに故人で、アフリカで客死している――一応、黄熱病ということになっているが、酒が原因と勘ぐる者もいる。アフリカにいなかったために夫の死に目にはあえなかったが、ミセス・エムワースは真相を知っているはずだ。

ともかくその姪は、ミセス・エムワースの兄のひとり娘だというのであった。しかも両親ともに、すでにこの世にはないらしい。外国で育てられ、親切な叔母が「世話を引き受けた」といったところだろうか。わたしの心配も無理からぬことである。内気で恥ずかしがりやの娘が黙ったままテーブルについていたら、フェアローンの水入らず《ディネ・アンティム》の夕食会の売り物と自負している機知——教養と言った方がよいだろうか？——に富んだ雰囲気が、台無しになるのは目に見えている。さまざまな趣味の客が数多く集まる会であれば、また話は別だ。会話の話題を提供しなくとも、話の流れに気を配っていればそれですむ。オードリー・エムワースを連れてくるなら、もう少し規模の大きな夕食会の時にしてもらいたかったが、あからさまに言うのもためらわれた。仄めかすだけは仄めかしたのだが……。

ところが驚いたことにこれはまったくの杞憂に終わった。彼女を一目見るなり、これまで聞かされていた話が間違っていたことが分かった。確かにオードリーは若かったが、思っていたほどではない。野暮《ゴーシュ》だなんてとんでもない。中背の、見事なスタイルの持ち主で、目も覚めるほどの金髪、目と眉は黒く、そして肌は——レディ・メアリーもまんざらでもないと認めるのではあるまいか。彼女はからだにぴったりとした黒いワンピースのドレスを着ており——ごく控えめな服装であった。黒い服からくっきりと浮かび上がった白く形の良い腕と肩は、そう、刺激的《ピカーン》だった。すっかりくつろぎ、主賓の役を演じていると言わんばかりである。彼女を迎える言葉をあらかじめ考えていたのだが、その姿を一目見るなり、的外れであると気づかされた。要するに、わたしはほかでもない、彼女に魅力を感じたのであり、彼女とわたしにはどこか通じるものがあるのではないかと思ったのだ――わたしには若い人に訴えかける素質がある。

一般的な話題の時は控えめに会話に参加していたが、彼女は口をつぐんでしまうことはなかった。田舎の一番の名士たちといえども、少々滑稽なところがあるのは如何ともしがたい。彼らは実社会から離れすぎているのだ。夕食の席で一、二度、オードリーの目をとらえた。そこにこめられたメッセージは、意志が通じたことを示すものであった――無言の協定を結んで密かにほくそ笑んでいるようにも思えた。彼女が下を向いているときに、一、二度、目を向けると、レディ・メアリーの長々しい話に、オードリーの赤い唇がふるえたかと思うとそれが微笑みにかわった。わたしの隣に座らせることができたなら。

ミセス・エムワースが唐突に姪のことを話し始め、わたしは不愉快な気持ちになった。オードリーがくすくす笑いの女学生だとでも言うのだろうか。しかし、オードリーが「背筋をぴんと伸ばし」、馬鹿にしたような寛容さをもって聞いているのに気づいて、救われた気がした。

「オードリーは、どうしたらよろしいのでしょう、ミスター・エイマー。わたくしの考えでは、この娘には、その、専門職をとね」

わたしは眉を上げ、次の言葉を待った。

「ええ、もちろん分かっていますとも。ところが時代が時代ですもの」ミセス・エムワースは口早に続けた。「誰もが一人立ちする――」

「責任が要求されるわけですね、贅沢だけではなく」わたしがその先を続けたが、かのご婦人は誤解したようなので、念入りに説明することとなった。

「おっしゃるとおりですわ、ミスター・エイマー。それで――そう、いやな話ですけれど、オードリーはいわゆる斜陽族のひとりです」と、ため息をついた。

「ここにいる誰もがね」わたしは注意をうながした。「しかし、問題はそんなところにはありません。どのような職業をあなたは――いや、オードリーは考えておいでですか？」

この時、テーブルのはずれの席からオードリーが口を挟んだ。

「叔母の考えでは家庭教師がよいと――わたくしにその資格があればの話ですけれども」

「まあ、オードリー――」

わたしはミセス・エムワースが憤るのを微笑みをもってたしなめた。

「それで、あなたはどうお考えですか、ミス・オードリー？」

「たとえば、政治家のような人たちの秘書というのはどうでしょう？」

ある考えがひらめいたのはお分かりだろうか、彼女はわたしの意向を汲んだにちがいない。

「もちろん、そういう手もありますね。あなたにふさわしい仕事と雇い主をお世話できたらよいのですが」

ここでまた、ミセス・エムワースがあきれかえったように驚いてみせたが、お生憎様《あいにく》だ、わたしは何の注意も払わなかった。オードリーを見つめると、向こうも視線を返してよこした――わたしたちはお互いの思惑を計っていた。

オードリーの赤い唇に再び笑みが浮かぶ。

「映画界もよいでしょうね。運良く入り込めれば、うまくやれると思います」

「でしたらお隣の――」わたしは軽率にもそう切り出してしまって、すぐに口をつぐんだ。この言葉に注意を払った者は誰もいないようである。客のひとりが映画という新たな話題を耳にして、わたしが最近シネマ・クラブへ行った話を持ち出した。おそらく、シネマ・クラブへ行く予定だと話したのが、村中に広まったのだろう――田舎の村で秘密を保つのは、ほとんど不可能だ。映画における技術的な進歩など諸々の印象を訊かれたが、ごく一般的な話題で茶を濁した。ボウ・ビーヴァーのことをしゃべりすぎてしまうのを避けたのだ。すべての事実を掘り起こすまで「驚き」は棚上げにしておきたい。

これほど熱心に耳を傾けてくれた人たちもいない。話しながら、かのうら若き客人にばかり視線が向かわないように注意を払った。彼女は特に興味深く聞き入り、「トーキー」のファンをやんわりと皮肉ったときには同意するように微笑んだ。話の最後で、突然のひらめきから、話題をモートン家へと転じた。自ら考えるところがあって、その名を口にしたのである。どうせ噂は広がる――この小さな村には秘密はない――わが隣人のこととて例外ではない。

先手を打つはずが、わたしの思惑は見事にはずれた。あのオールドミスのおせっかいスメドリーが、これほど早く噂を広めていようとは思いも寄らなかった。実は、この時までわたしは食料雑貨店で三人が鉢合わせしたことをほとんど忘れていたのだ。一同に重苦しい空気が垂れ込めた。ミセス・エムワースの顔に笑みが浮かんだように思った。バーチェル将軍は、突然こみ上げてきた笑いを咳でごまかそうとしている。あのふしだらな男女関係から将軍の息子を救い出してやったことを思えば、無礼きわまる態度である。

不愉快な思いをしたことは認めよう。唯一の慰めは、オードリー・エムワースにはいったい何のことかさっぱり分からなかったことである。わたしはレディ・メアリーの目をとらえ——客をもてなす「女主人」の役をつとめてくれていた——頷いてみせると、彼女は女性陣に声をかけて、応接間へ連れていってくれた。

もちろん、将軍は我が家のポートワインを心ゆくまで味わうことを楽しみにしているのだろうが、この晩はその楽しみを許すつもりはなかった。なるべく早い機会をとらえて、女性たちに合流するよう男性陣をうながした。

オードリー・エムワースへの興味をあからさまに出してはならないことは心得ていた。何といっても、わたしはもてなし役なのであり、ほかのご婦人方とも等分に接しなければならないのだ。しかし、なんとか機会を作ろうとした——要は臨機応変の才《サヴワールフェール》があるかどうかの問題だ。オードリーは水彩画に感激していたので、絵に興味があるか尋ねた——実は一、二点——

オードリーの素早い反応が嬉しかった。向こうの隅にある一点に興味を引かれたと、即座に答えてくれたのだ。

「ミスター・エイマー」絵の前に並んで立つとオードリーは小さな声で言った。「映画界に入りたいと言ったのは本心ですの。ミスター・モートンというお方ですけれども、何がおっしゃりたかったのですか？」

不意を打たれた。モートンについては誰よりも関心が薄いと思っていたのだ。

「ミスター・モートンですって？」わたしは言葉に詰まった。「あの、どういうことでしょう？

何やら謎めいたところがあると言ったまででして――」

しかし、簡単には逃れられなかった。

「ええ、それは分かっておりますわ。わたくしの申し上げたいのは、その前におっしゃったこと――ミスター・モートンならひと肌ぬいでくれるのではないかと、そうおっしゃりたかったのではありません？　映画界に伝手《つて》があると――」

「いえいえ、ミス・オードリー。めっそうもない。くどいようですが、モートン家にはどこか――奇妙なところがあるのです。妙な――いや、それだけでは足りません。だから、口をつぐみました。これだけははっきりと申し上げておきますが、あの連中とは関わり合いを持たないことです」

オードリーの魅力には本当に頭がくらくらした！

「絶対に秘密にしていただきたいのですが――決して誰にも話しませんね？」（彼女の目に答えを読みとった）「実は、わたしはその謎を解こうと思っているのです。約束していただかなければなりません、謎を解くまでは――」

「わくわくする話ですこと」期待にはずむオードリーの声に、わたしは話しながら目配せをして、彼女を牽制した。

「つまり、その、わたしはモートンを信用しておりません。あなたも気を許してはいけませんよ。あなたをみすみす――ああ、要するに、謎を解くお手伝いをしていただけませんか？　あなたが最初におっしゃった職業、その、秘書ですが――」

わたしは意識的に口ごもった。

「あなたが然るべきお方だとおっしゃるのですね?」オードリーの声は柔らかだった。「あなたのことは信用してもよろしいのですね?」

再びわたしたちはお互いの思惑を計った。彼女の視線が下に外れ、唇に微笑みが上った。

「わたくし——考えておきますわ」

ふと部屋の反対側が、いくぶん静かになっていることに気がついた。わたしは目の前の絵について話し始め、隣へ移り、それからみんなのいるほうへ戻った。

その後、いつものように粗相なく客人たちをもてなせたのか不安である。

オードリー・エムワースと話をする機会は、もう訪れなかった。別れの挨拶を交わすときに、彼女の手を取り、同志らしく力を込めて握手をした。客がみな帰った後であらためて、必要以上にしゃべってしまったのではないかと落ち着かない気持ちになった。軽業師と俳優のふたつの顔を持つ男——両者を芸術的に融合させたボウ・ビーヴァーへの興味から、わたしは「調査」をすることに決めたのだった。わたしはビーヴァーがモートンであると思っているし、モートン夫妻の人付き合いの悪さは、無礼といっても良いほどである。この二点は確実なことだが、それにしても、謎について少ししゃべりすぎたのではないだろうか? ほとんど悪意ともとれるようなことを仄めかしはしなかったか? 侮辱するような……

わたしは気を取り直した。オードリー・エムワースは信用できる。つまり、わたしたちはすでに同志なのだ。モートン夫妻の行動には恥ずべき動機が隠されていることを証明できれば、彼らの企みに対してこれ以上の防御があるだろうか?

もちろん、わたしは愚かであった。わたしのように率直で、偏見のない性格の持ち主など、誰ひとりいないことに気がつくべきであった。オードリー・エムワースのような肉体的な魅力をたたえた若いご婦人といえども、必ずしも例外ではない。

第四章　ボウ・ビーヴァーの引退

ロンドンに四日間滞在した後、上機嫌でグレイハーストに戻った。マホガニーのケースに入った望遠鏡を買ってきたばかりでなく、一九一四年の新聞の切り抜きを束にして持ち帰ることができたからでもある。

新聞を切り抜くというのは良い考えだった。古新聞の山を前に、記事を写すのに残りの人生を費やすつもりはなかった。中には途方もない金額を払って手に入れた新聞もあったが、それなりの価値があるだろうと計算した上でのことだった。

一番気がかりなのは、これでオードリー・エムワースを雇う口実がなくなってしまったことだが、話の持って行き方はほかにいくらでも見つかるだろう。

もちろん、汽車で戻った。ロンドンで車を運転するのは願い下げだ。いつものように一等車に乗ったが、このちょっとした贅沢がまた楽しいのである。

望遠鏡はたいそうかさばった。その上スーツケースもあったので、駅からはタクシーに乗らなければならない——贅沢なことだ。一方、ガレージにはわたしの車が鎮座ましましているのだから、余計に腹立たしい。お抱え運転手を雇ったほうがよいと思うこともあるが、我が家のほかの使用人はすべて女性なのだ。屋敷内のごたごたはごめん蒙《こうむ》りたい。しかも、男の使用人を雇えば、不当この上ない税金をごっそり持っていかれることになる。

ポーターはわたしのことをよく知っており、自分で持てるような荷物には手を出さなかった。駅の出札所のあるホールまではわずか二メートル足らずである。そのホールに入ると、ある人の姿が目に飛び込んできて胸がときめいた——新聞雑誌売場で雑誌を眺めているのはオードリー・エムワースではないか。わたしには気がついていない。

わたしは荷物を置いて脇に歩み寄った。

「おはようございます。こんなところでお会いできるなんて嬉しいですね」

手にしていた雑誌に目をやると、映画やハリウッドの情報ばかりを載せた派手な雑誌だった。彼女なら本当にわたしの手足になってくれると、この時初めて悟った——映画業界の内幕をどのように探り出せばよいのか途方に暮れていたのである。

オードリーは驚き、こちらを向いて一瞬口ごもり、それから笑みを浮かべた。

「まあ、ミスター・エイマー！」かなり大きな声であった。後で思い出してみると、彼女の向こう側にいた人物が驚きともとれる声を漏らしていたのだが、その時はオードリーの姿しか目に入らなかった。普段着を着ていても、夕食会の時に劣らず魅力的であった。

「まだ映画界への夢をお捨てになっていないのですね」

「あら、いけません？　ほかに何がありまして？　わたくしが立派な家庭教師になれると本気でお思いですの？」

「あらためて相談することになっていたと思うのですが。あなたに、その、もう少しふさわしいお仕事をと」

この時の彼女の表情を形容する言葉をわたしは持たない。こちらの真意をすっかり悟っている顔つきではあったが、率直に言って、どういうふうにも受け取れる曖昧な表情であった。驚いてみせているのか、嬉しいのか、あるいは憤っているのかもしれない。その目の落ち着きのなさから、このような問題を公共の場で話し合いたくないという警告を読みとった。

手荷物預かり所に荷物を預け、後で車で取りに来ようかとも考えたが、結局タクシーを呼ぶことにした。

「車でお送りしましょう、ミス・オードリー。タクシーで帰るつもりなのです。もちろん、お買い物が済んでからで結構ですよ。急ぎません」

「いいえ、時間をつぶしていただけです」そう言うと、無造作に雑誌を売り台の上に放り投げた。売り子が鼻を鳴らしてにらみつけても、まったく平然としている。「車に乗せていただくのは大好きですわ。どうもありがとうございます。それで、お仕事の方は順調ですの？」

問題なのは、もちろん、わたしたちの仕事がうまくいくかということなのだが、しかし——

ささやかな白日夢に遊んでいたわたしは、オードリーの向こう側に立っている男の声で、いきなり現実に引き戻された。今度はこちらが驚かされた。

「好奇心は身を誤る。よろしいかな？」

ミスター・モートン！　すんでのところで彼を怒鳴りつけるところだったが、売店の売り子がこれに答えた。危うくとんだ修羅場を繰り広げるところだった。

「申し訳ありません。作者の名前か、出版社をおっしゃっていただければ――」

オードリーを急《せ》き立て、その場を立ち去ったが、あからさまでなければよかったのだが……。荷物を抱え上げるとホールの入り口へ向かい、駅前の広場へと出た。

「まあ、それは何ですの？」オードリーはマホガニーのケースを指さして訊いた。

「え、ええ、望遠鏡です」わたしは小さな声で答えた。モートンに聞こえないように配慮したのだが、どうしてそう思ったのか自分でも分からない。

「望遠鏡ですって！」（今までになく大声を上げた）「いったいどうして――」

わたしは黙るように渋面を作ってみせた。

「タクシーの中でお話ししましょう」声をひそめてそう言ってから付け加えた。「隣に立っていたのがミスター・モートンですよ」

「ええ、存じております」

タクシーに乗り込み、駅前の広場を離れると、彼女は待ちきれないというようにこちらを向き、その手をわたしの腕にのせた。

「どうなさいました？　わたくし、何かとんでもないことをしてしまったのかしら？」

「めっそうもない」そう言って、安心させるようにその手を軽くたたいた。オードリーは手を引っ込めて、可愛らしく顔を赤らめた。

「それより、ミスター・モートンとは口をきいていなければよろしいのですが」と続けた。

「どうしてですの？　あのかたが危険だとでもおっしゃるのですか？　わたくし、自分の行動には責任を持てます」

「もちろんですとも。しかし、注意しなければなりません。このミスター・モートンは――ただわたしが心配しているのは――何というか――」

しどろもどろになったのではないかと不安だが、先日の話は少し言い過ぎだったとなんとかうまく説明しようとした。わたしはミスター・モートンを疑ってはいるが、身元を確認したわけではないのだ。

「あなたに約束を、ええ、モートンやそのまわりの者には近づかないと約束していただきたいのです」と締めくくった。

これには少し驚いたらしい。彼女と取り決めをしようとは思っていたが、それについてまだ一言も触れていなかったのを、すっかり忘れていた。わたしはあわてて言葉を補った。

「秘書のお話ですね。面白そうですわ。しかし――わたくしにはその資格がないと思いますの。つまり、タイプも――」

「速記者が欲しいわけではありません」そう言って安心させた。「手を貸してくれる人を捜しているのです。論文をまとめようと思っているのですが、かなりの調査――知的作業を伴う調査が必要になってきます。あなたに手伝っていただきたいのは、この作業なんです。ほかにも調べることはありますし」

「さあ、叔母が何というか。午後は一緒にいて欲しいというものですから」

「あ、それでしたら午前中だけフェアローンに来ていただければ充分です。それでも時たま、特に急な仕事や――ま、とにかくそういう場合には、わたしがなんとかミセス・エムワースを説得してみましょう。あなた次第ですよ、ミス・オードリー」

「とてもありがたいことですわ。ぜひともやってみたいと思いますが、ご期待に添えないようでしたら、遠慮なく馘首《くび》にしてくださいー――通告は一週間前、ということで」

「結構です。辞める場合も解雇する場合も、一週間前に通告するようにしましょう。ですから、給料は週給です。それでよろしいでしょうか?」

「叔母さえ異存がなければ」

「決まった。これで実務的な話は終わりです。早く始められるのならそれに越したことはない、そう、このままミセス・エムワースのところへ頼みに行きましょう」

手を差し出すと、オードリーはその下に自分の手の甲を滑り込ませた。契約は厳かに取り結ばれた――いかにも儀式ばってはいたが。

もちろん、ミセス・エムワースは喜び、しきりに礼を言った。それこそまさにオードリーに見つけてやりたかった仕事だ、本当にこの子はしあわせ者だと言うので、しあわせなのはこちらだと答えた。

昼食の誘いを丁重に断ると、できるだけ早くその場を切り上げてタクシーに乗り、これまでになく晴れやかな気持ちで家に帰り着いた。すぐに昼食にして、留守の間に万事遺漏はなかったか、ざっと見て回った（用心しすぎることはない。信頼に足る老召使いでも同じこと、背中を向けたとたん――）。こうした雑事が済むと、望遠鏡と新聞の切り抜きを抱え、足早に「見張りの塔」へ向かった。

ボウ・ビーヴァーに関する新聞記事を山ほど集めて浮かれていた気持ちも、いざ読み始めてみると得られるものがほとんどないことが分かり、失望に変わっていった。

四月十五日付けの切り抜きがかなりの枚数あり、そのどれもがビーヴァーの引退を伝えていたが、どうやら引退のはっきりした理由は分からなかったようだ。本当に引退したわけではないという調子の記事もあれば、結婚に関係があるのではないかと仄めかしている記事もあった。新妻は「背筋が寒くなるような曲芸」を許さなかったのではないか？

これまでの「広報活動は一切なし」という方針通り――最初は単なる自己宣伝の一手段にすぎないとわたしは思っていた――、インタヴューにはほとんど答えていない。「引退」はメトロポリタン・ホテルから声明という形で発表された。あるゴシップ記者は「『王室行事日報』（英国王室が毎日発表し、新聞に掲載される）のパロディ」とまで言っている。

記者たちが一斉にメトロポリタン・ホテルに向かったことは言うまでもない――彼らはそれまでの数週間も何とかビーヴァーに会おうと足を運んでいる――しかし、「拝謁」を許されることは滅多になかった。「側近のひとり」が応対に出て、すでに発表した声明に付け加えることは何もないと言うだけであった。

この線はこれで行き止まりになってしまった。ところで、シネマ・クラブのパンフレットによれば、引退を迫ったのが彼の新妻であるという説は受け入れがたい。なにしろ、彼女を腕に抱えて綱渡りをする曲芸を受け入れたのだ。神経が細いとも、夫を信頼していなかったとも思えない。

結婚まで少しさかのぼってみることにした。

ここでもまた同じ秘密主義にぶちあたった。結婚式は戸籍登記所で行われ、内輪の者だけの式であった。新聞社も「声明」が発表されて初めて知ったのであった。この時も、詳細を取材するために記者がメトロポリタン・ホテルに殺到した——どうしてこれほど秘密にするのかいぶかる声もあがった。この時は、「ボウ・ビーヴァーの付き人」が会見の席に現れて記者と応対し、数週間前からミスター・ビーヴァーは外出する際には別人になりすまし、ホテルの裏口から出なければならなくなったと語った。

「ミスター・ソロルドによると」ある記事は書いている——ミスター・ソロルドなる人物がどうやら「付き人」らしい——「一、二週間前、オックスフォード通りを歩いていたボウ・ビーヴァーに人々が気づき、熱狂して押し寄せ、危うく大事故になるところだったという。

『そのときわたしは、傍にいませんでした』ミスター・ソロルドは凄味のある笑みを浮かべた。『そうしていたら騒ぎは起こらなかったでしょう。わたしだって時々休みが必要です。ボウ・ビーヴァーも、年がら年中わたしがそばにいたのでは、うんざりでしょうからね』

『付き人』とは『ボディガード』の別称であることは明らかである。王冠こそかぶっていないが『映画の王様』にとってボディガードは、王室の人たちにとってと同様、当節では必要な存在なのだ」

ほとんどすべての記事がふたつの事実に触れていた。結婚式が戸籍登記所で行われたこと、ボウ・ビーヴァーは秘書のミス・グラディス・レンと結婚したことである。しかし、うまく内容をまとめていると思ったのはわずか数紙で、そうした記事には次のような一文が添えられていた。「ミス・レンは、つい最近起こった謎の暴行事件の犠牲者で、ミスター・ビーヴァーがたいへん心を痛め、頻繁に病院を訪れたことも記憶に新しいことと思う」

わたしは切り抜き記事をさらに読み進めた。

第五章　減っていく側近

結婚したのは四月十日だった。そのすぐ後、十四日に引退の発表である。このふたつの出来事の前、時期は確定できないが、新郎新婦ともに怪我をしている。この事実に気がついたときには興奮すら覚えた。わたしの直感は間違ってはいなかったのだ。

望遠鏡はすでに三脚の上に据えつけ、遠くの景色にあわせて調整してあった——先にも書いたように、望遠鏡を買ったのは隣をこっそり窺うためではなく、自然の美しさを堪能するためだ。村に通じる道の向こう、木立の間にきらめく小さな湖、対岸の丘の青く霞む木々の連なり……。とはいえやはり、モートン家から目を離さないほうが良いに決まっている、しかも、わたしは生まれつきあまり遠目がきかないのだ。

別の窓から覗くと、都合よく開けた例の木と木の隙間から、マッチングズのテラスに二、三、人影を見ることができた。男がふたり、女がふたりいるようである。そちらの窓の脇に小さなテーブルを置き、望遠鏡を持ってきて、さて——しかし、遅すぎた。すでに誰もいない。家の中に入っててしまったに違いない。ま、たいしたことではない。もっとも、ミセス・モートンの顔はおがんでおきたかった。これまでは特に注意を払ってこなかったが、わたしの推理の線に沿って考えると、ミスター・モートンに劣らず重要な鍵を握る人物だからだ。それにしても、あとのふたりは誰だったのだろう。わたしの知る限り、グレイハーストにはモートン家と「訪問し合う間柄」の人物はいない。

新聞の切り抜きに戻り、ボウ・ビーヴァーが殺到する人々にもまれてひどい目にあった一件と、ミス・レンの襲撃事件について調べてみることにした。

このふたつは一日か二日のうちにたてつづけに起こっていた。

三月十日付けの新聞に、オックスフォード通りを歩いていたボウ・ビーヴァーに人々が気づき云々という前日の午後の出来事を報ずる記事が載っていた。

「またたく間に、この有名な俳優のまわりに人だかりができ、押し合い圧《へ》し合いしながら握手やサインを求め、あるいは——現代の奇習であるが——触わろうとした。

突然、ミスター・ビーヴァーは気を失った。群がる人々をかき分けながら、ようやく近くのたばこ屋に運びこまれ、騒いでいた人たちも異変に気づいた。通りがかりの車が呼び止められた。ミスター・ビーヴァーは数分して意識を取り戻し、運のいいファンと秘書に抱えられて車に乗り込み、走り去った。ミスター・ビーヴァーは、大したことはないからと救急車を呼ぶのをきっぱりと断り、秘書も、ミスター・ビーヴァーはすぐにいつものように元気になるだろうと人々に笑みを浮かべながら説明して安心させた。『みなさんの親切にビーヴァーも心より感謝しています』と彼は結んでいる」

そのあとには、また例の調子で記事が続いていた。メトロポリタン・ホテルに取材に行った「弊紙記者」は、ミスター・ビーヴァーはすっかり元気になったというコメントを得た。ビーヴァーは神経の行き届いた細やかな演技をすると同時に、恐れを知らない曲芸師であることを思い出していただきたい。屋根から屋根へきわどい綱渡りをやってのけてびくともしない神経が、人々の熱狂にあてられて……

ひどい文章だった。しかし、ぎこちないながらも真相を伝えているのかもしれない。シネマ・クラブで初めてボウ・ビーヴァーの映画を見、興味と好奇心をかき立てられたのも、彼が対照的なふたつの性格を同時に持ち合わせていたからであった。

この事件を報じた記事を再度読み直し、すべての切り抜きに目を通した。引用した新聞は秘書の性別を間違えているのだろうと思っていたが、驚いたことに、どの新聞も秘書は男であると書いている。群がり来る人々を押しとどめる力強い姿さえ描写されていた。ボウ・ビーヴァーの側近は意外に多いらしい。男と女の秘書がひとりずつ、それからもちろん「付き人」。ほかにも何人かいるのだろうか、どうやって調べたらよいのだろう。あの美しいオードリーが何か助言してくれるかもしれない。

実を言うとわたしは、オックスフォード通りの事件から、一ヶ月ほど後の引退につながる線は出てこないだろうと考えた。ではもう一つの事件はどうなのだろう？

暴行事件に関する手持ちの資料がまことに貧弱なものであることがすぐに判明した。わたしが捜したのはボウ・ビーヴァーの記事であって、ミス・グラディス・レンのものではなかったのだ。

確かにボウ・ビーヴァーはすぐに回復したのだろう。三月十一日の朝には、秘書のミス・レンを病院に見舞ったと報じられている。いや、元気になるまでに一日とかからなかった。三月九日の遅く、取材に集まった記者たちの前に「御大」自ら姿を現し、すっかり良くなったとみんなに伝えて欲しいと語っている。

これから詳しく述べる事実の中には、実際にはもっと後で判明したことも含まれているのだが、ここですべて明らかにしておこうと思う。ミス・レンが病院で意識を回復するまでにいたる経緯を知る上で都合がよいからだ。

三月十一日火曜日、午前五時四十分にユーストン到着予定のスコットランド急行は、数分遅れでホームに入ってきた——この事実を記しておくのは、今日《こんにち》ではこうしたことは起こらないからだ。つまり、霧で線路が見通せなくなったらしいのだ。さらに尋常ならざる事態が出来《しゅったい》していた。車掌は完全に頭に血が上っていたし、数分後にはユーストン駅も蜂の巣をつついたような騒ぎになる。一等車両で意識を失って倒れている若い婦人を、車掌が発見していたのである。意識を失っているだけでなく、手首足首をハンカチで縛られ、コンパートメント中にスーツケースの中身がまき散らされ、おまけに顔の上にはクロロホルムの臭いを放つハンカチが載っていた。ブラインドはすべて降ろされていたが、通路へ出るドアが開いていた。

事情を聴取するために乗客は全員足止めをくったようだが、結局、何も手がかりは得られなかった。少なくとも三、四人の乗客はさっさと列車から降り、そのままタクシーで走り去ってしまったために足取りがつかめなかった。あからさまに顔を顰《しか》める者もいたが、残りの乗客は説得に応じて名前と住所を告げた。全部で四、五十人はいた……

後に明らかになる通り、数名の乗客を取り逃がしても、警察はさほど失望しなかった。しかし、現場に到着した当初は地団駄を踏んで悔しがった。被害者の女性は話ができる状態にはなく、何が起こったのか直接聞くことができなかったのである。実際、被害者の容態は危険で、残された品々とともにすぐに救急車に乗せられて近くの病院に運ばれた。

まもなく被害者は、ミス・グラディス・レンであると判明した。メトロポリタン・ホテル気付の彼女宛の手紙が二通、スーツケースの中から発見されたのである。刑事がホテルに確認の電話を入れた。寝ぼけ声の夜勤のフロント係から、ミス・レンは有名なボウ・ビーヴァーの秘書であると告げられた時には、刑事も胸が一瞬、ときめいたのではないだろうか。

有名人の宿命とでもいおうか！　電話を受けたフロント係は、ためらいもせずにビーヴァーを起こして事件を伝えた。言うまでもないが、後に記者たちはこの従業員をつかまえてインタヴューをし、その時の状況のあらましを手に入れている。記者が尾ひれを付けたかどうか、わたしには分からない。

ミスター・ビーヴァーはぐっすり眠っていたらしく、なかなか目を覚まさなかった。ようやく起きてきたがフロント係の話をなかなか飲み込めないでいた。それどころか、次のように言って鼻先であしらおうとしたほどである。間違いない、ミス・レンは疲れていたか、それとも——しかし、フロント係がいらだちをあらわにしながら、ミス・レンは意識不明で医者も手をこまねいているのだと言うと、突然、何か深刻な事態が出来したようだと悟ったらしい。

「『なんてことだ!』ミスター・ビーヴァーはすっかり動転して言いました」——というのが実際にフロント係が口にした言葉だと思うのだが、新聞にはこうあった。「ミスター・ビーヴァーは、この知らせに悲しみをあらわにし、病院に電話を入れて、すぐ行く旨伝えて欲しいと頼み、苦しげに笑みを浮かべながら、秘書のひとりがアメリカへ発ったばかりだというのに、もうひとりを失うのはたいへんな痛手だ、と言ったという。ものの数分でボウ・ビーヴァーはホテルのロビーに降りてきて、タクシーに乗って病院へ向かった」

同じくインタヴューを受けた病院の職員が手短かに語ったところによると、ミス・レンの容態が危険であるとあらためて確認したビーヴァーは、それこそ失神寸前だった、

「そんなばかな。信じられない。なぜだ? どうしてこんなことが?」

そう言うと神経質に行きつ戻りつしていたが、その間(新聞の表現によると)彼には何年にも感じられたことであろう。ようやく病室に入る許可がおりた。ミス・レンは意識を取り戻していた。話をしてはいけないと医者に止められていたが、ミス・レンは雇い主の姿を認めると笑みを浮かべた。ビーヴァーはその手を取り、キスをした——「映画の見せ場」のようなキスだったのは間違いない。

「ビーヴァーだとは分かりませんでしたよ。それほど動揺していましたよ」看護婦のひとりはそう言

っているが、これは演技と現実との違いを如実に語るものであろう。この看護婦も映画の「手に汗握る」瞬間のビーヴァーを何回も見ていたはずだ。

警察はビーヴァーからも事情を訊いたが、捜査の役に立つことは何も得られなかったようだ。分かったことといえば、ミス・レンは、もうひとりの秘書（『実務上の秘書』とでも申しましょうか」とミスター・ビーヴァーは補足した）ミスター・オーヴァバリーのアメリカ行きを見送りに、リヴァプールの港へ行っていたことである。最終的につめなければならない打ち合わせもひとつふたつあったらしい。

「ミスター・オーヴァバリーは新たな契約の交渉に向かったのです。留守の間は、ミス・レンがこちらでの彼の職務を引き継ぐことになっていました。この数日はたいへん慌ただしく、詳細に検討しなければならない重要事項が山ほどありましたし、最後の『引き継ぎ』をすることにもなっていたんです。ミスター・オーヴァバリーは急ぎリヴァプールへ向かい、昨日出航しました。ミス・レンには、いつでも都合の良い汽車で戻るように言ってありました」

どうやら警察がボウ・ビーヴァーから聞き出すことができた情報は、これで全てらしい。警察もそれ以上のことを期待していたわけではないだろう。しかし、新聞記事からはわたしの調査に役に立ちそうなことが、もう少しつかめると思う。まず、ボウ・ビーヴァーの側近はいきなりひとりになってしまったこと――「付き人」がひとりだ。しかし、オックスフォード通りでビーヴァーが気を失ったとき、この男は一緒にいなかった。第二に、この「付き人」は運転手も兼ねているという事実。第三点、三月十日、ボウ・ビーヴァーはこの付き人の運転する車にほとんど一日中乗っていて、夕食に間に合うよう七時四十五分頃、ひとりでホテルに戻り、ふだんと変わらず部屋で夕食をとったということ。

翌朝、例によって新聞記者がメトロポリタン・ホテルに押し寄せたが、これまたいつものごとくボウ・ビーヴァーとの会見はままならなかった。この時点でビーヴァーの側近がひとりだけだったことから、わたしの頭を悩ませていた問題のいくつかが明らかになった。記者の質問に答えた男、ジェームズ・ソロルドは、きっぱりとこう言っている。秘書のひとりはアメリカへ向けて出航してしまったし、もうひとりの秘書であるミス・レンは病院にいる、わたしはオックスフォード通りではミスター・ビーヴァーのそばにいなかったが、ミスター・ビーヴァーの失神事件とミス・レンの襲撃事件は、どう見ても関係があるとは思えない。ミスター・ビーヴァーが病院へ行った時に、わたしが一緒にいなかったのは、ホテルに戻っていなかったからだ。実は前の日、ミスター・ビーヴァーを車に乗せて郊外へ出向き、映画の撮影場所として候補に挙がっていた所を一、二ヶ所まわって、検討していたのだ。そのうちのひとつが――はっきりした理由は、詳しく語ろうとしなかった――格好な場所のように思われたので、わたしがその近辺に一泊し、翌朝、もう少し詳しく見て回ることになった。車はわたしが使い、ミスター・ビーヴァーは汽車でロンドンに戻った。ミス・レンの事件は、ミスター・ビーヴァーから早朝に電話をもらって知り、もちろん、すべての予定を取り消して、急いでロンドンに戻ってきた。ミスター・ビーヴァーは確かに非常に狼狽している様子だったが、不幸中の幸い、ミス・レンは意識を回復したという知らせが……

一方、警察は車掌からも事情を訊いている。彼の証言は実際にはもっと後で見つけたものだが、事件の輪郭をはっきりさせるために、今ここにまとめておいたほうが良いだろう。

車掌はミス・レンをはっきりと覚えていた。後にミス・レンという名前を知ることになるその若い女性は、リヴァプールから乗車し、一等のコンパートメントが空いていないか訊いてきたのであった。その晩は客が少なかったので、車掌はわけなく手配できると思った。ほかの乗客には煩わされたくないのだが、大丈夫だろうかと念を押された――たいへんな一日で、明日もまた忙しい日になりそうなので、ぐっすり眠りたいのだという。車掌は配慮するよう約束し、空のコンパートメントを見つけると――その車両にはせいぜい六人ほどの乗客が乗っているだけだった――ここには誰も乗せないように計らいましょうと請け合った。通廊列車（客車の片側に廊下のついている列車）なので、客車のドアは施錠できない。しかし――ええ、急行列車はほとんど駅に止まりませんし、クルーを過ぎれば乗客が乗ってくることはないでしょう。乗車券の回収に来るまで、ほとんど邪魔されずに済むと思います。いいえ、車内で回収します、ウィルズデンのあたりです。そう、ユーストンに着く十五分から二十分前でしょうか。女の客は礼を言い（車掌がチップをもらったのは明らかだが、そのことにはまったく触れていない）、この場はそれで終わった。

車掌はクルーでじっとホームに目を凝らしていた――一等車両に乗客が乗り込んでくるかもしれないと思ったからだが、乗り込むものは誰もいなかった。ミス・レンは眠っておらず、汽車を降りてホームをぶらぶらしていた。車掌は彼女とひとことふたこと言葉を交わし、バッグの口が開いているのを注意した。「比較的大きめの光沢のある革のレティキュール（婦人用の小物手さげ袋）」と車掌は証言している。ミス・レンは口を閉めると、また、礼を言った。

クルーを発車してから、切符の回収にまわっていた乗務員から知らせがあるまで、車掌は彼女のことは見聞きしていない。

ここからは、切符の回収にまわっていた乗務員の話である。彼は汽車がクルーを発車した後、通路でミス・レンとすれ違い、声をかけている——気を配るように車掌から言われていたのだ（おそらく、チップが貰えるかもしれないと仄めかされていたのだろう）。切符の回収でお邪魔することはないと言うと、ユーストンに到着する前に起きていたいのだという答えが返ってきた——いつものように、ウィルズデンのあたりで来ていただけませんこと？　わかりました。さらにミス・レンの質問に対して、列車は予定通りに運行しています、定刻に到着するでしょう、と答えた。もちろん霧の中を進むことになるとは思ってもいませんでした、彼はその時の状況を振り返りながら言い訳がましく付け加えた。

特にふだんと変わったこともないまま、汽車はやがてウィルズデンにさしかかった。切符を回収しようと乗務員は、ミス・レンのコンパートメントのドアを開け、腰を抜かした。すでに述べたような室内の惨状と、ミス・レンの姿が目に飛び込んできたのである。泡を食って車掌の所へ飛んでいった……

不完全ながらもユーストンで作成された乗客リストは、たいへん役に立った。警察は、そこからミス・レンの両隣のコンパートメントにいた乗客を割り出すことができたのである。誰ひとりとして——隣には三人の乗客が乗っていたが、お互い面識はなかった——争う物音を聞いてはいなかったし、特に不審に思うこともなかったという。通路をうろついている怪しい人物を見かけた者もいなかった……

鉄道関係者からひとつだけ小さな事実が付け加えられた。その日発行した切符のうち、二枚が行方不明のようだった——ミス・レンの帰りの切符と、クルー発ロンドン行きの三等片道切符である。後者はその日の早い時刻——少なくとも、列車がクルーに到着する数時間前——に売られているので、この切符が回収されなかったからといって、必ずしもミス・レンの事件と関係があるとはいえない。またロンドン、リヴァプール間の一等往復切符が、さらにもう一枚行方不明になっていたが、この切符は往路復路ともに回収されていないので、おそらく使われなかったのだろう。この日、ロンドン、リヴァプール間で「回収できなかった」切符は、この三枚だけである。

クルー発ロンドン行きの三等片道切符を、この事件と結びつける必然性はないと書いたばかりだが、三月十一日午前七時、ラグビー、ノーサンプトン間を走る幹線線路内で、見るも無惨な男のバラバラ死体が発見され、ポケットからクルー、ロンドン間の三等片道切符が見つかり、さらに死体の脇には「光沢のある革のレティキュール」が転がっていたというニュースを知るに及び、行方不明の切符と事件との関わりは、もはや疑いの余地がないものとなった。

第六章　線路の男

このささやかな調査報告を日記のように記していこうという当初の目論見は、ここにいたって挫折することになった。ミス・レンの謎の襲撃事件にしても、望遠鏡を買って戻ってきた日の午後に、新聞の切り抜きを調べ、ひとつひとつ謎を解明していったように綴ってきたが、実は、秩序立てて整理するのに何日もかかっている。しかし、すでにここまで書き進めてきたのだから、このまま続けることにする。実際の調査――オードリー・エムワースに頼んだ仕事や、モートン夫妻と出くわしたことなど――から分かった事実は、その後で付記していこう。

夜行列車の事件のあらましを述べるにあたり、当夜を振り返ったミス・レンの証言から始めるのがよいだろう。クロロホルムの作用はすでになくなったとはいえ、彼女の記憶は曖昧模糊としていた。

とても疲れていたので、切符の回収係と短い言葉をかわすと、すぐに横になり眠ろうとした――アメリカではもう少し快適に旅ができるとそれとなく仄めかしていることから、一九一四年の問題の急行列車には寝台車がなかったことが分かる。窓のブラインドは自分で下ろしている。照明の覆いも半分ほど引いて、目に光が入らないようにした。うとうとしているといきなり――どれくらい眠っていたのかは分からないという――鼻と口に布を押しつけられ、ひどい臭いに吐き気を催した。必死に抵抗し、なんとか布切れを外そうとしたが――まるで悪夢のようだった――手を押さえ込まれ、手首の自由を奪われた。覚えているのはここまでだった。何時間も抵抗していたような気がしたが、実際はほんの数秒の出来事であったに違いない。犯人の姿はまったく見ていない。目に入ったものといえばコートの裾だけで、黒っぽい色――おそらく、ダークブルー――だった。シャツの袖口が長すぎ、汚れていて――そう、彼女はカフスボタンも目に留めていた――卵形の金色のカフスボタンには斜めに黒い縞が走っていた。

敵を作った覚えもなく、ミス・レンはなぜ襲われたのか説明できなかった。しかし、ハンドバッグ――そう、お好みならレティキュールと呼んでもかまわない――の行方を知り、合点がいった。

ミス・レンの美貌が犯行の動機ではないかと、警察は考えていたようだが、「レティキュール」に百ポンドもの金が入っていたと知るに及び、方針を変えたのは確かである。客車を捜査したが金は発見されなかったのだ。

では、このような大金を持っているのを知っていたのは誰か？　誰もいない？　ミス・レンの話では、ミスター・オーヴァバリーから受け取ったというのである。出発前の慌ただしさに、ロンドンで処理するのを忘れていた金らしい。秘書の仕事には、財産や金銭の管理も含まれていたようだ。しかもボウ・ビーヴァーは、いつも手元に多額の現金を置いておきたがった。ミスター・オーヴァバリー以外は誰も金のことを知っているはずはなく、そのミスター・オーヴァバリーにしても、港を出ていく船の甲板の上に立っている姿を、ミス・レンははっきりと見ているのだ。車掌の証言から明らかになることがある。ミス・レンも認めているが——秘書としてあまり褒められたことではないので、おそらく不承不承認めたのだろう——彼女はクルー駅のホームをぶらぶらし、一、二分明かりの下に立っていた。その時、まわりに何人か人がいたが、もし、バッグの口が開いたままであったなら——後で車掌が注意しているのだから、おそらく開いていたに違いない——そう、もし、そのような状況にあったなら、カバンの中の札束に気付いた者がいたとしても不思議はない。簡単に見えるはずはないとミス・レンは主張したかもしれないが、札入れやハンドバッグの中身を一瞬のうちに見て取る、生まれつきの才能を持ち合わせた人間がこの世の中にはいると警察は考えたに違いない。

とにかく、メトロポリタン・ホテルに戻れば、すぐに紙幣の番号が分かるとミス・レンは言った。いや、ミスター・ソロルドがすぐに確認できるだろう——あるいはミスター・ビーヴァーが。しかし、これはありそうにないことだ。

ミスター・ソロルドは直ちに番号を調べるよう指示されたが、この便利な何でも屋は驚くほど短時間のうちに紙幣番号をリストにまとめた。ミスター・ビーヴァーの手元にある（またはスイート・ルームにある）金を調べ、見つからなかった金の番号をまとめたのだ。

警察の捜査がここまで進んでからようやく、ノーサンプトンとラグビーの間で発見された死体の詳細が明らかになったようである。

死体を発見したのは信号手であった。頭は潰れ、人相が見分けられる状態ではなかったという。右腕は胴体から引きちぎられていたほか、おぞましい傷跡がそこかしこに見られた。肉体的な特徴――古傷やあざ――はなかった。両の手のひらと、左手の指の付け根の関節部分に、ひどい擦り傷――もちろん「擦過傷《さっかしょう》」という単語が使われていた――が、さらに同じような傷が左の膝頭にもあることが分かった。左足のズボンの布は、膝を擦りむいたときに裂けたらしい。

死因は疑いの余地がない――轢死である。まわりにはおびただしい量の血が飛び散っていた――ふたつの事実は断定して差し支えないと警察では考えた。汽車に轢かれるまで男は生きていたこと、線路の上に倒れていたこと、つまり、頭はレールの上にあったということである。

帽子が――安物のフェルトの帽子で、ロンドンの大きな店の名が入っている――死体から数メートル離れたところで発見された。シャツからはメーカーの名前が分かっただけで、身元を特定するものは何も見つからず、下着もまた同様であった。帽子やシャツや下着はどれも新しく、ロンドンの同じ店で買われたものであった。ほかに身につけているものといえば、かなりくたびれた青いサージの安物スーツとオーバー、これも決して新しいとはいえなかったが、スーツよりはましだった。

ポケットにはほとんど何も入っていなかった。ゴールド・フレークのたばこの包みとマッチが一箱、破りとられた朝刊の切れ端一枚――「求人」欄が大半を占めている。ズボンのポケットには十五シリングの小銭、チョッキのポケットからは一ソヴリン金貨とクルーからロンドンまでの片道の三等切符、安物の木綿のハンカチが出てきた。

新聞の切り抜きによると、両手首からたいそう興味深いものが発見された――特に左手首である。

袖が長すぎるときの例に漏れず、袖口は両方とも汚れ、それぞれに安っぽい卵形のカフスボタンがとめてあった——金を薄く圧着し、斜めに黒い縞が走っている。左手首に通して持っていたのは、光沢のある革製の婦人用バッグで、見たところそれほど古くはなかったが、擦り傷やひっかき傷がいたるところについていた。中に入っていたのは、女性の細々《こまごま》した持ち物のほかに、手帳、「G・W」というイニシャルの入ったハンカチ、一等往復切符のリヴァプールからの帰りの半券、紙幣ばかりで百十五ポンドなどであった。紙幣の番号は、メトロポリタン・ホテルで見つからなかった分と合致した。

死んだ男がミス・レンを襲った犯人であることは、火を見るより明らかである。まもなく、この事実をさらに裏付ける証拠が発見された。現場からノーサンプトンの方へ数百メートルほど行った、線路脇の堤の草むらから、青い小さな瓶の破片が発見されたのである。分析の結果、中にはクロロホルムが入っていたことが判明した。また、線路沿いの生け垣の中から、死んだ男のポケットにあったのと同じハンカチも発見され、こちらにはクロロホルムが浸してあった。さらに追い打ちをかけるように、下り急行列車を牽引していた機関車の車輪に、飛び散った血の痕がついていたと鉄道会社が発表した。

警察と検屍陪審は、単純明快な事件であると考えた。上り急行列車が霧の中に入ったのは、ちょうどラグビーに到着しようとするあたりだった。男がミス・レンを襲ったのは、ラグビーを通過した直後であったと思われる。列車は依然として速い速度で走っていたが、通常よりも速度をゆるめていた。男はこれを勘違いして、ノーサンプトンに停車するために速度を落としたと思い込み、飛び降りたのだろう。即死でなかったのが不思議なくらいだ。飛び降りたときの衝撃は激しく、手や膝に擦り傷やひっかき傷をこしらえ、気を失って下りの線路の上に倒れた。一、二分後、四時十四分ラグビー到着予定の下り列車が、彼を轢き殺した。

死んだ男の身元を確認しようと手を尽くしたようだが、成果はなかった。検屍によって初めて明らかになった事実があり、これは「謎の中の謎」と書き立てられて、世間の注目を集めた。男はつけ髭と黒髪のかつらをつけていたのだ。この事実と、男のサージのスーツがアメリカ製だという判断から（推理のこの部分は個人的には認めがたい）、警察はこの男を国際的な犯罪者と考え、その線で捜査を進めた。イギリスはもとより、他の国へも指紋を照会したが身元は割れず、奸智に長けた犯罪者であるとの思いを強くするだけであった。警察は男の両手から、ますます確信を深めた。手入れが行き届き、力仕事をしていた痕跡がなかったのだ。

クルー駅構内や列車の中で男を見かけた者はいないか聞き込みを行ったが、これも無駄骨に終わった。クルー駅の切符売り場の駅員から、黒いちょび髭をはやした男を「見たような気がする」という証言を得ただけである。成果のないのは当然といえば当然のことであった――男の人相が分からないのだ。男は切符を買った後、あるいは汽車に乗り込んでから、つけ髭とかつらを身につけたのだろうと警察でも考えていた。

（各新聞にそう書かれていたのだが）新聞も人々も一様に首を傾《かし》げたのは、死んだ男と結びつく行方不明者の届け出がなかったことである。しかし、結局（明らかにこれは当局の見解であるが）、悪党の仲間はたいてい悪党であり、連中がわざわざ警察に手を貸すような真似をするわけがないということに落ち着いた。しかも、この男はあちこち移動しながら悪事を重ねていたに違いなく、住所も不定ならば、定宿も持たず……

だからといってクルーで徹底的な捜査が行われなかったわけではない。せめてスーツケースのひとつでも預けていないかと、手荷物預かり所もあたってみたが、これもまた徒労に終わった。

何の問題もなく陪審は合意に達し、あと残っていることといえば、集められるだけの証拠を集め、ひとつひとつ解決していった警察の迅速かつ有効な捜査活動に対して、賞賛の声を送ることだけだった。

すべての新聞に目を通して、警察もずいぶんと簡単な事件を手がけたものだという感想を持った。リヴァプール発の上り急行列車からは、芋蔓式に証拠が出てきたし、男の死体の方も、念の入っていることに目立つ場所に転がっていた——死体を隠すつもりであれば、幹線の線路の上などもってのほかだ。しかも、男が死んだのは、踏切から五十メートルと離れていなかったし、信号塔からも九十メートルほどの所である。霧の中で男は、これほどの手掛りを残していようとは思いもしなかっただろう。

そう、すべてが申し分なくあるべき場所に納まっているようなのだ。この事件に関する資料にすべて目を通したときには、率直に言って失望にも似た気持ちを味わった。ボウ・ビーヴァー、またの名をミスター・モートン（に間違いないだろう）に個人的な恨みのないことは、すでにご承知のことと思う。しかしわたしは、ビーヴァーとミス・レンの襲撃事件を結びつける明確な手がかりが得られるものと、どこかで期待をしていたのだ。ところがここに至って、襲撃事件とビーヴァーの引退劇には関係があるとにらんだ当初の直感にさえ、自信が持てなくなっている。この事件がきっかけになって、ビーヴァーはミス・レンを愛していると気づいたのかもしれない。事実、彼女の身に起こった不幸な出来事に、ビーヴァーは取り乱している。しかし、それと引退はどう結びつくのか？

深夜、クルー駅のホームで、のらくらしていた流れ者のごろつきが、停車中の汽車の横を行き来している美しい女性に目をとめる。明かりの下ですれ違うとき、バッグの口が大きく開いていることに気づいてのぞき込むと、札束が一杯に詰め込まれている。見ていると、女は誰もいない客車に戻っていく――あるいは、お邪魔はしませんという車掌の言葉を聞いたのかもしれない。ただちにこの汽車が停車する駅を調べる――駅員の記憶に残らないように。まず、ラグビーには停車しないことを確認し、列車の運行状況なども駅員から訊きだしたのかもしれない――どこで速度をゆるめるのか。そこで男は汽車に飛び乗る。

これで完璧に説明がつく。しかし、流れ者のごろつきの犠牲者と結婚した、彼女の雇い主が、映画（妻を抱えてピカデリー通りを綱渡りする、例の手に汗握る映画）の撮影を終えると、金に不自由しない人気絶頂の地位を捨て、映画界から姿を消してしまったのはなぜだろうか？　いや、こう言ったほうがよいだろう、襲撃事件の後に結婚と引退が矢継ぎ早に続いたのはどうしてなのか？

いわゆる、雲をつかむような当てのない追求をしているのだと、ほとんどくじけそうになった――ミスター・モートンはたしかに礼儀知らずで謎に満ちた男かもしれないが、謎を解く鍵はもっとほかの所にあるに違いない――そう考えたとき突然（本当に偶然なのだが、ある朝「見張りの塔」のいつもの部屋で椅子に腰掛け、望遠鏡をたまたまマッチングズのテラスに向けたときのことである）、わたしが――そして警察もまた――どこで間違っていたのかひらめいたのだった。

これは大手柄だ。わたしはひとりで大声を出して笑った。望遠鏡の向こうでミスター・モートンがゆっくりと逆立ちをして歩いている――「手で歩いている」と言った方が正確に伝わるだろう。モートンとボウ・ビーヴァーが同一人物であることに、いまひとつ確信が持てないでいたが、これで得心がいった。明らかな状況証拠である。これまで逆立ちしていたのは、わたしのほうだったのだ。あんな間違いにすぐに気がつかなかったとは！　あのロンドン行きの三等切符は――

ところでこの辺で、ボウ・ビーヴァーの過去の調査報告や、今後の方針について簡単に触れておかねばならないだろう。今後の調査は、魅力いっぱいの秘書オードリー・エムワースにも手伝ってもらう（彼女ならできるだろう）つもりである。

第七章　秘　書

すでに書いたと思うが、ここまで整理するのには何日もかかっており、半日や一日でまとめ上げたわけではない。一方、こちらはすぐに気づいたのだが、秘書に与える仕事には充分注意を払わなければならない。初日から、隣人の隠された過去を洗いだす仕事を与えるわけにはいかない。下手をすれば、名誉毀損で訴えられる羽目になる。しばらくは、ほかのもっと当たり障りのない調査に専念してもらわなければならない。たとえば、投書欄に寄せられた疑問に答えて、シリング貨幣の起源を調べるといった仕事である。

もうひとつ解決しなければならない厄介な問題があった。何とかしてモートン夫妻から彼女の興味をそらさなければならない。映画のことが知りたければモートンの所へ行けばいいと、半分口を滑らせてしまったので、それをうまく言い紛らす必要があった。

そこで映画俳優の生活を調べたいということにした――こう仄めかすのだ。そこには小説にする素材、いやそれもチャールズ・リードばりの小説が書けるほどの素材があると思う。長時間の労働、ライトに照らされる緊張、子役の問題。そうした映画を取り巻く劣悪な環境を暴こうと思っていると。

「おはようございます、ミスター・エイマー」初日の朝である。わたしは彼女を図書室に通した。滅多なことでは「見張りの塔」には案内しない。「まず何をしたらよろしいのでしょう」

容姿もさることながら率直なのがまたよかった。なにやら秘書を演じているようなところがある。計画を話すと、あからさまに興味を示した。

「それで、ミス・オードリー、あなたには素材を集める仕事を手伝っていただきたいのです。本や新聞記事などもありますが、ご自身の足で調べていただくことの方が遥かに多いでしょう。たとえば、スタジオへ赴くとか、そのようなことです」

彼女の目が輝いた。

「信じられませんわ。でも、どのようにやればよいのかしら?」

そこで考えていたことをいろいろと話して聞かせた。どのようにしてスタジオで仕事の口を見つけるか、そのうち新聞記者というふれ込みでスタジオに送り込むつもりでいるが、その手筈とは──そしてわたしは、彼女にこうも言った。国内だけで終わらせたくない、ハリウッドも考えに入れている、イギリスの映画人は何十人もハリウッドへ行っているから、向こうの状況について直接聞くことができるだろう。ロシアに劣らずハリウッドにも奇妙な噂がつきまとっている。

「わたくしが、ハリウッドへ?」彼女ははずんだ声で言った。

「そうですね、ふたりで行くことになるでしょう」おそらく深く考えもせずにそう答えたのだが、彼女は冷ややかな推し量るような視線を返しただけであった。「ふたりで」と言ったのがそれほど非常識なこととは思えなかった。

「どれもこれも予定ではありますがね」わたしは沈黙を破った。「ハリウッドのほうは是非にと思っています。ハリウッドの発展ぶりには大いに興味がありましてね。映画の草創期からスターだった俳優の作品を追ってみようかとも思っています。直接本人に会って、移り変わりの様子を訊いてみるのもよいでしょう。たとえば、ビーヴァーという俳優がいます――」

かなり巧妙な手だったことは認めよう。これで、後にオードリーとわたしがお互いをもっとよく知るようになったら、本当の計画に彼女を引きこむいいきっかけができた。そのことを偶然思いついた風に装うことにした。

「ビーヴァーですか」彼女は眉根を寄せた。

「あなたが生まれる前の役者です」

「そうでしょうとも」と笑みを浮かべながら頷いた。

わたしたちはさらに詳細を話し合った。フェアローンには週に一、二日、午前中に来てもらい、経過を報告したり、記録を作る作業などをしてもらうつもりでいる。二日ほどはロンドンやイギリスのハリウッドともいうべきエルストリーへ行ってもらうこともあるだろう。金銭的なことを言い出しかねているようなので、わたしのほうから切り出した。

「まあ、それでは多すぎますわ」

決してそのようなことはないときっぱりと言った。

「もちろん、映画界と交渉を持つことになるのですから、そのくらいの金額が必要でしょう。しかし、なんといってもあなたが心から興味を持ってこの仕事を手伝ってくれるからなのです。眼鏡をかけた速記者など何の足しになりましょう。それで、いつの日かあなたがスターになられた暁には――その、お会いできる資格があるかなと……」

この時もふたりはお互いの目の中に、言葉より多くのものを読みとった。彼女の顔にゆっくりと笑みが広がる。

もうひとつ良い考えが浮かんだ。庭をご案内しましょうと言って、わたしたちは外へ出た。フェアローンの庭は、イギリスの片田舎にしては相当なものであり、オードリーもたいそうな喜びようだった。たいていの人は顔を輝かせるが、オードリーの心から喜んでいる様は、またひとしおであった。薔薇園、オランダ式庭園、石庭（わたしの大好きな庭だ）、芝生、二本の立派なヒマラヤスギの古木、景観を引き立てるために作られた池、どれも気に入ったようである。

「水浴びには最適ですわ」と感嘆の声を挙げた。「泳がれるのですか？」

わたしは肩をすくめてみせた。

「たまに。ひとりで泳いでもつまらなくて。それに、このあたりは……」

たまに水浴びすることも秘書の仕事に含めてもよいと提案しようか迷った。

「冷たいのかしら？」彼女は水に触れようとかがみこんだ。そのとき足をすべらせた彼女はわたしの腕をつかみ、一瞬、その頬がこちらの頬に触れた――彼女は、背が高い方だろう。

「あぶないですよ」

オードリーは頰を赤らめて、息もつけないほど笑った。

「あやうく水浴びをするところでしたわ」

「いつでもお好きなときにどうぞ」わたしはこの機を逃がさなかったが、あまり本気に聞こえないように気をつけた。

「すてきだわ。芝生で日光浴もできますわね。ハリウッドについて書くには、絶好の環境ではありませんこと？」

軽い調子で取り交わされる会話だが、わくわくした響きの中にも——はっきりと口に出して言おうとはしないが——どこか真剣なところがないだろうか？　わたしたちは散歩を続けた。

オードリーは「見張りの塔」に特に興味を示した。確かに好奇心をそそる建物である——こぢんまりした東洋式の塔といったところで、屋根は八角形、彫刻を施した梁がそれぞれの角からつきだしている。二階正面には二つの大窓があり、そのうち片方の側には、すでに述べたように、せいぜい小さな肘掛け椅子を置ける程度の狭いバルコニーが設《しつら》えられていて、完璧な東洋風とは言い難い。

「あの中には誰もお入れにならないのね？」このことを訊かれるといつもうんざりした気持ちになるのだがこの時は違った——中年のオールドミスが言う時の「悪いひとね」とからかうような調子がまったくなかったのだ。

「おそらく、あなたは例外ということになるでしょう——そのうちにね。秘書というのはとかく規則を破るものではなかったですかな？」

「そうですとも！」またしても言外の意味が込められていた。

ミセス・エムワースには今後のことを話しておいた方がよいだろう。仕事上ロンドンへ行ってもらうことになるし、わたしが同行することもあるのだから、なおさらである。ほかにも解決しなければならない問題が出てきそうだ——エルストリーの映画スタジオに入り込むきっかけを考えなければならない。シネマ・クラブを通せば何とかなるに違いない。なにしろわたしは、シネマ・クラブにとってはなくてはならぬ重要な会員のひとりなのだ。こうした案件はあったものの、幸いなことに、オードリーに来てもらうのを引き伸ばす必要はなかった。原稿の校正の仕事があった——個人的に出版することにしたちょっとした小冊子で、友人たちに献本しようと思っている。教養ある地方郷紳の哲学をまとめたものだ。校正刷りを見てうんざりしていたところで、オードリーにさりげなく話してみると喜んで手伝うと答えてくれた。

わたしたちはまだ「見張りの塔」の脇に立っていた。

「あそこの木が切り倒されたのは残念なことです」と言って例の隙間を顎で示した。

オードリーも頷いた。

「あちらはモートン夫妻の住まいではありません？」こう訊かれるのを待っていたのだ。

「そうです。変わった人たちです。何か映画にかかわる仕事をしていたと聞きましたが、おそらく間違いです。少し言いかけたことがあったでしょう——でも、すぐにあれは誤報だったと思い出したのです。映画ではなく、サーカスとかその類のものでした」

「サーカスですって！　面白そうだわ」

『レッド・ワゴン』（英国の小説家レディ・エリノア・スミスの一九三〇年の作品。ジプシーやサーカスの生活を想像力豊かに描いた）のような本に影響されたのは間違いない。人はみな、どうして小説などを読む忍耐力を持っているのだろう、わたしには不思議で仕方がない。

わたしは眉をひそめ、ふたりの友情を大切に思うならモートン夫妻には近づかない分別を持って欲しいと、もう一度説得を試みた。叔母様もわたし以上に良いお顔はなさらないでしょうし――

「まあ、それはたいへん。わかりましたわ」彼女は笑いながら言った。「あの人たち、グレイハーストではたいへんな嫌われ者のようですわね。叔母を心配させたくありませんもの」

わたしは心の中で安堵のため息をついた。彼女がマッチングズの住人と言葉を交わすようになるのをとにかく恐れていたのである。

いくつか残された問題を解決するために、ミセス・エムワースを訪ねて話したところ、案の定、喜んでわたしの考えに同意してくれた。こちらが照れくさくなるほど礼の言葉を返された。こうしてオードリーとわたしは、自費出版する本の校正をしたり、オードリーの紹介状を書き送ったりして一週間ほど過ごした。

ついに、紹介状に対する最初の返事が届いた。オードリーは気が急《せ》いているようだが、ゆっくりと順序だてて進めることにした。

「いえいえ、まずはお祝いをしなければなりませんよ。明日の午後、ロンドンに出て映画を見ませんか？　そうするにふさわしいことです。お昼を食べ、映画を見て戻ってくるのです」

その通りに実行した。わたしはまるで高校生のような気分だった。秘書に頼んで汽車の切符を取り、レストランの席や映画の席を予約させるのは、とても良い気持ちだ。贅沢な心持ちでグレイハースト駅を出発した。さらに愉快なことに、駅でわたしたちの姿を認めたミセス・ラッシャー＝プレットが、こちらに気づかない振りをして、三等車両に乗り込んでいったのだ。ミセス・ラッシャー＝プレットがわたしを許していないのは言うまでもない。娘——これがまた、ぐずで退屈な娘なのだ——をフェアローンのミセス・エイマーに、という彼女の申し出をはねつけたからである。確かに彼女には良い縁故はあるかもしれないが（それもかなり遠縁である）、娘には魅力がなく個性の閃きもないのだから如何ともしがたい。

オードリーは一緒にいてとても楽しい相手で、突然どきりとするようなことも平気でやってのけた。映画が息をのむような場面になると、華奢な手でわたしの手をしっかりと握りしめたのである。再び場内が明るくなるとふだんの落ち着いた態度に戻り、握っていた手の力を抜いて引っ込め、こちらへ顔を向けて、いつもの笑みを静かに浮かべるのであった。

本来の仕事——ボウ・ビーヴァーの引退の謎を探る——は、オードリーが書斎にいない午後にやらなければならなかった。オードリーが「映画王国」の攻略に向かうと仕事ははかどった。寂しさを紛らすために仕事に打ち込んだからである。

そろそろこの辺で手記も次の段階に進めようと思う。オードリーは映画女優への第一歩を踏み出したいと真剣に思っていたし、また、わたしから任された仕事に義務を感じていたので、エルストリーに入り込もうと必死になっていた。その間に、わたしの調査はボウ・ビーヴァーが演劇界を去った頃にまでさかのぼっていた。オードリーは気がつかなかったが、「クラブ」へ行くと称して慌ただしく出かけていったのも、実は調査の糸口を与えてくれる俳優斡旋業者や興行主などを捜していたのだ。オードリーとはよく夕方に落ち合って一緒に帰ってきた。オードリーはいつもわたしをからかって、給料を稼ぐために自分はやせ衰えて見る影もない有様だというのに、あなたは何もしないでぶらぶらしているのだから贅沢なご身分だと軽口をたたいた。

オードリーの報告を聞くのは楽しかった。「その他大勢」の役で二回ほど出演して一ギニー稼いだ話や、映画の撮影中の場面を臨場感たっぷりに話して聞かせてくれることもあった。確かに才能がありそうだ。後押ししたいという気持ちがすぐに頭を持ち上げ、抑え込むのに苦労した。オードリーがわたしの援助を期待しているのかどうか確信が持てない――まだだ。援助を申し出たら黙って頷くのか、威厳を傷つけられたとして気を悪くするのか、オードリーの気持ちはその境界線上にあって今はまだ揺れている。裏目に出るようなへまを演じるつもりはない……

しかし、もちろん、オードリーの報告は実際には何の役にも立たないのだが、有益な情報である振りをして、すべてを記させた。

実を言うと、わたしはついにボウ・ビーヴァーのしっぽをつかんだのだ。演劇に携わっていた頃のビーヴァーの経歴は漠然としていたが、その時の彼を知る人物に会うことに成功したのである。

その男は、本題に入る前に、くだくだと映画を非難した――映画なんてものは、本物の芸術じゃあないね、面の皮が厚いやつなら、どんな間抜けでも大当たりを取れるんだ、特に昔はな。ボウ・ビーヴァー――ああ、そうそう。芝居の世界ではまったくだめだったよ、どさ回りの三流劇団の舞台主任助手が精一杯だったたな。劇団名かい？　うーん、思い出せんねえ。そうだとも、うん。殺人事件に関わり合った劇団だよ。どこか北の方だったたな、劇団員のひとりが危うく殺人罪で捕まるところだった。

いや、いや、ビーヴァーではないよ、ビーヴァーなら、おそらくそいつを種にして――

悪い評判を芝居にすれば当たりを取ることができたと言おうとしたのだが、それと同じ理由で映画を非難したばかりだと気づいたようである。

「その事件に関係したからといって、イギリスの演劇界じゃあ通用せんかったよ。でもな、わしは、あいつが映画界に入るのにそいつを利用したとにらんどる。うんにゃ、そうにちがいないさ」

このわずかな手がかりを聞き出すために、どれほどの酒をおごり、際限もなく続くわが過ぎ去りし栄光とやらに耳を傾けなければならなかったことか。とはいえ、これがかなり価値のある情報なのはすでにお分かりだろう。ボウ・ビーヴァーが映画界を去ったのはあの一件――あの奇妙な事件の直後である。そして、演劇界を去ったのも殺人事件の後というのだ――

第八章　ハローフィールドの殺人

この事件に興味を持ち、あるいは直接関係した人たちならば、当然、審理の一部始終を知っているだろう。地方紙は何度かこの事件に紙面を割いていたし、全国的な話題にはならなかったが、作家ならばそこに人々の興味を掻き立てるものをかぎつけたかもしれない。

ハローフィールドの小さな田舎家《コテージ》で、年輩の女性が無惨な手口で殺害され、手提げ金庫が盗まれた。一九〇八年、秋のことだ。ハローフィールドはよく知られているように工業地化されるのを免れ、「郊外住宅地」となった北部の町で、今日《こんにち》では最先端とまではいかないが、現代的な新興住宅地として認められている。一九〇八年当時、ハローフィールドは田舎の町というよりも、村の面影を色濃く残していたが、同時に変化の兆しも見せ始めていた。町は、言うなればパッチワークのようであった。交通量の多い通り、混雑した店、劇場、コンサートホール、町政庁舎、日中は工場や製造所ですごす裕福な人々が住む住宅地。一方、村の小道や田舎家の見られるオアシス、あるいは地峡ともいうべき地域があり、それをぐるりと取り囲むように田園地帯が広がり、大きめの家が点在している。かつてこうした家の窓からは、どこまでも続く田舎の風景が楽しめたものだが、今では背の高い煙突があちらこちらに建ち並び、煙を吐き出している。

殺人はとある田舎家《コテージ》で犯された。しかし、田舎家というと誤解をまねくに違いない。今日なら、裕福な人たちが週末の別荘用に先を争って手に入れようとする家である。「田園の小道」からわずかに外れて建ち、小さな庭に面している。すぐ前のせせらぎは海へ向かって流れながら、点在する綿紡績工場に動力を供給していく。少なくとも、蒸気機関のない昔はそうだった。この家の建つ谷間を小道と小川が貫いてくねくねと延び、この一帯を取り囲むようにして、ハローフィールドの町が広がっている。町は新しくあか抜けてはきたが、以前よりも退屈になり、その延び広がっていくさまは、まるでユキノシタが岩の回りに生え初《そ》め、やがて岩全体を覆い隠していくのに似ていた。地元ではこの谷間をバックスと呼び、惨劇の行われた家は「ホワイト・コテージ」として知られていた。

この家に住んでいたのはミセス・モートンで、どこか謎めいた人物というのが近所の評判であった。「気取っていた」ばかりでなく「近所付き合いを避けて」もいた。召使いはひとりもおらず、掃除をしに週に一、二度、婆さんが通ってくるだけであった。働いていなかったが、どうやら生活するには充分な収入があったようである。身だしなみはしゃれているとは言い難いが、とにかく金はかかっていた、つまり、目立っていた。近所の人たちと気さくに話をすることはなかったが、例外もあった。彼女がアル中だと実際に言いきる者はなかったのだが、掃除婦の婆さんの話では「ジンが好き」だそうで、ほったらかしにされた庭の、好き勝手に伸びたイラクサの茂みの中から、ジンの空き瓶がごろごろと出てきたらしい。おそらくジンの買い置きを忘れたのだろうが、理由はともあれ、彼女は時折、夕暮れにキングズ・ヘッド亭へ出かけてしこたま飲んでは酔っ払い、うるさいほど饒舌となった挙句に、誰彼となく喧嘩をふっかけたという。自分の身の上を話したのもこうした晩である。こんな片田舎でしけこんでいるよりもね、まぶしいほどライトを浴びて贅沢な暮しする方が板に付いてるのさ。いいかい、あたしゃ、女優だったんだよ――女優というのは、あくまで彼女の言葉を信じた上での話である――演じたことのない役はなかったね、それも、世界中の国王様や女王様の御前でだよ。エレン・テリーもサラ・ベルナールもあたしの代役をやろうってんで、張り合ってたもんだ……当時のことを話してくれた人も、わたしと同じ意見であったが、この話には多少の誇張はあるものの、彼女が演劇の世界に関係していたのは、確かなことではあるまいか。この事実を裏付けるのは部屋に飾ってあった写真だけのようだが、それは間違いなく舞台のある宿屋で見かける類の写真であった。

一、二度、夫について口にしたことがあるが、過ぎ去った昔のこととして語っていた。息子のことも話していて、悲劇の起こる一、二年前に若い男が（この人物をはっきり覚えているものは一人もいなかった）ホワイト・コテージを訪れ、慌ただしく立ち去ったことがあるという。この若い男については、ホワイト・コテージを訪れたこと以外は、まったく何も分からない。事件の捜査の時も名乗り出ず、警察はこの男を捜し出すことができなかった、あるいはその必要を感じていなかったらしい。

金銭面はといえば、郵便為替を受け取っていたようで、額はその時その時でさまざまだったが、受け取るとすぐに現金に換えていたらしい。しかし、郵便局では大したことは分からなかった。為替はサウサンプトンやリヴァプールなど、イギリス各地から送られてきたものもあれば、ドイツ、フランス、アメリカ、そして遙か日本から送られてきたものもあった。ほかにもわずかではあるが株の配当金や貯金の利子など定期的な収入もあった。

悲劇の犠牲者ではあったが、気色の悪い女だったと誰もが口をそろえた。髪を染めても化粧をしても、悲しいかな、魅力を添えることにはならなかった。ここでふたつほど細かいことを補足しておいた方がよいと思う。彼女は買い物の時には必ず現金で支払いを済ませる主義だったので、(掃除婦の婆さんによると)家にはたいてい相当な額の現金が置いてあり、それを書き物机の抽斗の中にある手提げ金庫に仕舞っていたこと、もうひとつは、彼女の死後、財産の相続を申し出た者が誰もいなかったことである。千五百ポンド相当の財産を残していたので、これは少々驚きである。

さて、殺人事件である。

掃除婦はいつものように金曜日の朝にやってくると、自分で鍵を開けて中に入った——鍵は渡されていたし、ミセス・モートンはいつも遅くまで寝ていた。居間に足を踏み入れるや、彼女はその場に凍り付いた。ミセス・モートンがカーペットの上に倒れ、死んでいたのだ。それは見てすぐに分かった。部屋に備え付けてあった火かき棒で殴り殺されていたのである。掃除婦は悲鳴を上げながら外へ転がり出ると、警察へ飛んでいった。「飛んでいった」という表現が掃除婦の婆さんにふさわしいとしての話だが。

掃除婦の話を聞いた警察は、すぐに事件のあらましと犯行の動機について仮説を立てた。一番上の抽斗が開けられ、机の上に載せられた手提げ金庫の中には、何も残っていなかった。

　警察はふたつの事実を重要視した。居間にはランプがなかったが、家にあるほかのランプはどれも油が残っていること、居間の窓の鍵がかかっていなかったという二点である。前者から、凶行が行われたのは暗くなる前であること、また後者はその後、正面玄関のドアが施錠されていた事実も明らかとなったことから、犯人はおそらく居間の窓——鍵がかかっていなかったのはここだけである——から侵入し、そして間違いなくそこから出ていったものと思われた。

　警察の仮説は医学的にも裏付けられた。被害者は死亡してから少なくとも十二時間は経過していた。つまり、どう遅く見積もっても前の晩の七時三十分頃には犯行が行われていたことになる。バックスならずとも道の人通りが少なくなる時間帯である。夕食の準備に追われたり、花壇や野菜畑でその日最後の一仕事を済ませる時間だ。ホワイト・コテージは通りから中が見えなかった。高くもつれ合った生け垣に囲まれていたのである。犯人が居間の窓から忍び出て、家をぐるりと回り、庭の小道から外の通りへ出ていくのを誰も見ていなかったとしても、何ら驚くにあたらない。

　おそらくまったくこの通りだったのではないだろうか。十歳の少女が、かなりの早足でハローフィールド・ハイ・ストリートのほうへ歩いていく浮浪者の姿を見たというのが唯一の証言である。少女はこの男を目の端にとめただけであった。あふれそうなほど水を入れた水差しを持っていて、こぼせばお仕置きが待っていたからだ。男は汚らしい布製の帽子（労働者階級の象徴）をかぶり、黒っぽい色の服を着て、カラーはなし、顎髭をたくわえ——または伸び始めていた。証言はこれだけである。

　この情報はたいして役には立たなかったが、時刻という点では申し分なかった。少女が家に着いたのは七時四十五分をやや過ぎた頃で、その時刻には外はほとんど暗くなっている。警察はほかにこの浮浪者を目撃した者はいないかと、しらみつぶしに捜したが、なにせ男の人相があまりに曖昧すぎた。

検屍審問を延期して、警察の証拠集めに便宜が図られたが、この時は誰もがつたない望みだと思ったに違いない。警察は犯人の服に犯行の痕跡が残っていると考えたらしく、実際に相当数の浮浪者を連行して尋問したが、怪しい者はひとりもいなかった――誰ひとり事件と結びつけることができなかったのである。

そこで、警察は掃除婦に疑いの目を向け、施錠したドアは捜査の目をくらませるためではないかと考えた。医学的な裏付けに誤りがあったとしたら――いや、やはり正しいとしても、とにかく、掃除婦は手提げ金庫の置き場所も、その中にいつも大金が入っていることも知っていたと認めたのだ。年の割にはからだはしっかりしているので、火かき棒で人を殺せるだけの力はあったのではないか。

しかし、婆さんには確固としたアリバイがあった。それだけでなく、その晩一緒にいた友人らは彼女が玄関の鍵を持っていたと証言した――たまたま財布から取り出したのを見ていたのだ。

捜査は徹底を極めた。錠前屋や鍛冶屋など合鍵を作った可能性のある人物はひとりひとりしらみつぶしに当たっていった。成果はなく、警察は大きな壁にぶつかってしまった。おそらく、謎の息子の行方や、過去においてミセス・モートンとつながりのあった人物を捜し当てようと、全力を尽くして捜査にあたったことだろう。しかし、突然、警察はまったく別な方向に目を向けさせられることになった。

言うまでもないが、いろいろな人たち——相当数の人たち——が、確かに「浮浪者」を見たという証言を寄せてきた。こうした人たちが男を目撃した場所は、たいてい浮浪者が現れるはずのない場所——男がその通りにいたとしても——であったが、中にふたつ、ハイ・ストリートと平行して走る狭い裏通りで見たという報告例があった。少女があげた特徴そのままの男であったこと、足早にステーション・スクウェアの方へ向かったこと、人目を避けている風であったことなど、どちらの証言内容も同じだった。これだけでは大した役には立たなかったが、証言者のひとりは、以前にどこかで顔を見ているはずだと言ったのである。彼は検屍審問の延期が決まってまもなく、どこでこの男を見たのか思い出した。シアター・ロイヤルである。

素直に認めるが、ここまで新聞記事を読み進めた時のわたしの気持ちときたら、それこそ、「見張りの塔」を走り出て最初に出会った人にキスでもしかねないくらいだった。それがあの可愛いオードリーであってくれたなら。はやる気持ちを抑えることができたのは、その時オードリーがエルストリーに行って不在だったからではなく、記事の先に目を通したからであった。

この目撃者はきちんとした身なりの聡明な熟練工であったが、彼はシアター・ロイヤルで見たメロドラマの出演者のひとりが「浮浪者」だと思い出したのだ。しかし、その役——落ちぶれた境遇にある「主役」で、みたびの災難を乗り越えて富と幸福を取り戻す——を演じていたのはギャリー・ブーンという役者であった。ビーヴァーの名前がでてくるものと期待していたのだが。

熟練工が話したのは警察だけではないらしい。この話はすぐに町中の人たちの知るところとなった。劇団はその時、ニューカースルで公演を打っていたが、劇団一のスターであるミスター・ギャリー・ブーンは大慌てでハローフィールドに戻った（劇団員のほとんどが同行したために、ニューカースルの人たちはその週の楽しみを奪われて、大いに不満を募らせたことであろう）。ハローフィールドでの人々の反応は、彼をヒーローとして迎えるもの、通俗劇に出てくるような極悪人として迎えるものとに二分された。ミスター・ブーンはこの機会を最大限に利用した。これほどの宣伝は初めてのことである。劇団もこれに大いに便乗した。劇団員のすばらしい助演も得てミスター・ブーンは、風変わりな天才という新しい役を演じることとなった。子供のように気まぐれで分別がなく衝動的。子供そのもの、皮肉屋ならそうつけ加えたかもしれない。というのも、肝心な点になるとミスター・ギャリー・ブーンはしどろもどろとなり、主役女優との特別な関係によってかろうじて窮地を脱するというていたらくだったのである。

彼は殺人やそれに類するどのような罪にも問われなかった。もっとも当時の検屍法廷は彼を好きなように料理できると思っていたのは間違いなく、しかも世論といえば殺人者を絞首刑に処する方を望んでいたのだ。ともかくミスター・ギャリー・ブーンは終始重要な証人でもあるかのように何時間にも渡って尋問され、厳しく追及されたのであった。

ブーンに対する「警察の見解」とやらの行間を読むことはたやすい。

まずはその性格である。ひとりよがりで喧嘩っ早く、酒浸り、年がら年中金に困っていた。

次に、彼は劇団員のひとりに軽率にも公の場《パブリック》で――正確には居酒屋《パブリック・ハウス》で――借金の返済はなんとか都合がつきそうだ、劇団がハローフィールドを離れるまでには工面できそうだと仄めかしたらしく、まわりのものがこれを聞いている。それだけではない。劇団が次の興行地へ移動した時も、ブーンはいつになく金回りが良かった——口論ひとつせずに下宿屋のおかみに部屋代を払っていた——という事実もあげられている。さらに、木曜日の午後の足取りである。マチネを終えると、劇団員を含めた大勢の仲間とパブへ繰り出し、そこに六時過ぎまでいた。仲間といっても全員が劇団員だったわけでなく、友人でない者さえ混ざっていた。そのうちのふたりは、ミスター・ブーンは自分が奢《おご》る番になったので店を出ていったのではないかと言い、店を出るときには足元がおぼつかなかったとつけ加えたが、これにはさらにもうひとり目撃者がいた。三人が口をそろえて断言したところによると、ミスター・ブーンは大事な約束があるのでバックスへ行くと言っていたらしい。

警察の発表では、その後のブーンの足取りはまったく「裏がとれ」ず、八時五分になってようやく、ステーション・スクウェアにあるシアター・ロイヤルに駆け込んできたのが確認されたということである。これを目撃したのは口番《くちばん》で、彼の証言によると、ミスター・ブーンは戻ってきた時には、すでにある程度メーキャップをほどこしていたらしい。そんなことがあるだろうか？　口番の意見では、ミスター・ブーンはもっとずっと早い時間——六時半頃、いや六時半をわずかに過ぎた頃——に戻ってきて、また出かけたのではないかというのである。口番の言う時刻は曖昧であった——仕事でばたばたしてたもんで。劇場に入る姿を見たような見ないような、何とも言えませんねえ。あれがミスター・ブーンだったなら、六時半頃に見かけた時には、メーキャップなんかしてませんでしたよ。

話はここで終わるわけではない。劇団のことを決して悪く言おうとしない団員でさえも、木曜日の晩、ギャリー・ブーンの「浮浪者」の演技は納得のいくものではなかったと認めざるをえなかった。しかし、ミスター・ブーンがひどく酔っていたことや、開演ぎりぎりに姿を現したことについては認めようとしなかった。警察では、ミスター・ブーンが劇場に戻ったのは幕があがるわずか数分前で、ひどく酔っていただけでなく、たいへんな興奮状態にあり、メーキャップも不充分のまま舞台に立ったと考えていた。

そしてついに、にらんでいたとおり、とっておきの証拠をつかんだ。劇団の荷物はすでに「調べてあった」が、日曜日にハローフィールドからニューカースルへ送ったギャリー・ブーンの衣装や持ち物などが入ったカバンは、特に念を入れたようである。その中から警察は青と白のスカーフ――芝居で「浮浪者」が首に巻いていたのとよく似たスカーフ――を発見し、これに付着した染みを分析していたが、これが人間の血液であることが分かったのである。

第九章　ギャリー・ブーンの勝利

証言台に立ったギャリー・ブーンは前代未聞の醜態を演じたが、その人気は衰えなかった。おそらく誰もが無料で「扇情的な」演《だ》し物を楽しんだのだろう。

ブーンはその本性をすべてさらけ出したようだが、警察ではそれが彼の邪悪さを語るものと受け取った。虚栄心の塊で激しやすく、すぐに狂ったように怒り出す。大声でわめき散らし、威嚇するようにあたりに拳を打ちつける姿は、酔ったときのブーンの姿を彷彿とさせる醜態だったにちがいない。

ともかく、彼の証言はどのような内容のものであったのか？

ブーンはすべてを否定した。ミセス・モートンやホワイト・コテージなど聞いたこともないし、そんな人物や家を目にしたことも断じてない。金をあまり持っていなかったのは事実だが、だからといって困り果てていたわけでもない。気前のよい性格なのだ——ねだられれば誰にだって奢ってやる。自制しなければならないのは分かっていた。主役女優のミス・ウィンター——たいへん世話になっている仲の良い友人——が親切にも手を差しのべてくれた。つまり、彼の金を預ってくれるというので、劇団がハローフィールドを発つまで、このにわか銀行からは金を引き出さないという取り決めをした。

運命の木曜日の足取りはどうだったのだろうか？　何時何分にどこで何をしていたのか詳細な説明を聞けるとは、誰も期待していなかったのは確かだ。彼は役者、芸術家だ。金もさることながら時間にも大ざっぱなのである。ブーンの証言の詳細を引用する。マチネ公演の後、ふだん着ている服に着替え——実は法廷でもこの服を着ていた——いつものように劇場を出た。劇場を出るときにメーキャップを落としていたかどうか、はっきり言うことはできなかったが、少しでもメークしていたなら、パブで一緒に飲んだ仲間が気づいたはずで、そのような証言があってしかるべきである。では、証言した者がいたか？　もちろん誰もいない。しかし（このことが引き金になってブーンは気が狂ったように怒りだし、検屍官は落ち着かせるのにたいへん苦労することになるのだが）、その友達だと信じていた数人から、彼はひどい言葉で侮辱されることになる。

もちろんメーキャップを落とさずに劇場を出る習慣はなかった！　木曜日はそうしなければならない特別な理由があったのだろうか？　ブーンはそれに対して、時と場合によっては……

ブーンは再び怒りを爆発させた。こんなのはあげ足とりじゃないか、はっきりと証言できないからといって……本当のことしか言ってないぞ……

落ち着きを取り戻すと、じつは理由があったのだと認めた。とても疲れていた、彼が演じたのはかなりやっかいな役柄で、たいへんエネルギーを使う……ハローフィールドの観客はとても暖かく、しかも眼の肥えた客だった。芸術家から最大のものを引き出す力を持っている。それで肉体的にくたくたになってしまうのだ。

つまり（といってもこれはギャリー・ブーンが言った言葉そのままではないが）、ハローフィールドにいる間は酒を手放せず――これは警察の見解である――、マチネが終わるや再び一杯やるために大急ぎで劇場を飛び出した次第である。神経が高ぶりいらいらしていたので、彼の言葉を使うなら、気付け薬が必要だったのだ。そこで、クレーヴン・アームズ亭へ飲みに出かけた。酒場を突然出ていった理由も同じような調子で説明した。奢りたくなかっただの、奢る金がなかっただのというのは、人を殺すために出ていったという戯言と同様まったく根拠のないことだ。友達――本当の友人――なら、おれが奢るのを嫌がったり、人を殺したり、そんなことができる男ではないと請け合ってくれるはずだ。ちがうね、なんとなくまわりの連中と調子があわなくなったもんで出てったのさ。さっきのいざこざ――おれをばかにした証言――から、これが本当だって分かるだろ。でもな、そんなことよりも、どこまで飲めるか、限度ってもんを知ってたから出てったんだ。下宿にもウィスキーの瓶があるかって？　まあな。別に不思議じゃないだろ。子供じゃないんだ、いいか、そこのところをよく覚えておいてくれ。

ちがうと言ったろ、クレーヴン・アームズ亭を出てったのは、まわりに嫌気がさしたからだ、座り込んで酒を飲み続けるのが嫌になったんだ、夜の舞台の前に休んでおきたかったんだよ。劇場に戻って、夜まで誰にも邪魔をされずに静かにしているつもりだったのさ。バックスへ行く《ゴーイング・トゥ・バックス》なんてことは絶対に言ってない。そんな地名は聞いたこともないし、第一、どこにあるのかも知らないんだ。じゃあどうして、ふたりの人間がそいつを証言したのかって？　わけないことだ、戻る《ゴーイング・バック》、つまり劇場に帰ると言ったんだよ。この言葉を聞くや、法廷にいる人たちは拍手喝采を送った。ギャリー・ブーンは笑みを浮かべるとお辞儀をしてこれに答えた。

歓声が静まり、審理が再開された。

大事な約束ってのは、言ったかどうか、よく覚えてないな。そんなことを言ったとしたら、上流社会を支えている儀礼的な嘘ってやつに過ぎない。飲み仲間の中に嫌な連中がいるからって、気持ちを傷つけるわけにもいかないからな。蠅も殺せない質《たち》なもんでね……

下宿に帰るつもりは毛頭なく、初めから劇場へ戻るつもりでいたという。理由を聞かれると、少しためらいを見せてから、不承不承説明を始めた。もう、へとへとだったんで、眠り込んじまうのが心配だったんだよ。そんなことしたら、夜の舞台に穴を開けることになるからな。いままでお客さんを失望させたことはないんだ、ことさら大きな声でそう付け加えた。

まっすぐに劇場に戻った、嘘じゃない。劇場までどうやって帰って来たのか、覚えてないのが残念だ――考えごとをしてたんで、通りの名前なんか目に入らなかったのさ。あいにく、口番と立ち話もしなかったしな。だからって、これが何か罪になることなのかい？　まっすぐに楽屋に戻って椅子にへたりこんだ。下宿に戻らなかったのは正解だったね。本当に眠ってしまったんだ。夜の舞台が終わるまで、劇場からは一歩も出ていない、芝居が終わるとまっすぐ下宿に戻ったよ、こいつは確かさ。

ここまでは問題はなかった。しかし、楽屋で空のウィスキーの瓶が見つかったことについて質問され、さらに掃除婦が水曜の午後にはほとんど手つかずだったウィスキーの瓶が、金曜の朝には空っぽだったと証言していると、追及されるにおよび、ブーンの受け答えはなんともぎこちないものになった。クレーヴン・アームズ亭を出た理由が、それ以上飲みたくなかったからというのであれば……それに、木曜の夜の彼の演技のことがある。

ギャリー・ブーンはひるまなかった。掃除婦には（ここで笑い声をあげた）、ウィスキーの量よりも味を聞いた方がいいんじゃないのか、確かに、ちょっとは飲んださ、でもな、それは目を覚ましてからだ、舞台に立つ前に気持ちを高めておく必要があったんだ。

ミス・ウィンター？　とてもよくしてくれる仲の良い友達だ。あてこすりを言うやつがいるかもしれんが、どうせしがない役者稼業だ……ここで胸をたたいてみせて「傍聴席《おおむこう》」の喝采を浴びた。

しかし、尋問にはロマンティックなところなど微塵もなかった。金には困っていなかった、ブーンはすでに語ったことを繰り返すだけだった。ふたりの間で交わされた取り決めに従って、金曜の午後に金を「引き出した」。いや、劇団は土曜日までハローフィールドにいたさ、取り決めといっても友達同士の間で交わされたものだ、杓子定規に解釈しないでくれ。自分の金かって？　当たり前じゃないか。いったいどうしておれがミス・ウィンターに……

このとき爆発させた怒りは何とも的外れなものであった。この尋問の意図は、それがミセス・モートンの金ではないと確認することだった。ブーンは自分に対するあてこすりだと勘違いして反論したのだが、あまりにもむきになるものだから、逆に馬脚を現したと思う者もいた。

血の染みのついたスカーフについてはまだ一言も言及されておらず、スカーフの問題に移る前に、上着を洗濯したことについて尋問が集中した。法廷で着ていたのとよく似ている上着のことで、ブーンはまったく答えることができなかった。

いよいよスカーフである。これについても何の説明もできなかった。おれのものじゃない、事件の後、ハローフィールドの舞台でも次のニューカースルの舞台でもスカーフは巻いていたが、それとは別物だ、警察だって分かっているはずだろ。同じスカーフを二枚持っていたというのか？　おっと、そいつは確認済みだろ。ハローフィールドに着いた時に、おれの衣装入れには一枚しか入ってなかった。ハローフィールドで同じものを買ったかって？　だったら、売った店を突き止めることぐらい警察なら朝飯前だろ。店にとっちゃいい宣伝だ。警察は店をしらみつぶしに当たったが無駄骨に終わっていた。ギャリー・ブーンは、それ見ろとばかりに晴れやかに微笑み、すかさずこの機をとらえて、とんだ濡れ衣を着せられたものだと言った。彼は、証言台から降りるように求められた。

この時点では、意見は分かれていたのだと思う。法廷（正確に言えば、町政庁舎）にいた人たちだけがギャリー・ブーンの無罪放免を願っていたのではないか。彼の言葉が悪い方に誇張されて「書かれた」のは明らかである。

ミス・ウィンターの証言によって状況が好転したかというと、これは甚だ疑問である。ギャリー・ブーンは自らを才能に恵まれた子供、人生の裏も表も知っている少年だと言ったが、ミス・ウィンターは懸命にこれを証明しようとした。ブーンの金の話も真実であると請け合った。ただ残念なのはその金額が曖昧なことであった。では次に、彼は酔っていたのか？　酔っぱらった時に暴力をふるわなかったか？　彼女は必死に頑張ったが、過去の出来事を指摘されると口ごもってしまった——南部地方のあるパブでの喧嘩沙汰、また、劇団でブーンに次ぐ二枚目俳優の荷物を階段から投げ落とした下宿での騒動。ブーンは酒を飲んでいると一、二時間「記憶が途切れて」しまい、後で何をやったか思い出すことができないのだと言うことで、彼を弁護しようとしたらしいが、同情と同じくらいの反感を掻き立てる結果になってしまった。そして、木曜の夜の舞台について問われると、いよいよ返答に窮し、追いつめられて渋々口を開いた。かわいそうなギャリー——ええ、そう、気が立っていて、メーキャップもひどい有様でした。

ブーンとの関係を問われることはなかった。というよりも敢えて持ち出さずとも、懇ろな仲であることは誰の目にも明らかであった。

ついで上着の件に尋問の矛先が向けられた。あなたが洗濯したのではありませんか？　さあ、思い出せません。そうです、確かに金曜の朝、ベンジンの大瓶は買いました。おそらくミス・ウィンターはあくまでもしらを切り通すことができると思ったのだろうが、この時にはもうすっかり震え上がってしまっていて、ついにギャリー・ブーンのダーク・ブルーの上着を洗濯したことを突然「思い出す」ことになった。前々から洗濯するつもりだったのです、その、油で汚れていたものですから。血ですって？　まさか。単なる油汚れです。

ええ、そうです。おそらくドーランの染みだと思います。いいえ、ミスター・ブーンは舞台で上着を着ていたわけではありません、ただ……。すかさずメーキャップを落とさずに劇場を出ることもあったのではないかと突っ込まれた。それならドーランの染みがついていたことも納得できますからね。ミス・ウィンターは勇を鼓して言った。メーキャップをしたまま外出したところは見たこともありません。もちろん、ちがいます。劇場に来る時と帰る時は上着を着ていました、つまり、楽屋に置いていたのです。「逆上したブーンその人」が乗り移ったのではないかと思わせる勢いで、田舎の劇場における楽屋の惨状をまくし立て始めた。

ミス・ウィンターが証言台を降り、この後、劇団員が次々と尋問されたが、誰もが主役男優と主役女優の証言を裏付けようと躍起になり、自らの発言に矛盾することを平気で口にするほどの節操のなさであった。証言した劇団員のなかには、衣装や小道具を管理している男もいたのだが、ミスター・ブーンに支給したスカーフは一枚だけであるときっぱりと言い放った。そうですね、もとは二、三枚はあったものですが、一枚は破れてしまい、もう一枚はなくなってしまいました、そうそう、何ヶ月か前です。ミスター・ブーンがそいつを持っていたとは限らないでしょう――手に入れようと思えば劇団員なら誰でもできるわけですから――どうしてミスター・ブーンなんです？

この証言は説得力に欠けていたが、スカーフに関しては新しい発見が、しかも科学的に裏付けられた発見があった。血痕の付着したスカーフにはまったく見られなかったドーランの染みが、もうひとつのスカーフにはべったりとついていたのである。

これがギャリー・ブーンの無罪を証明する決定的な証拠となるのか否かはさておき、有罪判決を下すのがたいへん難しくなったことは確かであり、こうしてブーンの証言は――裏付けの取れるところは――ひとつひとつ補強されていった。クレーヴン・アームズ亭にいた劇団員は全員ブーンの言うことに嘘はないと口をそろえた。いきなりパブから出ていった理由は何も聞かなかったと言う者もあれば、そういえば「バックスに行く」というよりも「戻る《ゴーイング・バック》」と聞いたような気がすると証言する者もいた。

正直に認めるが、わたしはこの事件の本当の主役が、ミスター・ビーヴァーだと思い込み、悦に入っていた。わたしは、この事件の経過にすっかり引きこまれていたが、ビーヴァーがハローフィールドの殺人事件に巻き込まれたと話してくれた男は、取り違えていたわけではないと思うようになっていた。ブーンこそ実はビーヴァーで、名前を変える必要に迫られた——と実に楽しい仮説を立て始めてさえいた。しかし、そう考えながらもこれが理屈に合わないことは分かっていた。ビーヴァーと同一人物とするにはブーンは歳をとりすぎている——わが隣人モートンだとするともっと若くなければならないはずだ。しかし、ついにビーヴァーらしき人物が登場することになる。

この男は舞台主任助手で、要するに何でも屋であることをそれとなく認めた。また、俳優の呼び出し係も務めていたようである。ともかく彼の証言は決定的なものであった。

ホワイト・コテージの殺人と「浮浪者」とを結びつけているのは少女の証言だけであるが、その証言によると、七時四十五分頃、この男はバックスの通りを歩いていたことになる。少女の証言が正しく、またギャリー・ブーンが問題の浮浪者だとしたら、劇場にたどり着くのは八時頃、あるいはそれ以降になる——口番の証言したように——はずである。

ミスター・ビーヴァーはこの仮説を見事なまでに打ち砕いた。七時四十五分にギャリー・ブーンの楽屋を覗いたときに、椅子の上で眠っている姿を目撃していたのだ。ビーヴァーはかすかに笑みを浮かべながら、メーキャップ台の上にウィスキーの瓶とグラスが置いてあったと（非難するよりもむしろ誇らしげに）つけ加えた。揺り起こすとブーンは目をあけ、ぼうっとしていたが、目は覚ましたようであった。ところがまた微睡《まどろ》んでしまったらしく八時五分になってもまだ楽屋にいて、舞台主任助手は急遽、衣装係を務めなければならない羽目になった。

では、口番の証言はどうなるのか？　舞台主任助手は再び笑みを浮かべた。その週の初めにちょっとした問題がありましてね。わたしはほかの証人の意見に全面的に同意しているわけではありません。確かにミスター・ブーンは喧嘩っ早いところがあります。いずれにせよ、ほとんどの劇団員がミスター・ブーンと口番が大喧嘩をしたと証言できるはずです……

こうして再び証人が喚問されたが、口番は先の証言を覆すことはなかった。スカーフは身につけていなかったが、多少なりとも浮浪者のメーキャップをほどこしたミスター・ブーンが、八時五分にシアター・ロイヤルに駆け込むのを、この目で見たと繰り返した。しかし、ビーヴァーの証言によって口番は不利な立場に立たされた。

ともかく陪審は、未知の一人または複数の人物によってなされた殺人という評決を下して、ギャリー・ブーンの訴追は求めなかった。ギャリー・ブーンは、ハローフィールドでもニューカースルでも絶大な拍手を持って迎えられることになる。

事件は迷宮入りとなったようである。その後の事件に対する反響は、数ヶ月後にわずかひとつ、ミセス・モートンの地所の相続を主張する者が誰も現れないという内容の小さな記事だけであった。

第十章　証明書の問題

殺された女の名前は本当にモートンだったのだろうか。わたしはその調査を続けるべきかどうか迷っている。この偶然の一致はまことに興味深い。しかし、この点にこだわりすぎているのかもしれない。これまでの調査の軌跡をざっと眺め渡しても、些細なことにこだわるわたしの性格の一端をうかがい知ることができると思うが、知人ならば口をそろえてわたしの物事に対する執着心たるや特筆ものであると言うだろう。さらにここでもう一度繰り返し言っておかなければならないが、わたしは事件を解決しようとしているのではない。隣人に対する恨み辛みに駆られているわけでもない。ただボウ・ビーヴァーが突然引退したのはなぜなのか知りたいだけである。

真相を見極めたいというわたしの止むに止まれぬ好奇心に、異を立てる者はいないだろう。実際、調査を続けていく以外に選択肢はなかった。問題はひとつ、調査の方法である。これには長い時間頭を悩ませた。ふたつの「事件」をこちらから眺め、またあちらから眺め、オードリー・エムワースを雇った時のように知恵を絞った。運良く、調査の依頼の手紙はいつもより――特に難しいことを訊ねてくるものは——少なかった。

この時までには、わたしたちはたいへん仲のよい友達になっていた。オードリーは相変わらずつかみ所がなかったが、それもグレイハーストの環境のせいぐらいに思っていた。余所からこの村にやってきたのだから、わたし以上に噂話や陰口には敏感になっているのだろう。その上わたしよりも人の目を気にする必要があったのだ。わたしのような立場にある男は、世間の慣習を無視することもある程度許されるし、なるほどわたしには文学や芸術の趣味があるので、世間からそのような目を向けられるのも、当然と言えば当然である。それでも、ときどきちょっとした問題に悩むことがあった。たとえば、わたしは庭の池で水浴びをする話を忘れているわけではなかった。夏も目前、だんだんと暑くなってきていたので、オードリーにもあらためてそのことを話してみた。

ついにある日の午後ということで話がまとまり、その日はおりよく近所で興行していたサーカスを見物するようにと使用人に休暇を与えることまでやった。心から楽しみにしていたのだ——庭に水の精ナーイアスが現れる。しかし、直前にオードリーから電話が入り、二、三人一緒に連れていってもよいかと訊いてきた。嫌だと言えるはずもなかった——もちろん連れの中に「みずみずしい若い」女の子がいるのをあてにしていたわけではなかった。礼を尽くしてもてなすよりほかに方法はない——使用人は誰もおらず、お茶はふたり分しか用意していなかったのだから、ますます具合が悪かった。こちらが当惑していることにオードリーは気づいたのだと思う。村で行き会って、どこへ行くのか訊かれたのだと、申し訳なさそうに言い訳をした。連れて来ないわけにはいかなかったのだという。事実、オードリーは深く悔やみ——謝ったが、その時彼女の連れがやってきたのでその場はこれでお終いになった。

この日の出来事にはしかし続きがあった。翌日、オードリーが訪ねてきたが、たいへん素直な様子であった。この頃にはすでにオードリーの仕事は、エルストリーでスター志願者の振りをする段階を終えていた。映画人生に関する本の資料集めを、今では誰に憚ることなく行っていた。仕事があまりはかどっていないのではないかと言うと顔をうつむかせ――可哀想にわたしが注意を与えたと思ったのだ！――目には涙があふれた。あわてて慰めにかかった。いや、実はこう考えたのですよ。これまでの調査は間口を広げすぎていたんです、もう少し的を絞ればきっと仕事もはかどると思うのです。そこでひとりの俳優を選んでみました、つまりその男の伝記を執筆するための資料を集めることにするのです。もちろん、実際にその伝記を書くつもりはありませんが、それをもとにして、一般的な考察ができると思うのです。

オードリーはこの考えが気に入ったようだ。本当にすばらしいと言った。わたしは心の中で笑い声をあげずにいられなかった――ばかげた考えだ、真剣にやるつもりのない計画である。しかし、オードリーがまじめに受け取ったのなら、まったく問題はない。

「それで、誰を選んだの？」

まず秘密を守るように誓ってもらった。すでに彼女の目は興奮に輝いていた。

「ボウ・ビーヴァー――芸名ですがね」

オードリーは眉根を寄せた。

「聞いたことのない名前ですわ」以前と同じことを言った。

そこで彼女の生まれる前に活躍していた俳優だと、わたしもこの前の時と同じ説明を繰り返した。そして、爆弾を炸裂させた。

「オードリー、秘密は守ると誓ってくれましたよね。わたしは誹謗の廉《かど》で訴えられるのはごめんです。わたしの考えでは、ええ、これは推測に過ぎないのですよ、いいですね、ボウ・ビーヴァーはおそらく、あくまでおそらくですよ、隣に住むモートンではないかと思っているのです」

オードリーがびっくりしたのは分かったが、やがて顔色が変わるのを見て、少し落ち着かない気持ちになった。自分の「出世」のためには、わたしよりもモートンの協力を仰いだほうが結局有利なのかもしれないと計算を始めたのだろうか。

「だからあなたは――」オードリーはそう言いかけたが、わたしは言いたいことは分かるとばかりに遮った。

「いいですか、オードリー、確信はないんですよ――」

「でしたら直接お訊ねになれば？」

わたしは断固として首を横に振った。

「彼がボウ・ビーヴァーなら、それを秘密にしておきたいのは間違いありません。別人であれば――ええ、わざわざ侮辱されるようなことはしたくないのです。噂では礼儀知らずな男のようですから」

かすかに浮かんでいるのは微笑みだろうか？　その表情をどう受け取ったらよいのか迷っているうちに、オードリーははっきりと笑みを浮かべた。これから言うことを裏書きしているようにも見えたが、はたして本当のところはどうなのか確信が持てなかった。

「ではわたしから訊いてさしあげましょうか？」

それは認められないと言った。あなたはわたしの秘書なのだから、あなたが無礼な扱いを受けたとしたら、それはわたしに対する侮辱にもなるのです。これは説得力に欠けると思われたが、オードリーは納得し、少し傷ついたようでもあった。さらに約束を交わしたことに触れて念を押した。

「よく分かりましたわ」彼女は渋々承知した。

「第一そのほうが面白いですよ。わたしたちだけですべてを明るみに出すのですから。ほら、何というか、まるで探偵みたいではありませんか」

「シャーロック・ホームズとワトソンね」と言って笑った。「ではどこから手を着けるんです、ホームズ？」

「簡単なことだよ、ワトソン君」ここでシャグ煙草をパイプにつめて吸っていれば絵になると思った――しかし、わたしの味覚は、喜ばしいことに、非常に繊細なのであのような代物には耐えられない。

「すでにとっかかりをつかんでいるのです。ボウ・ビーヴァーの結婚式が行われた日付と場所は正確に突き止めましたし、花嫁の旧姓も分かっています。あとは、サマセットハウス（戸籍本署がある）に行って調べればいいのです。ビーヴァーの生年月日が分かるでしょうし、出生証明書も手に入れられると思います。そこから両親の名前とビーヴァーの出身地も突き止められるでしょう」

オードリーの大いに興味をそそられた様子は、まさにワトソンそのものであった。サマセットハウスへ行って調べてきてもらいたいと話すと顔が輝いた。そこで詳細を伝え、ビーヴァーかモートンかどちらかの名前で結婚しているはずだと注意を与え、翌日にはロンドンへ行って仕事が始められるように手配をした。

そういえばその晩、いつもの夕食会を開いたのだが、客人の中にオードリーの姿があればどんなによいだろうと残念な思いをしたのだった。気分は上々だった。本来の仕事にオードリーを引き入れる難題を解決し、我ながらうまいやり方だったと満足していたのである。とはいえ、当然ながらオードリーを頻繁に夕食会に招待することは慎まなければならない。実はすべてが気持ちよく進行したわけではなく、ミス・スメドリーが唯一不協和音を鳴らした。ミス・スメドリーが教訓を学んだことは、誰の目にも明らかだったろう。わたしは幾度となく彼女の言葉を無視したのだ。ところがあの鉄面皮、不愉快にも彼女は、チャーミングな秘書とわたしがこなした仕事の数々に対して批評を加え――その上、陰険な作り笑いまでしてみせたのである。

しかし、脇道にそれるべきではない。これは調査とその結果を報告する手記なのだ。次にわたしは失望を味わうことになった。オードリーの報告によると、わたしが教えた日付にグラディス・レンなる人物とモートンまたはビーヴァーなる人物が結婚した記録は残されていなかった。ロンドンから電話で報告してきたのだが、不覚にもわたしは失望をあらわにしてしまった。その声を聞くとオードリーは楽しそうに笑いだし、心配はいらないと言った。どうやら日付を間違えたらしい、シャーロック・ホームズとしては大失点だ。グラディス・レンとヘンリー・モートンはその前の年に結婚しており、オードリーは結婚証明書だけではなく、ふたりの出生証明書の写しもすでに申請済みで、三枚とも次の月曜日の朝に受け取ることができるということだった。問題があります、とオードリーは続けた。渡された書類に必要事項を書き入れなければならないのだが、その細々した記入事項の大半は、わたしたちが調べだそうとしている事柄なのである。「典型的なお役所仕事」だなとひとりごちた。あそこで働いているミスター・エドワーズに相談することにした。

わたしはじっと堪《こら》えなければならなかった。オードリーには少しいらだちをおぼえていた。余分に一シリングばかりを払って、三通の証明書をロンドンから郵送してもらうよう手続きするのは簡単だったはずだ。ところが、月曜日に証明書を取ってきてもらうためにロンドンまでの往復の運賃を支払う羽目になった。届けにやってきた時には少々つれない応対をして、証明書を受け取るとそのまま「見張りの塔」に引っ込んだ。ひとりになったところで、分かったことを辻褄の合うように並べ替える作業に取りかかった。

ミスター・モートンとミス・レンが結婚したのは一九一四年四月ではなく一九一三年十二月であることが分かった。ではなぜビーヴァーは記者に嘘をついたのか？　引退と結婚には何らかのつながりがあると仮説をたてたわけだが、これをどのように考えたらよいのだろうか？　ビーヴァーが結婚を引退の理由のように思わせたかったのはほぼ間違いないことだと思う。つまり、引退の本当の理由は別なところにあるということだ。一方、汽車の一件について公の見解を信じるにしろ信じないにしろ、病院にかつぎ込まれたのは彼の妻だったのだから、その心配ぶりは今までに増して説得力を持つ。

ミス・レンはロンドン出身、ノティングヒルゲート（西インド諸島などからの移民の多い住宅地）の高台で生まれたことも分かったが、この線を洗ってみたところでさして収穫はあるまい。一方、ハロルド・モートンはサマセット州の小さな村で生まれていたが、こちらはいくらか期待できそうである。田舎の村人は大都会の人のように「忘れる」ということがない。わたしはサマセット州の村を訪れることにした。

オードリーを連れていきたかった——連れていけばずいぶんと役に立ってくれたことだろう——が、そのようなことはできるはずもなかった。わたしはこれといった算段もないままにひとり車に乗って出かけた。ことは予想以上に簡単だった。村は名所のような所で、教会に行くと、雑役夫と聖堂番を合わせたような役目の爺さんがいた。いろいろと訊かれることに慣れっこになっているらしく、わたしのことも変わった趣味を持った——教会の歴史よりも村の生活に興味を持った——単なる旅行者だと思ったようだ。何杯かおごってやり——途中で胃が痛くなりながらも——若いのやら年寄りやら爺さんの仲間という人たちに会ってモートンという一家のことを訊ねた。

これは冗談として受け取られた。というのもこの村はどこを向いてもモートンだらけのようで、雑役夫兼聖堂番の爺さんはもとより、その時酒場にいた男の中にもモートンという名前の者がふたりいたほどである。あちらのモートンこちらのモートンと挙げ始めると際限がなく、とうとう、捜しているのはハローフィールドで殺されたモートンというご婦人だと言って話を遮らなければならなかった。気詰まりな沈黙が流れた。ひとりの爺さんがくすくす笑いだしたが、咳こんで一パイント入りのジョッキに鼻先を突っ込む羽目になった。先ほどモートンだと名乗り出た片割れが、怒ったようにその男を睨み付けた。

「ああ、たしか」もうひとりのモートン、よぼよぼのモートンが記憶を手繰るように言った。「あの女の名はモートンじゃなかったな」

「ええ、そうですとも」わたしは慌てて答えた。「旧姓はミス――思い出せません。もちろん結婚してモートンという姓になっただけです」

何という失策だ、オードリーに頼んでモートンの両親の結婚証明書も調べてもらえばよかったのだ。

「ああ、ハリー・モートンと結婚したっけな、そうそう、亭主はあの女のせいで飲んだくれになっちまって、二、三年で死んじまったわ。亭主が死んでから、女の姿は見かけなかった、うん、噂すら聞かなかったな」

「弁護士連中がやってきて、殺されたって聞かされるまではな」

「いい厄介払いさ」

「弁護士ですって？　何しに来たんです？」

「息子を捜しにさ、つまりハリー・モートンの息子だよ」

事情は明らかだったが、さらに説明を求めた。思った通り、弁護士たちは千五百ポンドの遺産の相続人を捜していたのである。しかし、村には息子のことを知る者は誰もいなかった。消息を絶ったのははるか昔で、母親は少年を連れて村を出ていった――おそらく、村人たちの噂に耐えられなくなって逃げ出したのだろう。弁護士の事務所の名を聞き出そうと尋ねてみたが、知っている者は誰もいなかった。教区牧師に会ってみたらどうかということだった。

「牧師さんは、そんな昔のことを知っているほどのお年ではないでしょう」と言ったものの、殺人が起きたのはわずか二十数年前であることを忘れていた。もっとも、ミセス・モートンのせいで夫が飲んだくれになったのは、それよりももっと前のことではあるが。

その後もビールの追加注文が続き――わたしの金でだ――ようやく閉店時間になって、わたしは胸をなで下ろした。

翌日教区牧師に会いに行った――顔立ちの整った年輩の男で、村の外からの訪問者を歓迎しているのがよく分かった。わたしがここに来た理由を話すと顔をうつむけた。

「あの事件は疾《と》うの昔に葬り去られたと思ってましたが」

その女性の息子を助けたい――身元の確認ができるという条件付きだが、と説明した。牧師は探るような目でこちらを見てから、いわくがあるのか訊ねた。ない、と答えたが、どうしてそのようなことを訊くのか不思議に思った。その理由は後で分かることになる。

「よろしいでしょう。知っていることをお話しいたしましょう。ほとんどが単なる噂話に過ぎないのですよ。お話にありましたように、その女性の息子の消息を探ろうと弁護士が村に来たのですが、当然わたしにも面会を求めてきました。もっとも前任の牧師に連絡を取るくらいしか、できることはありませんでしたがね。わたしたちはこの静かな村にずいぶん長いこといるのですよ」と言って笑みを浮かべた。

次の言葉を待った。

「手紙は捨ててしまいましたが、要点は覚えています。ええと」

椅子の背にからだを預けて目を閉じた。

「そうそう、ミセス・モートンは地主のお屋敷に小間使いとして奉公にあがっていました。そこで『問題を起こした』——誰もがこういう言い方をするのです——わけです。彼女は評判の——つまり若い男たちとふしだらなことをしていたのです。お屋敷を馘首《くび》になり、そこでこのモートンという男が一肌脱いだわけです。彼女が花嫁になることよりも、モートンが花婿になるというので村の人たちは驚いたようです。お分かりですか？　ともかくふたりはこの教会で結婚し、すぐに息子が生まれました。モートンは慎みのあるまじめな男でしたが、結婚後は別人になってしまいました。酒を飲むようになり、結婚して一年後に石切場に転落して死んでしまったのです。検屍の結果『偶発事故による死』ということになったのですが、村の連中は道徳的な責任は細君にあると思っていました。彼女はとうとう家を売り払い、村を出ていったきり、息子ともども消息を絶ってしまったのです」

「なるほど。それだけでしょうか？　ひょっとして前任の牧師さんは——」

「亡くなりました。実は」

しばらく間があった。

「もうひとつお話しできることがあるにはあるのです。重要なことかどうかは分かりませんよ。確かにそのことで前任の牧師は困っていましたね。彼女の息子は洗礼を受けなかったのです」

「何ですって！」わたしは大きな声をあげた。「いったい、どうして？」

「もちろん、分かりません。他から聞いた話——それも思い出話です——をお伝えできるだけです。父親は先ほどお話ししたようにすっかり駄目になってしまったんです。欠かさず教会に通う男だったのが、突然教会に背を向けてしまいました。洗礼を受けさせるのを拒んだのもこの父親です。納得のいかない牧師は直談判に夫婦のもとを訪れました。母親は笑って取り合わず――どっちでもいいわよと言ったそうです。父親は顔を出すと、脅しをかけたわけではありませんが、口汚く罵り始めたということです」

この話をじっくりと考えてから二、三質問をした。彼女が奉公に出ていた屋敷の人たちから話が聞けないでしょうか？　牧師は首を振った。ミセス・モートンが働いていた頃の人たちは、ずいぶん前に老齢で亡くなってしまって、今では誰も残っておりません、ご子息がひとりいたのですが、サー・ハロルド・イーストンです、戦死してしまいました。遠縁の従兄弟の方が財産を受け継いでいますが、この方は何もご存じありません。

もうひとつ腑に落ちなかったのは、出生登録簿にはクリスチャンネームが記載されていることであった。

「ああ、よくあることですよ。おそらく教会が与えた名前ではないでしょう。後になって、やはり子供にはクリスチャンネームがあった方がよいというので書き加えるのですよ」

そんなことだろうと薄々気がついていた。結婚登録簿の記載も確かめておいたほうがよいと思ったので、頼んでみると快諾してくれた。少し手間がかかるかもしれませんが……

実際には大した手間ではなかった。母親が殺された時の息子の大体の歳は分かっていた――あの男がその息子だとすればだ――ので、そこから逆算すればよいのだ。

「ありましたよ」牧師は、ついに見つけたとばかりに、満足げに指で示した。

まったく思った通りだ。結婚したふたりは、ヘンリー・モートンとエリザベス・ビーヴァーだった。

第十一章　法律の問題

興奮にからだを震わせながら家に戻ったと言っても過言ではない。とにかく頭の中では、ボウ・ビーヴァーとホワイト・コテージの住人との結びつきははっきりしたものになっていた――この関係は裁判でも見過ごされていたのは確かだし、警察も気づいていないのだろう。

さらに捜査の具体的な方向性がいくつか明らかとなった。しかしその一方で問題も残っている。殺された女性と、息子の洗礼を拒んだ女性は、本当に同一人物なのだろうか？　つまりサマセット州の村からハローフィールドまでの足跡をたどれるのか？　また、その頃のボウ・ビーヴァーの足取りもつかむことができるのだろうか？

幸運なことに牧師は、村に調査にやってきた弁護士の事務所を知っていた。弁護士なら、女のその後の経緯《いきさつ》をつかんでいるにちがいない。必要なら――実際にそうなれば――それを明かすようしむけることもできるだろう。しかし、自分が納得するためにも、すべての情報は掌中におさめておきたかった。問題はつまり、彼らは話してくれるだろうか？　しかるべき紹介状のようなものが必要になるだろう。わたしの事務弁護士なら手筈を整えてくれるはずだ。

　そしてボウ・ビーヴァーである。これにははっきりとした計画があって、彼がどのように演劇の世界に入ったのか、オードリーに探ってもらうつもりだ。すでにオードリーはある演劇サークルに自由に出入り《アントレ》を許されていた——この自由な出入り《アントレ》はわたしの後押しがあって初めて実現したものである。この仕事が自分のためにもなると、いまだにオードリーは思っているようだ。彼女は夢を捨てていない。それはどうでもよいことだ。どちらにせよ、今回の調査ではさらに顔見知りを作ることができるのだから、喜んでやってくれるだろう。

　思った通りだった。オードリーはたいそう喜んだ。このまま報道関係者という触れ込みでいくのが一番よいだろうということになった。ボウ・ビーヴァーの生まれを探るのに出費を惜しむ必要はない——高くついてもかまわない——、とっておきの情報をつかんだら電話か電報で知らせるように指示した。調査の過程で、出張してもらうことも充分あり得た。わたしも後から行って合流する必要も出てくるかもしれない。

　わたしの仕事は、町に出かけて顧問弁護士のミスター・ヒルグローヴとミスター・アンドルーズに会うことだ。堅実な弁護士事務所として名望を集め、父の代からのつき合いである。そういえば老ヒルグローヴを油断のならない男だと思った時期もあったが、今では状況が変わった。老ヒルグローヴは亡くなり、アンドルーズが代表となって、自分の息子とヒルグローヴの息子と一緒に事務所を続けている。言うまでもないが、わたしは彼らにとって失うわけにはいかない重要な顧客である。わたしを迎えたアンドルーズはそわそわと落ち着きがなかった。現在依頼中の些末な用件について言葉を交わしている時にも、心ここにあらずといった有様である。注意をこちらに向けさせるために声を大きくしなければならなかった。そうしておいて本題を切り出してみたが、こちらの力になろうという態度は微塵もみられなかった。トループ&ボールダウッド弁護士事務所への紹介状が必要な理由を知りたがり、弁護士仲間の礼儀について話し始めた。すぐにぴんときた。わたしが弁護士を替えるつもりだと誤解しているのだ。そのような考えは今まで頭をかすめたこともなかったので、内心思わずにやりとした。だんだんいらいらしてきたが、相手は頑として譲ろうとしなかった。押し問答をしていたところで、らちのあくことではなし、わたしは妥協することにした。わたしは自分の知りたいことを彼に話し、トループ&ボールダウッド弁護士事務所からどうしてその情報を得られると思っているのか説明したが、なぜそれが必要なのかは黙っていた。アンドルーズは当惑し、少々むっとしたようである。首を横に振った。

「申し訳ありません、ミスター・エイマー」とは言うものの、声からはそのような気持ちはまったく伝わってこなかった。「残念ながらご希望には添いかねます。弁護士の倫理に反することですので」

「それは残念だな。わたしは弁護士としてあなたを雇っているんですよ、弁護士仲間の古くさいしきたりを守ってもらうためではない、ま、そんなしきたりがあったとしてですがね、勝手ながら怪しいもんだと思っていますよ」

アンドルーズの顔が真っ赤になったので、ここで攻撃の手を緩めた。しかし、相手が言葉をつぐ前にわたしは先を続けた。

「トループとボールダウッドの人となりくらいは教えていただけるでしょう」

「あやかりたいと思うほどの評判はありません、ミスター・エイマー」

彼らの事務所が現代的で進んでいると言っているようなものだ。わたしはアンドルーズをよく知っている、こんな言い方をするからには、なかなかやり手との評判の事務所であるに違いない。わたしには手に負えない相手だと悟った。その手の弁護士事務所にひとりで乗り込んでいくのは願い下げだ。そこで方針を変えた。

「わかったよ、アンドルーズ。紹介状を書いてくれないのなら、わたしの代わりに問い合わせをしてくれる人間を雇うしかない。あなたはやってくれそうにないから、他の弁護士の所へ相談に行くしかないだろうね」

わたしはこう言って立ち上がった。足早に立ち去りはしなかった——実際に弁護士を替えるとなれば面倒なことになるだろう、アンドルーズが奇妙な目つきでこちらを見上げていた。

「お待ちください、ミスター・エイマー」

わたしは片手に手袋をはめ、もう片方は半分まで手を入れたところでじっとしていた。この間《ま》が効いた。

「お引き受けしないと申したつもりはありません」

笑みが浮かぶのをこらえながら、ゆっくりと手袋を脱ぎ、もう一度腰をおろした。

「つまり引き受けてくれるということですね、ミスター・アンドルーズ？」

「わたしひとりでは無理でしょう。わたしたちということで、はい、お引き受けいたしましょう」

おそらくアンドルーズは、わたしが失望をあらわにすると内心構えながらも、条件付きで妥協することで面目を保つことができたと胸をなでおろしているにちがいない。正直なところ、わたしはこの申し出を歓迎していた。アンドルーズはこの仕事には年をとりすぎているし、用心しすぎるきらいがあった。

「調査結果を第三者には知られたくありません」わたしは淡々と言った。「直接わたしに報告して欲しいのです。秘密事項として扱ってください」

「もちろんですとも」とアンドルーズは指で机をたたいた。「ヒルグローヴをと考えています。頭の回転の速い聡明な青年です」

ひどい思い違いをしているのでなければ、鳶《とび》が鷹を生んだわけですな、と半分口に出かかった。あやうくその言葉を飲み込むと、冷静な態度を装って頷き、そういうことでしたらその若者とここで会っておいたほうが良いでしょうと言った。

アンドルーズはほっとした様子で若いヒルグローヴを紹介すると、わたしたちふたりを残して部屋を出ていった。わたしは青年の顔が気に入った——この仕事にはおあつらえむきである。鼻は生意気そうにつんと突きだし、緑がかった目の輝きにもまた不遜なものが読みとれた。おそらく法律にはそれほど精通していないのだろうが、問題にはならないはずだ。

淡々とした口調でこちらの要求を簡潔に伝えた。

「なるほど。トループとボールダウッドがつかんだことを探り出すのですね。わかりました。面白そうです。任せてください、ミスター・エイマー」

再び心の中に微苦笑が浮かんだ。たいそう自信に満ちた口振りなのは、この先に待ちかまえている仕事の難しさが分かっていないからであろう。

「結構」一言そう言った。「報告は早ければ早いほうがいいね」

「ええ、もちろんですとも!」帰り際にヒルグローヴは相好を崩して言った。「楽しそうな仕事です」

この若造は言葉に違わぬ優秀な男だった。それから一週間もたたぬうちに電話がかかってきて報告することがあると言ってきたのだ。書面で送りましょうか、それとも――いや、よろしかったら、喜んで参上いたしますが。そうしてくれと答えた。これも出張費として請求されるのは間違いない。しかも、彼がやってくる本当の理由は、事務所から逃げ出したいということなのだ。四時半頃にこちらに「着く」ようにと言った。それより前に来られると困るのだ。その日の午前中にオードリーから伝言があり、とりあえず報告することがあるので、昼食の頃にこちらへ来ると言ってきたからである。本当にスコットランド・ヤードにいるような気がしてきた。いわば捜査網といったものが整いつつあり、まもなくわたしの仕事はフェアローンで静かに座って指示を出すだけになるだろう。

オードリーは十二時三十七分着の汽車でやってくると見当をつけ、車で駅へ迎えに行った。調査がどれほど進んだのか早く知りたかったのだ。しかし、その汽車にオードリーの姿はなかった。腹立しいことに、ミス・スメドリーがプラットホームでこちらに気づき、誰を迎えに来たのかと好奇心丸出しで近づいてきた。わたしはけんもほろろにあしらった。次の汽車は一時十八分頃に着くはずである。それまでぶらぶらして時間をつぶすつもりは毛頭なかった。わたしは、新聞雑誌売場で店員と話し込んでいるミスター・モートンの姿を見かけると、決然としてその場を立ち去ることにした。

　足早にその場を離れたが、あまりに慌てていたので、駅前広場から構内に入ってきた女性と鉢合わせしてしまった。年のころ、四十代に届こうという人目をひく女性であった。若い頃はさぞかし美人だったにちがいない。わたしは帽子をとって詫びた。彼女は口の端に笑みを浮かべながら、わたしの顔を正面から見ると眉根を寄せた。そしてそのまま歩き去ってしまった。わたしは呆気にとられてその場に突っ立ったまま、去って行く彼女の後ろ姿を見送っていた。はたと思い出した――数週間前のある晩、道で話しかけたことがあったのだ。しかし、別に何もなかったはずだ。彼女はまっすぐ新聞雑誌売場に歩いていくと、モートンの腕に手をかけた。大慌てで広場に出ると車で家に戻った。あと四十五分間もあんな連中と同じ所で待っているのだけは願い下げだ。

　オードリーには困ったものだ。一時半まで昼食をのばしてみたが、まだ現れなかった。さらに数分待ってから、しかたなくひとりで食べ始めた。ずいぶん待ったものだから、もちろんすっかり冷めてしまっている。食事の途中でオードリーはやってきて――お腹は一杯だ、汽車の中でサンドイッチを食べたと言った。駅からは歩いてきたらしい。食事中だろうから、急ぐ必要もないと思ったという。わたしがいらだちをあからさまにすると、彼女は本当に驚いた顔をした。

　昼食を済ませてからふたりで庭をまわった。オードリーの報告を聞いて機嫌がよくなったことは認めよう。

「俳優斡旋業者が何でも教えてくれました」彼女は陽気な声で言った。「あの人たちに気に入られただけのことですけど」

わたしは素早く一瞥を投げた。

「記者にはいつも進んで話してくれるんですの」と続けたが、わたしの視線には気づかなかったようなのでほっとした。気がついていれば、やきもちをやいているだの、その手の突飛な想像をされるのが落ちである。

調査さえしっかりとやって貰えれば、手段はどうでもいい、と言ってやった。というよりも、逐一報告する必要はありません。もちろん、後で報告書は提出していただきますよ。

「分かりました。できるだけ簡潔に要点をまとめましょう。絶対に間違いのない事実とお考えいただいて結構です」

ここで言葉を切り、唐突に報告を始めた。

「ボウ・ビーヴァーの本名はハロルド・ビーヴァーです。いえ、正確にはハロルド・E・ビーヴァーですが、Eが何という名の頭文字なのかは分かりません。アメリカに渡ったのは二十五歳頃でした。つまり生まれは一八八四年ということになります。出生地はわかりませんが、西部地方のどこかです」

わたしは頷いた。

「あら、すでにご存じでしたか?」声からがっかりした様子がうかがえた。

「ええ。わたしもちょうどつかんだところでした。一八八四年四月十四日生まれ、これはほぼ間違いないでしょう」

オードリーは戸惑い、何かを考えているような顔をした。ふと気がついたのだが、オードリーはその日付に聞き覚えがあったのだ——これはハロルド・モートンの出生証明書に記載されていた日付である。

「で？」突き放すように言った。「それから？」

「家族や生い立ちなどについては謎に包まれていたということです。権利さえ持っていたら立派なご身分になっていたのにと仄めかすこともあったようです。申し分のない身分なのだが、自分には請求権がなかったし、母親も一人立ちできるように育ててはくれなかったと、よく口にしていたといいます。芝居の世界には知らず知らず入っていったようです」

ここでまた間をとった。わたしはじりじりしながら話の続きを待った。

「またある時は、別なことを言っていました。すべて母親のおかげだ、演技の才能は母親から受け継いだものだと言うのです。実際、彼の話は極端から極端へ行ったようで、母親を罵ったかと思うと、彼女は虐げられていたと話すこともあったといいます。

「演劇界にいたのはわずか五年ほどで、一人前の役者にはなれませんでした。顔立ちは整っているし、演技力もかなりのものだったのですが、声量がなく、すぐにひずんだり、しゃがれたりしたそうです。巡業に出るとてきめんだったといいます。それで雑用係のような地位に甘んじなければなりませんでした。それからは、芝居の才能を受け継いだとはあまり言わなくなり、遺産だとか何だとかを奪われてしまったとよくこぼすようになったといいます」

「なるほど。しかし、実際にどうやって舞台に立つきっかけをつかんだんだろうね」

「押しの強さではないでしょうか。ある斡旋業者は、しつこくせがまれてずいぶんとてこずったと言っています」

オードリーは笑い声をあげた。

「斡旋業者のような人たちを困らせることができるなんて、信じられませんわ。けれども、これは本当の話だというのです。最後にはビーヴァーは母親を担ぎ出してきて、うまく役を取りました。業者が言うには、この母親から逃げ出すためならと、どのような条件も飲んだそうです」

「どうしてです？　そんなにひどかったのですか？」深く考えもせずにこう訊ねた。

「ええ、おそらく。とにかくその人の話では、彼女は若い頃、大女優だったと話し始めて止まらなくなったそうです、その気になれば、どれほどの圧力をかけることができるか……しかし、息子には、コネではなく自分の実力でトップの座をつかんでもらいたい、そんなことをまくし立てたといいます。話してくれた老人は、当時の様子を思い浮かべて太ったからだを揺すって大声で笑いましたわ。こうしてボウ・ビーヴァーの初仕事が決まりました――『伊達男たちのコーラス』とか言っていたと思いますが、そのなかのひとりです。そんなのではとてもではないが満足できないと母親が言うので、自分の力ではい登って欲しいという言葉を尊重したのだと答えたそうです。とにかく、ボウ・ビーヴァーはその役で納得しました。ふたりが部屋から出ていく時に、『いいことハロルド、あんたのために骨折ったんだ、憎まれ口はたたかせないよ！』と言うのが聞こえたそうです」

「で、その老人はハロルドが何と答えたのか耳にしたのですか？」わたしはなんとなく訊ねた。

オードリーはまた声をあげて笑った。

「それが話そうとしないんです。お嬢さんにショックを与えるからですって。ボウ・ビーヴァーはうぬぼれの強いふてぶてしい青二才だったとも言いました、もっとも、もう少しひどい言い方でしたが」

この話――ボウ・ビーヴァーの母親に対する態度ということだが――には興味をそそられた。しかし、これだけでは隣に住む男がハロルド・E・ビーヴァーだと結論づけるわけにはいかない。

「それはロンドンでのことですね？ つまり、初舞台を踏んだ場所のことですが？」

オードリーは頷いた。沈黙が降りた。

「いくらかお役に立てたでしょうか？」と不安げに訊ねてきた。

「ええ、もちろんですとも」わたしはそう言って安心させてやった。「見事な調査ぶりです。もう少し詰めるところがありますがね」

その時名案が浮かんだ。一九一三年にボウ・ビーヴァーがイギリスに凱旋した際、その目的のひとつに（と新聞に書いてあった）思い出の場所を訪れるというものがあった。どこへ行ったのか新聞は報道していないだろうか？ 記事が見つかれば、生い立ちをたどれるかもしれない。学校であるとか――

オードリーにこのことを話すと、すばらしい考えだと賛成してくれた。

「よろしい。では、これであなたの次の仕事が決まったわけですね」

オードリーはたいそう興味を持ってくれたようで、わたしも心から嬉しかった。

「了解、ホームズ」そう答える彼女の愛らしさに、すんでのところでわたしは――もちろん、実際にそんなことをするわけがない。とその時、ヒューイット（つまり、メイドだが）の声がして、ヒルグローヴ様のご到着でございます……と告げた。彼女が近づいてくるのにはまったく気がつかなかった（芝生を通って来たのだ）ので、大変驚いた。顔をあげるとヒューイットの一、二メートル後ろに、この前よりさらに生意気そうな目つきをしたヒルグローヴ青年が立っていた。

「こんにちは、ミスター・エイマー」と言いながら手を差し出した。「申し訳ありません、約束の時間より早く来てしまいました。お邪魔になるとは思いませんでしたので」

第十二章　母と息子たち

ヒルグローヴにはいらいらさせられた。理由はいくつかあるが、まず約束をしたことは守ってもらいたかった。オードリーに言っておきたいことがまだたくさんあったのだ――モートン夫妻とかかわらないよう約束させたのは、まったく当を得たものだったと、重ねて彼女の道徳心に訴えようと思っていたのだ。オードリーはわたしほどあの男について知ってはいないが、すでに不愉快な男であることは分かっているはずだ。

　さらに、突っ立ったままオードリーを見つめるヒルグローヴの目つきが気に入らなかった。オードリーがその視線をどのように受け止めたのか、その時は知るべくもなかったが、後日、奇妙な目つきで見つめられてとても嫌な気がしたと言ってほっとさせてくれた。

　わたしは間に立ってふたりを紹介した――肩書きは「秘書」と「弁護士」ということにした。

「いえ、実は弁護士ではないのですよ、ミス・エムワース」とヒルグローヴは言った。嬉しいことにオードリーは、自分も本当は秘書ではないと言って相手に調子を合わせることはしなかった。

「あら、そうですの。事務のお仕事なのね」突き放すようにこう答えたのだ。ヒルグローヴはまたにやりとしただけであった。

「さて、オードリー。わたしはミスター・ヒルグローヴと仕事の話をしなければならない。先ほどの話を文書にまとめてくれるかね？　そうしたいのなら、もちろん、家に帰ってやってもかまわないよ」事実、彼女を一日拘束しておくような契約は結んでいなかったのだ。

オードリーが行ってしまうと、わたしはヒルグローヴに椅子を勧め——口を半開きにしてオードリーの後ろ姿に見とれている様はまったくいまいましかった——、調査報告を聞かせてくれるようにと促した。

「そう、まずですね、ミスター・エイマー、約束通りうまくやりましたよ。簡単な仕事だと申し上げましたでしょう」

「わたしの意見は話の内容を聞いてからにしよう」すげない返事をした。ヒルグローヴはまたもや、にやりと笑いを浮かべ、それから訊ねた。

「煙草を吸ってもよろしいですか？」そしてわたしの返事も待たずに煙草を取り出すと火をつけた。初めて会ったときに好ましい印象を持ったのは間違いだったと、わたしは思い始めていた。

「トループなる人物もボールダウッドなる人物もいません」といきなり切り出した。「十数人ほどの弁護士のいる事務所で、演劇業界をおもに手がけています。というよりも娯楽関連の仕事——お堅くないやつです」

「ひじょうに興味深い」皮肉を効かせて言ってやったがヒルグローヴには通じなかった。

「ええ、まったくです。コーラス最後列の契約不履行訴訟、その場で離婚成立、すべてこんな調子ですね。客は演劇関係者に限られているわけではありません」

ヒルグローヴは横目でちらりとこちらに目をやった。この新米の若造の態度がひどく横柄なので、ひょっとしてわたしのことを――しかし、そんなことはありえないとその考えを追い払った。

「そろそろ要点に入っていただけると助かるのだが」

「これは失礼、ミスター・エイマー。ええ、先ほど申し上げたように、トループもボールダウッドもいませんが、わたしの友人がひとりそこで働いていまして――実は、同じ学校に通っていたんです。初めてお話をうかがった時すぐに、簡単に片が付くだろうと思いました――お望みの情報がきわどい内容を含んでいるとしたら、特にこいつは使えます。弁護士はみんながみんなそうだなんて思わないでください――だからこの事務所の仕事内容をお話ししたのです」

わたしは力なく苦笑を漏らした。

「ねえ、きみ、弁護士がみんな――きみたちも含めてだよ――そんな風なら、わたしは弁護士なんか雇わないよ。それにわたしはきみのお父上を存じ上げていたが――立派な方でしたよ」

ヒルグローヴは殊勝なことに少し恥じ入った様子である。

「まったくですね、ミスター・エイマー」なんとかそれをごまかそうとしていた。「それこそ言いたかったことです。つまらない言い方をしたのは謝ります――実際、弁護士事務所の者らしくない言い方をしてしまいました。しかし、今回の仕事は弁護士の手がける仕事ではありませんので」

これ以上無駄にする時間は本当にないのだと言ってやった。報告することがなければ、お引き取り願いたい。その目から初めて小生意気な光が消え、怒り心頭に発したかに見えた。

煙草の吸いさしを投げ捨てると、ヒルグローヴはポケットから手帳を取り出していきなり話の核心に入った。

「ミセス・モートン、旧姓エリザベス・ビーヴァーは、一九〇八年にハローフィールドで殺害された。犯人は見つかっていない。夫は――」

「それはどれも知っていることだよ」と遮った。最初に会ったときにすでに話しておいたことだった。「彼女が生まれたところからお願いできるかな?」

「分かりました。彼女の出身地は不明。トループ&ボールダウッド弁護士事務所のファイルと書類保管金庫の中にあった事実しかお伝えできません。一八八三年、サマセット州の大きな屋敷にメイドとして雇われる。子供を身籠ったので暇を出されますが、誰が父親なのかはいまひとつはっきりしません。モートンという男と結婚、すぐに子供――男の子です――が生まれる。と言っても、もちろん、彼が父親だったということにはなりません」

こう聞かされた時はまったくぎょっとした、深く考えもせずに父親はヘンリー・モートンだと思っていたからである。

「一年後の一八八五年、夫が死去。ミセス・モートンは姿をくらまし――どこに行ったのかは不明――その後五年間は音沙汰なし。まだ三十歳前で、そして――ちょっとした金を持っていました。つまりこの金がトループ&ボールダウッド弁護士事務所と彼女の関係を取り持ったというわけです。金を出していた人物がこの事務所の顧客でした」

「その人物の名は？」

「残念ですが、そこまではつかめません。トループ＆ボールダウッドにだって限界がありますからね」

わたしは頷いた。気落ちはしたが相手の言うことにも一理あるので、その失敗を責めることはできなかった。もっともヒルグローヴは驚いているようだった。

「事務所は、まとまった金額の金をミセス・モートンに譲渡する手続きをしました。その時彼女は一筆書いています――今後、月々金を要求する権利を放棄するという承諾書ですね」

ヒルグローヴはここで言葉を切り、咳払いをしてからおもむろに先を続けた。

「間違いないと思うのですが、その金は――息子の養育費です。しかし、肝心なのは、トループ＆ボールダウッドとの関係ができたことでしょう。その時にはまだ生きていたボールダウッドと彼女は仲良くなったのです。遊び好きな老紳士だったようですね。つまり、舞台関係の仕事を世話したのです。もっとも演技をするとか、そういった類の仕事ではなかったんですが、当時はまだ美しく、それにどんなことでもやったんです――つまり、どんなものでも着たし、着ないことも。すぐに老ボールダウッドは間違いを犯したことに気づいたんでしょうね。『ワールドツアー』――ブカレストやカイロあたりに出かけるだけでもこう称していたのです――に出る一座に送り込んで、お払い箱にしたんですから。それで、家賃を払う必要がなくなった彼女は、息子の『面倒をみてもらう』ためにボールダウッドに金を払うことになったんです。ところで、彼女は再びビーヴァーと名乗るようになっており、息子にもこの姓を使うように強要しました。息子のほうは無理やり三流校に放りこまれ、やさしい母親は時々戻ってきてはいきなり彼の前に姿を現して――どこの馬の骨とも知れない男を連れていたのは、間違いありません――ちやほやしたのでしょう。こんな生活が続くうちに、ついに息子は耐えられなくなり、ついでに言えば母親の魅力的な容貌も失われてしまって、それも終わりを告げました。その後ふたりはそれぞれ別の人生を歩んでいったようです。息子はロンドンに出て、さまざまな半端仕事につき――口にしないほうがよい仕事もあります――、母親のほうはハローフィールドに借りた家に引きこもりました。そこでたいそうご立派に振る舞って――再びミセス・モートンを名乗るようになり――運命の皮肉から――」

「ああ、分かっているよ」青二才のばかばかしい説法など聞きたくなかった。「それで、空白の五年間に彼女が何をやっていたのか、何か手がかりは？」

「はっきりしないんですが」そう答えるヒルグローヴの声には、得々とした調子を抑えつけているようなところがあった。「ロブ――友達がこっそりと教えてくれたことがあるんです。まとまった金の譲渡が行われるまで、事務所はベッドフォードの銀行に、月々一定額を払い込んでいたようです」

「それはそれは。手がかりにはなるな。充分とは言えないが――」

そこで言葉を切って彼の気持ちを酌《く》んでやった。

「その線を追求できると思うかね？」

「おそらく」自信のある声ではなかった。

「では、そこに的を絞ってやってもらうことにしよう。だめならだめで結構。その時は自分で何とかする」

わたしはじっと前を見つめていたが、ヒルグローヴがこちらをさっと見て渋面を作ったことには、ちゃんと気づいていた。彼は笑い声をあげた。

「分かりました、ミスター・エイマー、やらせていただきましょう。メモをとっておいたほうがよさそうだ。『一八八七年から一八九二年頃まで、ミセス・ヘンリー・モートン、旧姓ミス・エリザベス・ビーヴァーとその息子ハロルド・イーストン・ビーヴァーあるいはモートンのベッドフォードでの所在を確認すること。できればでよい』――これでよろしいですね？」

わたしは懸命に気持ちを平静に保とうとし、彼の言葉を確認したいという思いをぐっとこらえた。今の言葉――つまりそこから導き出すことができる結論――がわたしの調査にとって重要なものになるのかどうかは分からない、しかし、この一言は衝撃的で、これまで集めてきた事実に新たな光を投げかけるものであった――つまり、オードリーの調査結果を裏づけた、と言ってもよいだろう。

ヒルグローヴは音をたてて手帳を閉じ、ポケットに戻した。

「それでは、ミスター・エイマー」

ここで暇を告げるはずなのだが、何かを待っているようにもたもたしていた。

「他に何かあるかな？」

「いえ――ありません」と答えたが、何かを言い出しかねているのが分かった。お茶が欲しいのではないかとふと思った。

「お茶でもいかがかな？」

「ああ、その――」

「遠慮はいらないよ。用意はできているから、よろしかったらどうぞ」

「ビールをいただけるとありがたいのですが」残念ながらビールはないが、ウィスキー・ソーダなら――？　この言葉に元気付いたようである。

芝生を渡ってフランス窓からダイニング・ルームへと案内した。わたしが一緒に飲まないので、つき合いが悪いと思っているようだ。そこでお茶のほうが好きなのだと言ってやった。ヒルグローヴはウィスキーを飲み干すとそろそろ行かなければと言って腰を上げた。

「庭内路に車を置いてきました」そして、帽子はその中です、と付け加えた。庭を迂回してそこまで案内することにしたのだが、それで応接間の窓の前を通ることになった。窓越しに中を見ると、驚いたことにオードリーが座ってお茶を飲んでいる。彼女は笑みを浮かべながら手を振った。

「ミス・エムワースはもうお帰りかと思っていました」とヒルグローヴは言ったが、その後の無言の一語は容易に想像できる。「それでしたら、わたしもお茶でよかったのに」

「わたしも帰ったものと思っていましたよ」この答えに嘘はなかった。わたしはヒルグローヴが車に乗り込むのを見送った――若い事務弁護士にしてはとんでもない車に乗っていた。ぐずぐずしてなかなか動き出さないので、とうとうわたしのほうから別れを告げなければならなかった。「ミス・エムワースが待っているでしょうから」とわたしが言うと、ヒルグローヴは乱暴にギアを入れた。その仕草を見てわたしは満足感のようなものを味わった。

応接間にとって返すと、オードリーと一緒にお茶を飲んだ。彼女はヒルグローヴ青年とふたりでやっている仕事にたいへんな興味を示したが、それについて話すのはもう少し待ってくれときっぱりと言った。

「ホームズは沈思黙考しなければならないのだよ」と冗談めかした。「それからワトソンにすべてを明かすんだ」

オードリーはふくれっ面をした——すねたわけではない、しかし、わたしは折れなかった。「あなたからのより完全な調査報告が必要なんです」と彼女の仕事に話題を向けて、「その上で初めて、どのような結論に行き着くかが見えてくるのです。ただし、待つだけの価値があるとだけは言っておきましょう」

それでもオードリーは納得しようとしなかった。昼過ぎにふたりの間にあった心地よい親密な空気はまったく失われていた。わたしはヒルグローヴを恨む気持ちを抑えられなかった。プライドも傷つくし面倒ではあるが、今度はこちらからロンドンへ出かけていって報告を聞くことにしよう。

いや断じてそうしなければならない。というのも、ヒルグローヴがまったく触れなかった事項があることにふと気づいたからである——ハローフィールドに住んでいた時にミセス・モートンは、世界各地から送られてきた郵便為替を受け取っていたはずだ。取るに足らぬことかもしれないが、真相を突き止めておいたほうがよいだろう。彼女自身も頻繁に旅に出ていたようだし、おそらくそのあたりに何らかの手がかりが転がっているにちがいない。あるいはほかにもまだ知られざる彼女の崇拝者がいたのだろうか——この事件に関係があるかもしれない誰かが。かりにそういう人物がいたとして、殺人が犯されたときにハローフィールドにいたのか、いなかったのか、それについても事実を確認する必要があるだろう。

それから――これはオードリーが帰ってからのことだが――大きな声で悪態をついた。ビーヴァーがミセス・モートンの息子だと弁護士たちが知っていたのなら、千五百ポンドの遺産を相続する息子を捜す必要がどこにある？　ヒルグローヴは馬鹿な若造だ、頭の良さを自画自賛していただけなのに、わたしはそれをまともに受け取ってしまったのだ。

すぐに腰をおろすとヒルグローヴに手紙を書いた。行間からわたしがどう思っているか読みとることができるだろう。はたせるかな、翌日の午後、電話をかけてきたが、たいへんな恐縮ぶりであった。

「もっとも、理由は分かっています。彼女はふたり目の息子、ヘンリー・モートンにすべてを遺したのです。行方を捜していたのはこっちのほうです。広告まで出して八方手をつくしたのですが、手がかりはまったくつかめませんでした」

「ふたり目の息子だって！」ヒルグローヴのことをどう思っているのか率直に言ってやろうと、わたしは言葉を捜した。

「本当に申し訳ありません、ミスター・エイマー」と始めた。「このような落ち度は二度とないようにします――ベッドフォードの調査は任せてください」

「たいへんありがたい申し出だが、ベッドフォードの件はもういいんだ。キャンセルさせていただくよ」

「え、そんな、ミスター・エイマー――」

「もう結構。若いパートナー――本当にきみがパートナーならばね――のことでミスター・アンドルーズに意見するようなことはしないから感謝するんだね」

電話を切った。他のことはさておき、金をどぶに捨てても意味がない。子供がふたりいるのなら――思わぬ難問をつきつけられたものだ――ふたり目は父親が死んですぐ後に生まれたと考えたほうがよさそうである、つまり、モートンの実の子供ならばであるが。ともかく、母親が舞台の仕事を始める前に生まれたものと思われる。とすると、一八八七年から一八九二年の間ということになる。

再度、サマセット・ハウスに行かなければならなくなりそうだ。ふといい考えが浮かんだ。オードリーとふたりで出かけて、調べが終わったら劇場に立ち寄り、遅い汽車で帰ってこよう。もう一度ふたりの間にこの上なくすてきな関係ができるようにと願ってやまない。

第十三章　ボウ・ビーヴァー登場

心に描いていた計画は実現しなかった。ミセス・エムワースが訪ねてきて、終始いかにもすまないといった様子で、姪とともにスコットランドに招かれて二週間行くことになったと告げた。オードリーは行きたくない、「休暇」を願い出るなんてとんでもないと言ったそうである。

「それに、お仕事がたいへん気に入っているようです――もっともわたしはあの子が何をやっているのか存じませんが。しかし、気分転換も必要だと思うのです」

ミセス・エムワースは少し血の巡りが悪いとわたしも思っていたので、叔母に仕事のことを話そうとしなかったのは、姪の賢さを証明するものであろう。といってこのご婦人を心配させて、仕事をやめるように説得されても困る。オードリーが「映画界に入る」ことに、はっきりと反対していることは百も承知しているし、仕事が終わるまでに、その道に進むチャンスをオードリーに提供できる――まだ夢を捨てていないのなら――のも疑いようのない事実である。何よりもオードリーの考え――仕事を楽しんでいることや、助けを必要としているわたしの立場を思いやってくれたこと

――を聞けたのが嬉しかった。

少しの間考えをめぐらせてから、もちろんオードリーは招待を受けるべきです、と誠意をもって答えた。

「休暇のことは何も決めていなかったのです。うっかりしていました。姪御さんが過労で倒れてしまっては元も子もありませんからね。ええ、もうなくてはならない人です。仕事がきつすぎると言われてからでは遅いですから」

ミセス・エムワースはこちらが閉口するほど感謝の言葉をならべ、さらに、オードリーを気に入ってくれて嬉しいと言った。わたしの所で働けるのだから、まったく運がいいとオードリーはいつも口にしているということである。

こうしてわたしはひとりで進めなくてはならなくなった。手に入れた断片をひとつにまとめてみるよい機会だ。これまで集めた事実をすべてしっかりと心の中におさめ、考えを、そう、発酵させるにまかせたなら、ある時突然、すべてが落ち着くところに落ち着いて、事件の全貌がその姿を現すのではないだろうか。

わたしは一日のほとんどを「見張りの塔」で座って過ごした。冬だろうが夏だろうが、そこで過ごす時ほど幸福感に包まれることはなかった。この塔について、たいていの人がとんでもない思い違いをしていることを考えて、思わず忍び笑いをもらすこともある。すでに述べたが、ここが世捨て人の小屋などではないのは確かである。望遠鏡で村の様子を眺めることはたいへん面白く、村人たちのこともいろいろと分かってくる。たとえば、森の中の湖に二、三人の娘たちがよく水浴びにやって来ているのも初めて知った。隣の屋敷に人の姿を見ることはほとんどなかったが、時たまテラスをぶらついている人影があった。ひとつ分かったことだが、例のお抱え運転手は明らかにあの夫妻と特別な関係にあるようだ。おそらく「運転手」に敬称でもつけて呼んでいるにちがいない。事実彼は「家族の一員」のようにも見えた——ミセス・モートンと腕を組んで歩いていることさえあった。

望遠鏡を覗いていると妙な心理的錯覚にとらわれる。マッチングズはフェアローンからかなり遠くにあると思い込むようになるのだ。ふたつの屋敷が隣り合っていることや、「見張りの塔」が隣の地所との境界からわずか数メートルの所に建っている事実も忘れてしまう。この錯覚にとらわれている自分に気づいた時はたいへんなショックだった。それは、このようにして起こった。望遠鏡を覗いていた時に——実は、マッチングズのテラスの方にも望遠鏡を向けていた——突然、凄まじい物音がすぐそば、どこか下の方で聞こえた。窓から外を見ると、垣根のちょうど向こう側、木と木の間に人影があった。わたしの見たかぎりでは、その男は地面に倒れているようであった。やおら起きあがり、身震いをすると服の汚れを払った。何かをつまみ上げてそれを見つめた——おそらく木の枝だろう。そして上を見上げた——というよりも、その枝がどこから落ちてきたのか不思議に思っている様子であった。こちらの方へからだを向けはじめ、わたしはふたつのことに気がついた。ひとつは、その男がモートンの運転手であること、もうひとつは向こうから窓辺にいるわたしの姿が見えてしまうこと。とっさに飛びすさって安楽椅子に腰をかけ、窓辺から姿を消した。彼を、つまり、盗み見ていたと思われたくなかったばかりでなく、「おい、こいつを投げつけたのはあんたかい?」といった調子で大きな声でもあげられた日には、とても我慢できないと思ったからでもある。たいそうじれったい思いをした。というのもわたしも彼に劣らず、あの枝がどこから落ちてきたのか不思議だったし、あるいは、今の一連の出来事にはまったく別の意味があるのかもしれないとひらめいたからでもある。

この手記を切れ切れに書いていることはお分かりいただけると思う。わたしは論理的に矛盾なくこの手記を仕上げようとしているのであり、日記のように毎日書き続けると、細かい点で多くの見当違いを差しはさむことにもなりかねない。秋の二週間、オードリーが出かけている間はずいぶんと執筆がはかどった。この時、頭の中で組み立てていた事件全体にわたる仮説を、ここで述べておいたほうがいいだろう。

その前にひとつ、オードリーが休暇を取っている間(ついでながら言っておくと、彼女から、こちらの日々は楽しいが、早く仕事に戻りたいという内容の短い手紙が届いていた)、「わたし自ら」突き止めた事実を紹介しておかなければならない。エリザベス・ビーヴァーをメイドとして雇ったイーストン家の息子は、彼女が奉公している時には三十一歳ほどであったという。サー・ハロルド・イーストンが戦争で死んだというのは事実ではない——現役で軍務につくには年をとりすぎているように思う。ともかく、戦争の時にサー・ハロルド・イーストンは男やもめで子供がひとり、つまり息子がいるだけであった。実は終戦の年に戦死したのはこの息子のほうだったのである。息子の死が引き金となってサー・ハロルド・イーストンが命を落としたのは間違いないだろう——間接的に戦争が原因ではあるが。

さて、わたしの仮説である。まずはそもそもの発端から始めて、現在に至るまで順を追って述べていくことにする。

エリザベス・ビーヴァーは魅力的なメイドで、節操はほとんどなく、言い寄る男は多かった。彼女はハロルド・イーストンの両親に雇われていた。やがて厄介な立場に陥ったことを知ったエリザベスは、誰の目にも不釣り合いと映る男と結婚した。結婚後、子供――息子が生まれる。夫となった男は酒を飲み始め、一年かそこらで首の骨を折ってしまう。夫は生前、息子に洗礼を受けさせることを拒否した。出生登録簿には「ハロルド・モートン」と記載されている。次に母親が姿を消し、おそらくベッドフォードへ行ったのだろう。そこで、ふたり目の息子――ヘンリー・モートンを生んだと考えられる。ふたりの息子がどうなったのか今のところは分からない。しかし、数年後、彼女はある種の「同意書」に署名し、まとまった額の金を受け取る。その後、舞台の仕事（と呼んで差し支えなければ）について、いささかいかがわしい生活を送り、一方、息子たちは――長男は間違いなく、次男もおそらく――学校に通う。母親はふたたび旧姓を名乗るようになり、その上、息子の一人を事実上改名してしまう――ハロルド・イーストン・ビーヴァーである。やがて舞台の仕事を退き、ハローフィールドに住み始めると同時に、長男の「扶養義務を放棄」したらしい。やがて彼も舞台の仕事をするようになる――母親の口利きで。これは事実だが、ある意味では、彼女が息子にしてやるつもりだったのは、これだけだったということになろう。次男の身の上については不明なままである。舞台の世界は決して華やかなものではないとハロルドは悟り、一方母親は、ホワイト・コテージで地味ながらもなに不自由なく暮らしていた。

ここまでは論理的に何の矛盾もないように思われる。ハロルド・イーストンが長男の父親であるというのも無理のない考えである（若気の至りというやつだ）。これで「きまじめな」村人ヘンリー・モートンがエリザベスと結婚した理由も説明がつく。一八八〇年代、田舎では依然として封建主義が幅を利かせていた。しかし、わたしは権力にものを言わせたのではないと思っている。エリザベスは確かに美しく魅力的な女性だったようで、つまりモートンも、もっと自然な理由から結婚を決めたのではないだろうか。とにかく、ヘンリー・モートンはすぐにこの決心を悔やむようになる。妻の方に問題があったのか、夫の方に問題があったのか、はっきりしないが、生まれてきた子供に洗礼を施すことに反対したのは、妻ではなく夫の方だったという事実を忘れてはならない。酒浸りやらなにやらで夫がだめになったのは、結婚後の妻の身持ちの悪さに原因があったとすると、子供の洗礼を拒んだのはどうしてなのだろうか？　この事実から、結婚した後で初めて妻の本当の姿を知ることになったと考えて間違いないだろう。

だいたい次のようなことが起こったのだと思う。レディ・イーストンは妊娠していることが分かるとエリザベスに暇を出す。ハロルド・イーストン――どんなことがあっても彼とは結婚できないことはエリザベスも知っていたし、さらに彼女のハロルド・イーストンに対する愛情にしたところで、自分に熱を上げていた身分の低い男たちに抱いていた気持ちと、大差のないものだったにちがいない――はうろたえた。おそらくエリザベスも慌てたにちがいない。エリザベスは安楽に暮らしたかったし、ハロルド・イーストンも話が公になるのを恐れた。どこからみてもまじめ一本槍の男と結婚することがもっとも安全な策であろう――ハロルド・イーストンが、いわば結婚持参金を用立て後押ししたのは間違いない。

モートンは簡単にひっかかり、やがてその事実を悟る。子供に聖水を拒否し、自分も聖なるものに背を向ける。実の子供が産まれる前にモートンはこの世を去り、母親は法律などおかまいなしに本来そうあるべきだという信念から、本当の両親の名にちなんで長男を改名した。

ここにいたって、次男の情報をもっと手に入れることが不可欠だとはっきりしたが、真実に対するだいたいの見通しはついている。

長男は親の寵愛を受けるものだと思う人もいるだろうが、この場合はまったく違った。母親は、自分の不遇を長男のせいにしていたのかもしれないし、あるいは暗い子供だったのが原因なのかもしれない。ともかく、ふたりの間には愛情のかけらもなかったようだ。長男は、時にはすべて母親のおかげだと持ち上げたかと思うと、別の折りには酷く責め立てた。養育費は父親から出ていたらしいが、エリザベスは息子ではなく自分の金と考えていたのではないだろうか。

で、次男はどうしたのか？　時々ハローフィールドに母親を訪ねてきた息子がいたという話をふと思い出した。これが「ハロルド・イーストン・ビーヴァー」であるとは——あるいは訪ねてきたのがいつも彼だったとは——到底思えない。この点をまず確認しなければならないだろうが、時間がたちすぎていて調査は困難を極めるだろう。次に世界各地から送られてきた郵便為替について考えた。次男が送ってきたと仮定するとどうだろう、つまり、そのことに感謝して母親は財産をすべて次男に遺したとすると？

では、彼の職業はいったい何だったのか？　わたしは笑い声をあげた。もちろん、ひとつの可能性がひらめいたからだ。船乗りだとしたらどうだろう？　そう、おそらくこれも確認できるだろう――ただ「ヘンリー・モートン」というありきたりの名前の男は、海軍にも商船の乗組員にも何十人といるにちがいない。それでも船乗りという考えは捨て難い。船乗りが突然姿を消すことは珍しくない――とかくそういうものである。難破や事故――たまたま母親が殺された頃に、この船乗りの息子も世を去ったと考えても、突飛な空想とは言えないのではないか？　こう考えれば相続人が名乗り出なかったことにも説明がつくと思うのだが……

　いや、船乗りの息子が名乗り出なかった理由が説明できるにすぎない。兄は死んだ弟――血は半分しかつながっていないが――の権利を自分のものとすべく画策してもよさそうなものだが、なぜ手をこまねいて見ているようなことをしたのだろう？

　いや、あせるまい、あせるまい。ハローフィールドの殺人事件を考えてみよう。ハロルド・イーストン・ビーヴァーが実の母を殺したと考えたらどうだろう。

　動機は？　もちろん、金である。彼は母親に援助を求めた。舞台の仕事は行き詰まっていた――母親はアメリカへ渡るのに充分な金を貸してやっただろうか？　新たに映画の仕事を……

母親はためらいもなく手提げ金庫を取り出したのだろう――話している相手は実の息子である。しかし、アメリカへの旅費を払ってやるつもりはなかった――数ポンドならやってもよいと思っていたのだろう……

　そして、火かき棒が――

　しかし、これでは犯行が衝動的に行われたことになる。入念に計画されたものであったと考えた方がよくはないか？

そこで、彼は周到な準備をしていたのだが、最後の行動はその時のなりゆきに任せたのではないかと考えてみた。

「ひとりの」息子がホワイト・コテージを訪れていたことはつかんでいる。もし、ふたりの息子が訪れていたとしたら？　おそらくハロルド・ビーヴァーは事件の前にも母親を訪ねて金を無心したことがあり、その時に札束のつまった金庫を目にしたのだろう。しかし、期待したよりはるかに少ない額しか手にすることができなかった。

さて、ビーヴァーは劇団がハローフィールドへ公演に行くことを知った――彼は何でも屋だったのだ。浮浪者に扮するのは朝飯前だ――ホワイト・コテージに行く途中、あるいは帰り道で誰かに出くわしても、後で正体がばれる心配はなかったろう。しかも、そのような恰好をしていれば、困窮の極みにあると母親を納得させるにも好都合である。

これが犯行にいたるまでの第一歩で、その後計画はどんどん膨らんでいった。ギャリー・ブーンのように扮装したらどうだ？　劇団の人間ならみんな知っているように彼も、劇団の内外でギャリー・ブーンがどんな様子なのかよく知っていた。いつも飲んだくれては自分のやったこともまったく覚えておらず、暴力的で喧嘩ばかりして、年がら年中金に困っているのだ。ちょうど良い時間に劇場に戻るようギャリー・ブーンの酩酊した頭に吹き込むことも、ビーヴァーならできたにちがいない。酔っ払いながらも劇場にたどりついた場合に備えて、ビーヴァーは楽屋にウィスキーを置いておいたのだろう。劇場に戻ってこなかったとしても、その時はひとりでどこかをうろついているのが関の山、一杯やった時はたいていそうなのだ。

そこでハロルド・ビーヴァーは中途半端に扮装したギャリー・ブーンになりすまし、しかも貧困の極みにあるハロルド・ビーヴァーといった恰好で劇場を抜け出した。密かにバックスへ出かけ、金を無心する。母親は再び手提げ金庫を取り出した——しかし、必要としている額には遠く及ばない。もっと気前のよい母親であったなら、ビーヴァーといえども殺しはしなかっただろう——罪を犯さずにすんだはずだ。だが実際には——彼女は死ななければならなかった。あとはドアに鍵をかけるだけ、窓からこっそりと忍び出る。母親の暮らしは知っている——死体は朝になるまで発見されないだろう。

急いで劇場に戻り、手早く変装をはぎ取る。特に決められた仕事はない——いくつもの雑用をこなさなければならないので、いつも「どこかにいる」という状態であってもおかしくないのだ。ブーンの楽屋に立ち寄っても充分な理由が付けられる——検屍官に話した時間よりもおそらく二十分ほど後ではあるが。コテージに行くときに身につけていたスカーフ——ギャリー・ブーンが舞台で使っていたのとそっくり同じもので、計画を立て始めた早い時期に「衣装部屋」から盗んでおいた——も持ってきた。このスカーフは火かき棒の握りの部分を巻くのに使い、そのため指紋は検出されなかった。母親の血が飛び散り、染みをつくっていた。あとはギャリー・ブーンの衣装を入れたバスケットの中に押し込んでおけばいい——おそらくまず彼の青い上着にスカーフをなすりつけたのではないか——、その後で眠りこけた俳優を叩き起こして、不充分なメーキャップのまま舞台へと急がせたのである。

想像以上に都合のよい展開となり、ギャリー・ブーンは彼の思惑どおりに動いた。ブーンに嫌疑がかけられるのはほぼ間違いない。

しかも、ビーヴァーの思ってもみなかった小さな事実もいくつか「証拠」として挙げられることになった――それは不確かなもので、たとえば、ブーンが「戻る《ゴー・バック》」と言ったのか「バックス」と言ったのかといった類のものである。そう、綿密に練った計画に運命も味方をしたのだ。

さらに情報が必要なところもいくつかあるようだが――特に次男について――それでもやはり、わたしの仮説はそれぞれの事実をうまく説明している――辻褄も合っている、ほとんど間違いがないのではないか。ギャリー・ブーンが犯人であると考えるよりも、わたしの推理の方がはるかに説得力があるが、これにはひとつの決定的な事実をあげるだけで充分だろう――ハロルド・ビーヴァーと殺された女性の間には明らかにつながりがあったのだ。このことが何を意味しているのか、ただ一点のみを考えればいい――彼なら家の様子、生活習慣、手提げ金庫のことを熟知しているのだ。一方ギャリー・ブーンは、ホワイト・コテージの居間にある机の抽斗のなかに、ちょっとした財産が入っていることをどうやって知ることができたのだろう？

ここで、ふと、ひとつの疑問が頭に浮かび先に進めなくなってしまった。ギャリー・ブーンに罪をなすりつけようとこれほど骨を折ったビーヴァーだが、検屍審問ではその疑いを晴らすような証言を自ら進んで行ったのはどうしてか？　警察がこの舞台主任助手にそれ以上尋問しなかったのはなぜか？　わたしはほとんど忘れていたが――舞台主任助手はまた「どの俳優の代役も務める臨時代役俳優」でもあったのだ。ブーンに扮することはお手のものだったはずだ――それが彼の仕事ではなかったのか？

しばらく悩んだが、答えがみつかった——しかも、わたしの仮説をさらに強固に裏付けるものである。

警察がブーンを有罪と考えていたのは明らかだが、そのことはひとまずおいても、彼が酒浸りで喧嘩っ早い乱暴者であることは分かっていた。そんな男ではない——蠅一匹殺せない男だ——と印象づけようとする証言を警察は最初から割り引いて聞いている。

しかし、ビーヴァーはそうしなかった。彼は警察がつかんでいるブーンの本当の姿を認め、それを口に出すことで仲間の俳優たちから嫌われることになった。ビーヴァーはすべてを認めた、が、七時四十五分にブーンは楽屋にいたと断言した。間違いない、彼、ハロルド・ビーヴァーが楽屋でその姿を見たのだから。

警察の考えはこうだ。ビーヴァーがブーンの仲間の証言を否定するのなら、つまり、同輩に逆らってまで真実を語っているのなら、彼の言っていることはすべて真実と考えてもよいのではないか。他の連中と手を組んでブーンのイメージをなんとか取り繕おうとするのなら、「同じ話を繰り返す」はずである。いいや、この男は真実を語っている。我々のにらんだ通りブーンが犯人だとすれば——なんとかして他の時間に殺人を実行したのにちがいない。

そこで正直者のハロルドは——もし彼が良心を持ち合わせていたならば——もうひとり殺すことにならなくてよかったと、せめてそれくらいは思ったことだろう。しかし、ブーンのアリバイが証明されたことなど、実はどうでもよかったのだ。ギャリー・ブーンの疑いはまだ晴れていないのだから。人々はああでもない、こうでもないと議論を続け——ブーンは傍聴席に向かって演技を続ける。しかし、ひとつの「事実」は確固としたものとなるだろう——ハロルド・ビーヴァーは七時四十五分に劇場にいたのだ。わずかでも疑われるようなことがあったとしても、警察が黒とにらんだ男の疑いを晴らす証言をしたことが、有利に働くに違いない……

もっとも嫌疑がビーヴァーに向けられる時には、たとえそういうことがあったとしても、彼はすでに遠くアメリカに発っているのだ。もう旅費は手に入れた。しかも、彼が劇団を去っても誰も驚かない——この事件の捜査のすぐ後で、劇団が解散しなかったとしても同じことだ。

そう、わたしはボウ・ビーヴァーを告発する有力な事実を手に入れた。有力な？　いや、確かにそれ以上のものだ……

そもそもの調査の目的が何であったかほとんど忘れていた——映画俳優ボウ・ビーヴァーだ。なぜ映画俳優になったのか、なぜやめたのか。この疑問の片方に対する解答は手に入れたと思う。ボウ・ビーヴァーがハリウッドへ行った理由と方法が分かったのだ。

第十四章　秘書の退場

　オードリーが戻るとすぐに、一九一三年から一四年にかけてのロンドン・プレス紙を読む仕事を与え、当時のビーヴァーの行動の手がかりをつかんでもらうことにした——舞台に立つ前の彼の消息を伝えるものがあるかもしれない。さらにミセス・モートンについても何か情報が得られないかと、ベッドフォードへも行ってもらった。もちろん、本当に欲しかったのは、もう一人の息子につながる「線」であった。

　最初に言っておくが、ベッドフォードのほうは失敗に終わった。一方、新聞からは収穫があり、ボウ・ビーヴァー自身の、あるいは彼が思い出の場所を訪れた時のことなどを伝える記事をずいぶん手に入れた。世間から騒がれることを嫌ったビーヴァーの控えめな気持ちが、逆によい宣伝となったようである。少なくとも彼が教育を受けたふたつの学校が分かったし、ある時期に住んでいた家のまわりを走る通りの名も三つ知ることができた。子供の頃の彼を知り、当時を思い出してくれる人物を見つけだすこともできるかもしれない。さらに、記憶を呼び起こすのに役に立ってくれそうな格好な事件も起こっていた。アパートで火事があったのだ——小火《ぼや》程度で大したものではなかった——、それもビーヴァーが訪れているちょうどその時に出火したのだった。

オードリーは、ベッドフォードで何もつかめなかったことに気落ちしていたが、悔やんでも仕方がないと笑ってかたづけた。新聞でつかんだ手がかりのほうが重要なのだと言ってあげた。実を言うと、新聞の方からは成果が得られるとは思っていなかったのだ。しかし、オードリーとふたりで南ロンドンを歩き回ることになりそうだし、きっとそれは楽しいひとときになるに違いない。

この先調査がどのような方向に向かうのか、オードリーは依然として興味津々だったが、わたしは頑なに、しかし冗談めかして、事の真相をつかむまで彼女には明かさないという最初の方針を変えなかった。マッチングズには何かとてもおかしなところがあると、わずかに仄めかしたにすぎない。殺人者だと匂わせることはしたくなかった。集めた「事実」をひとつにまとめ上げ、ミスター・モートン＝ビーヴァーが間違いなく鎖に繋がれたと確認できるまで、お預けにしておこう。

こう心に決めたことをあくまで守り通したことに、わたしは胸をなで下ろしている。これまでは、うまく事が運んだことを主に書いてきて、不都合なことにはあまり触れなかったが、ここで二、三、苦々しい出来事についても記さねばならない。

まず第一に——九月の終わり頃であっただろうか——、ある朝わたしはショックを受けることになった。毎日の習慣になっていたのだが、その朝も「見張りの塔」からマッチングズのテラスに「目を向ける」と、心底驚いたことに、そこには大きな白い板が立っていて、まるで素人が新聞広告を真似たような黒い文字が書かれていた。「人のことに嘴《くちばし》をはさむな」とあった。眺め渡している窓のちょうど正面に立てかけられていたが、おそらく、たんなる偶然だろう。しかし、落ち着かない気持ちになった。罪の意識を感じたのではない。わたしはその男の正体をあばいて、世間に知らしめる仕事をしているだけなのだ。

この些細な出来事に加えて、残念なことにオードリー・エムワースとの間に誤解が生じ、秘書としての彼女を失うことになってしまった。これにはほとほと参ってしまった——事実、再び手記を書こうとペンを執るまでに数週間もかかった。

すべては空騒ぎであった。高尚な趣味故に古い名作映画をリヴァイヴァル上映することで知られるロンドンのあるシネマ・クラブで、たまたま「ボウ・ビーヴァーの映画」がかかっていることにわたしは気がついた。もちろんオードリーは、ボウ・ビーヴァーとモートンが同一人物であるというわたしの考えを知っていたので、その日の午後、ロンドンへ出かけようと提案すると喜んで受け入れてくれた。ここまではよかった。スクリーンにはボウ・ビーヴァーがおり、そして、間違いなく、彼はモートンに似ていた。感情表現の巧みな俳優と感情に動かされない曲芸師、このふたつを融合した類い希な個性を遺憾なく発揮していた。オードリーにも話したのだが、この手記の初めの方で引用したパンフレットの記述からして「代役」を使った可能性はない。オードリーは少なからぬ興味を示し、たいそう熱心に耳を傾けるので、さらに詳しく話して聞かせたい衝動に駆られて困った。

いつもとは違い、オードリーを乗せて車でロンドンへ来ていたので、汽車の時間を気にする必要はなかった。当然のなりゆきとして、ロンドンで食事をとり、車でオードリーを送り届けることになったが、オードリーも喜んでわたしの招待を受け入れた。メトロポリタン・グリルで静かに食事をとった――あとで調査する必要がでてくると思ったので、特に店の中を観察しておきたかったのである。それでわざとゆっくりと夕食を食べた。客がみんな帰るまでそこにいたかったのだ。チップを気前良くはずんでおいたが、次に来たときも顔を覚えていてくれるどうかはいささか心許なかった。すべてが予定通り進行していた。レストランの支配人が一九一三年当時と同じなのか、ドアマンも代わっていないのか、確認しようとも思った。

確かに店を出たのはかなり遅かったし、夜の運転は嫌いなので――夜は無謀な運転をする輩が多いのだ――グレイハーストまではずいぶん時間がかかった。フェアローンに寄っていくようにオードリーを誘ったのにも他意はない。寒かったので温かい飲み物が欲しいのではないかと思ったのだ。わずか数分、家に戻るのが遅くなるだけのことだし、もちろん、家に送り届けるつもりでいた。

使用人たちはすでに寝ていたが、客間には火がたかれて暖かく、いつものように魔法瓶の中には飲み物が入れてあった。オードリーが「神経質」になっているのには気がついたが、まさかあんなことが起ころうとは予想だにしていなかった――突然ヒステリーのように怒りを爆発させ、わたしに対して激しい非難の言葉を投げつけたのであった。腰を抜かすほど驚いたと言ってもまだまだ控えめすぎる。あんまり大きな声で騒ぎ立てるものだから、召使いたちが降りてこないかと心配になった。いったいどうしたというのだ？　オードリーの頭がどうかしてしまったのではないかと最初はぞっとしたが、すべては悪意ある企みだという恐ろしい考えが浮かんだ。オードリーがいきなりコートをひっつかんで家を飛び出していった時には正直ほっとした。あのような状態でひとりで家に帰してしまったと思うといたたまれなかったが、あとを追って行くのはご免だった。酷いショックを受けたために、当分の間、次に何をしたらよいのか頭に浮かんでこなかった。それからようやく自分を取り戻し、冷静に状況を眺め渡した。短い手紙を書き、すぐに投函した。手紙には、あのあと、ふたりの協力関係が終わったこと以外、わたしには何も分からない、今までの協力にはもちろん感謝している、という意味のことを書き付け、充分な額の小切手を同封しておいた。

もちろんわたしが弁解しなければならないことなど何もない。村ではちょっとした噂になっているに違いないが、そんなものは無視しておいても大丈夫だ。わたしはこれ以上望むべくもないほど率直にこの手記を綴ってきた。偏見のない読者ならばすぐに理解していただけると思うが、わたしはオードリーに対する時、終始友人としての姿勢を崩したことはなく——今もそうである——それを踏み越えることもなかった。わたしは彼女が好きだったし、一緒にいると元気づけられ、楽しくもあった。容姿の美しさには賞賛の言葉を惜しまなかった。連れだって歩いていると楽しかったが、中年の男性なら喜びを感じるのは当然だろう。しかし、それ以上のことは——もっとも、こんなことはすべてばかばかしいことである。この一件がその後の調査活動にある程度影響を与えたので、書き記しているにすぎない。

確かに秘書として彼女を充分活用していなかったのは事実だ。おそらくオードリーの調査の至らない点ばかりに目がいっていたからだろう——彼女の落ち度ではないが、わたしが要求した仕事をこなすだけの能力を、実際に欠いていただけのことである。秘書はいなくなってしまったが、先へ行けば行くほど、やらなければならない調査は多岐に渡るようになる。特に自分でやるのは願い下げにしたい調査がふたつあった――「もうひとりの息子」を捜すことと、アメリカでのボウ・ビーヴァーの暮らしぶりを調べることである。

そこで――やはりわたしの主義に反することなのだが――私立探偵に頼ることにした。あれこれ想像をたくましくされて、わたしが追い求めていることを見破られると困るので、ふたつの別々の事務所に依頼することにし、アメリカの方の調査には国際的な活動で定評のある（と確認できた）事務所を選んだ。「調査に最適な探偵事務所」をふたつ聞き出すために、アンドルーズのもとを訪れて話をしたのだが、これがたいそう愉快だった。わたしが探偵事務所を教えてくれと言うと縮み上がった――何やらよからぬごたごたに巻き込まれたのだと恐れたに違いない。ほんのわずかな時間、ヒルグローヴ青年とも言葉を交わしたが、少しは彼を許してやるつもりになった。ヒルグローヴは平身低頭、なんとかわたしの機嫌を取り結ぼうと懸命だった。わたしがヒルグローヴの調査に不満をもらしたことを耳にして――耳にしたに違いない――アンドルーズはみっちりと油をしぼったのだろう。生意気な素振りは跡形もなく消えていた、あまりの恐縮ぶりに、もう一度機会を与えてやることにした。

おおげさに感謝するのには閉口してしまった。たとえどんな仕事でも――「ねえ、いいかい、きみ。べつに大仕事を依頼したわけじゃあないからね。もう一度きみの学校時代の友人に会って、故ハロルド・イーストンに――そう、歯に衣を着せずに言うと、ミス・ビーヴァーとの間に隠し子があったかどうか探り出してもらいたいだけなんだよ」

「なんですって！　あなたのお考えでは――」

「いいや、何も考えはない。ただ知りたいだけだ。いるともいないとも証明ができない場合は、その手の事実を匂わせる有力な手がかりがないか、探し出してもらいたい」

ヒルグローヴは頷いた。

「よく分かりました、ミスター・エイマー」

「できるかね?」やや疑うように訊ねた。

「全力を尽くします」と答えてヒルグローヴはわずかに笑みを浮かべた。「その手のことならトビーはお手のものですよ。うまくのせてやれば――『ある准男爵の継承者』の話をするとか、秘密を打ち明けるふりをするとか――本当のことは言いません。何もかもしゃべってしまうでしょうからね」

事実を突き止めてくれるのなら手段などどうでもよかった。それだけ言うと、帰る支度を始めた。

「お宅にうかがって報告しましょうか?」

結果報告は郵送してもらったほうがいいと答えた。

「文書にするのはどうかと思うんですが」

「心配無用。わたし以外は誰も読まないよ」

「ええ、でも、秘書の方が――あのチャーミングな娘さんです――ええと名前は――」

辞めてもらったと少々ぶっきらぼうに言った。

「確かにとてもチャーミングだ。きみが秘書に求めるのはそれだけかもしれないがね、ヒルグローヴ君、わたしにとって大切なことは、良い仕事をしてくれるかどうかだ、でなければ用はない」

沈んだような表情をみると、言わんとすることが分かったらしい。うまくやるしかないのだ。いいかね、きみのように二度もチャンスを与えられることは希なのだよ。

これでほんとうにグレイハーストに引っ込んで、思索に耽り、三通の報告書が来るのを待ちながらゆっくりすることができそうだ。四六時中ボウ・ビーヴァーに関わり合っているつもりはなかったので、「身上調査」的な仕事を免れて嬉しくもあった。家や財産の管理など日常の仕事も抱えているのだ。そのような雑事に追われているうちにふと――ある意味でわたしは、ボウ・ビーヴァーに感謝しなければならない――わたしの地所を広げようという考えが浮かんだ。以前に広大な私有地を所有することはたいへんな重荷になると言ったが、その一方で、見晴らしを「手に入れる」満足があり、望遠鏡のおかげで「見張りの塔」からの眺望はわたしの新たな楽しみになっていたのだ。たまたま湖――湖のことはすでに書いたと思う――を囲む森林が売りに出されていた、いや、正確に言うなら、公にはしていないが、その土地の所有者は売りたがっていた。わたしはそれを買うことに決めた。こちらの資金は減るし、土地財産所有権やらなにやら複雑な手続きが必要なのは言うまでもない。ちなみに、わたしはアンドルーズにこの仕事を頼み、そうすることで、彼にとってわたしは失うことのできない顧客であることを再認識させた。林が欲しいんだ、しかもすぐにもだよ――交渉が長引くのは我慢ならなかった――波風の立たないようにしてもらいたい、売買のことを知る人間が少なければ少ないほどいい。アンドルーズは困ったような顔をしたので、気まぐれをするだけの経済力はある、きみの仕事は理由を聞くことではないと言ってやった。

本や画集を広げたり、望遠鏡を眺めたり、わたしの「事件」をじっくり考えたりしながら、「見張りの塔」の部屋の中に腰をおろしているのは、また格別な楽しみであった。隣の住人が過去に犯した悪行はホワイト・コテージの殺人にとどまらないとますます確信を深めた。「弟」が姿を消したのは少し都合がよすぎはしないか、遺産を要求すれば事態が紛糾するというまさにその時に消息を絶ったのだ。また、クルー発の夜間急行列車の事件も見た目ほど単純ではないのかもしれない。

わたしがプロの探偵——現実の探偵であろうが小説の探偵であろうが——に対してはるかに有利な立場にあることは言うまでもない。ひとつ残らず事実を集めてしまうまで推理を棚上げにする必要はないのだ——実際、すべての事実を手にすることなど、自分だけの力では無理なのは承知している。集めた限りの事実がすべて、落ち着くところに落ち着いたと納得できる、理に適ったひとつの形にまとめあげるだけで、わたしは満足だ——ひとつの形、しかしそれは、唯一の形なのだ。

大胆な前提を立てることもできよう。「殺人と証明できない以上、事故である」と言う必要もなければ、動機などを探すことから始める必要もないのだ。プロの限界はここにある。わたしにしても、人並みはずれた鋭さや、誰をも納得させるずば抜けた推理力を持っているわけではない。わたしは何ごとも包み隠さず、公平でありたいし、また、大げさな主張をするつもりもない。つまり、わたしはまったく自由な立場なのだ。強調しておかねばならないが、これは単なる直観の問題ではないし、まして「そうあれかしと願っているとそうだと信じるようになる」ということでもない。モートンとは本質的にそりが合わないのは事実である——わたしに対する無礼な振る舞いに目をつぶったとしてもだ。あんなものは笑い飛ばせる。このような感情的な要因で、わたしの思考を歪めるわけにはいかない。

すでに述べたが、繰り返し言う必要があるのでもう一度言っておくと、そもそもこの件に首を突っ込むようになったのは映画俳優に対する芸術的な興味からなのだ。そうしているうちに、わたしはほとんど偶然から、いくつかの事実を発見し、やがてそれらは無視できないものとなって、この男は母親を殺したのかもしれないと疑うようになった。わたしの疑念は、動機や状況証拠などの確固たる裏付けによって補強された。

だから夜行列車の事件も、大胆な仮定から出発したとしても、不合理な点は微塵もないのだ——プロの探偵はさておき「ごくふつうの人」なら受け入れてくれるにちがいない。

「仮に」とわたしは自分に問いかけた。「下り列車の線路で無惨な死体となって発見された男が、事故死ではなかったとしたらどうなるか。犯行後の逃走中の事故であるとか、そういうことではなく、つまり、殺害されたのだとしたら？　少なくとも犯人は事件の周辺にいる人物だろう。ボウ・ビーヴァーの秘書、その後すぐに彼の妻になる、あの女が怪しい。よし、では、この前提に立ってみよう、次はどうなるだろう？」

第十五章　ジョイス登場

わたしの立てた仮定をここに記しておくべきだろう。線路で発見された男は殺されたのであり、ボウ・ビーヴァーは何らかの形でこの事件に関与している。

言うまでもなく、殺された男の身元や、なぜ、どのように殺されたのかを調べる必要があった。ひとつでも分かれば、残りふたつの手がかりも出てくるのではないだろうか。

一番簡単なのは「どのように」という疑問を解くことだろう。はっきりしているのは、汽車から飛び降りたのでなければ、投げ落とされたということになる。すべての事実を考えるとこうした結論にたどり着くし、何よりも死体からはミス・レンのハンドバッグとロンドン行きの切符が二枚発見されているのだ。この事実を手繰っていくと、犯人は汽車に乗っていたことになる。つまり、捜査の幅がわずかに狭められたということだ。まず、ミス・レンがその汽車に乗っていたのは分かっているが、ひとりで男を打ち負かし、客車の外に放り投げたとは、とうてい考えられない。仮にそのような大立回りを演じたとして、どうして黙っているのだ？　いずれにしても、揉み合っている時に足を引っかけたら外に飛び出していったと証言することもできたはずだ。しかし、クロロホルムの問題がある。どうみてもミス・レンひとりの犯行と考えるのは無理なようだ。クロロホルムはこの事件が念入りに計画されたことを示している。女が客車から男を放り投げられるかどうかということに、これほど周到に練られた計画のすべてがかかっているとは信じられない。彼女は「サーカスの怪力女」といった類の人間ではない。ほっそりとした女性で、職業は速記者なのだ。

ミス・レンには共犯者がいたことだけは確かである。しかし、ボウ・ビーヴァー自ら汽車に乗っていたとは考えられない。夜間急行列車がユーストンに着いた時、ベッドの中で眠っていたことに疑問の余地はない。それだけではない、前日から気分が悪かったのだ——オックスフォード通りで突然失神したとか、何かそのようなことだったはずだ。そのすぐ次の日には、すでに元気になっていて汽車の中で立回りを演じたと考えるのは無理がある。しかも——この問題には後ほど戻ってくることにしよう。

考えられるのはボウ・ビーヴァーの残りのふたりの仲間である——車を運転していた男と秘書兼マネージャーの仕事をしていた男である。このふたりの男が怪しそうだ。

運転手は車で郊外に行っていたことになっているが、どこに証拠があるのだろう？　警察や駅員が事態を掌握する前に、ユーストンから姿を消した乗客の中に彼がいたのではないのか？　何とかしてこの男の足取りを洗わなければならないが、ずいぶんと昔の出来事なので調べるのは難しいかもしれない。

さて、最後に秘書兼マネージャー氏である。この男についてははっきりしない点が誰よりも多いように思う。彼はリヴァプールで客船に乗り込み、悲劇が起こった頃にはおそらく大海原に出ていたことになっている。しかし、これは推測の域を出ないのではないか？　彼はこれを限りにこの一件から姿を消してしまったようだ。検屍審問に際して、当局が秘書兼マネージャー氏に連絡を取ったことは間違いない。当然のことだ。どうやら、この男が汽車の事件に関係していた可能性はなさそうだ。

わたしはさらにもう少し考えを押し進め、彼が完全に姿を消してしまったことに改めて思い至った。モートン邸には三人の人間がいる――モートン、妻、そして車を運転する男。この運転手は一九一三年にも同じ仕事をしていたと考えてもよいのではないか？　そうでなければ、あの奇妙な関係――「運転手兼話し相手」とでも言おうか――は到底説明できるものではない。

さらに作業仮説を押し進めることにした――これは基本的な仮説とちがって、行き詰まれば簡単に放棄することができる。この一件から姿を消してしまった秘書兼マネージャー氏は汽車の事件に関与していなかったが、一方、運転手兼話し相手の方は汽車に乗り込み、ミス・レンがその共謀者だったと仮定してみよう。それでは、ボウ・ビーヴァーは？　基本に据えた仮説から、彼も共犯者であった――いや、少なくとも従犯であった――という考えを取ることにした。とすると彼のアリバイがあまりにも完璧すぎることに気づいて、わたしは勢いづいた。殺人事件の前日に気絶したというのも偶然としてはできすぎている。こう考えると、気分がすぐれずに臥《ふ》せっていたということも、にわかに信じられなくなった。彼にはふたつの顔があるというのなら、それはそれで結構。しかし、彼の人気のために集まった群衆の熱気にあてられて、神経が耐えきれず卒倒してしまった、などということがあってたまるものか。ならば、少なくともボウ・ビーヴァーは従犯だったと考えても何ら不都合はないはずだ。そしてミス・レンが襲撃されたのは、ボウ・ビーヴァーの秘書だからではなく、バッグの中の金や彼女の美貌めあてだったと見せかけることが、計画の肝要な部分だったのではないか。

それでは真相はいかなるものであったのか？　ミス・レンがリヴァプールに行ったのは秘書兼マネージャーを見送ることのほかに、誰かと会う、あるいは連絡を取る目的があったのではないか？　そして、その人物はクルーから汽車に乗り込み、ロンドンに着く前に始末されてしまったと考えたら？　これでは偶然に頼るところが多すぎる。それとも何らかの方法で、被害者となるべき人物がクルーから夜間急行列車に乗り込むことを探り出したのか、あるいはそうするように仕向けたのか？

その時ふとクルーから乗った男が被害者とは限らないと思いついた。運転手兼話し相手であってもよいではないか？　とすると、被害者はリヴァプールで汽車に乗り込み、ミス・レンも同様に乗車する。クルーで共犯者と会い、目的の男を示し、ハンドバッグと切符を渡して、犯行時間を打ち合わせるくらいの暇は充分にあったはずだ。予定の時刻になると別の車両にいた運転手兼話し相手は凶行におよぶ。一方、ミス・レンはコンパートメントで争ったように「見せかけ」、クロロホルムの瓶を車外に投げ捨て、自らを縛るとクロロホルムを嗅いで気を失う。簡単だったはずだ――後ろ手に縛られていたわけではないし、クロロホルムを浸したハンカチを顔にのせるだけでよいのだ。時間が最も重要な鍵となる。死体のそばでクロロホルムの瓶が発見されるようにするには、時間をあわせる必要がある。

またしてもすばらしい考え——と言ってもよいと思うのだが——が閃いた。記憶を新たにするために慎重に新聞の切り抜きを繰った。そう、急行列車は数分の遅れで到着したのだ。ボウ・ビーヴァーが病院で心配していたのはこのことではなかったのか？　結局あの心配は本物だったのではないか？　霧で汽車が遅れるということは、ミス・レンがクロロホルムを浸したハンカチを顔にのせて倒れている時間が計算よりも数分長くなることになる。彼女にとっても時刻表が重要な要素であったのだ。

この結論に達した朝のことはまざまざと思い出すことができる。かなりの時間推理に没頭し頭を酷使していた。たいそう晴れ晴れとした気持ちになったので、その日はちょっと休むことにした。散歩でもしてみよう、そう、新たに手に入れた森のあたりがいいだろう。望遠鏡をそこに向けると、何と侵入者がいるではないか。近頃の若い女性は真冬に水浴びに出かけることを当たり前と心得ているようだが、これは絵入り新聞の影響と考えないわけにはいかない。もちろん、まだ真冬というわけではなかったが、暖かいとはいえ九月も終わろうとしている時期である。よりによってわたしの地所にある湖を選ぶとは。そのようなことは止めさせるいい機会だ。

しかし、湖への道をたどっているうちに、気分が高揚し考えが変わった。愉快な気持ちになって、見知らぬ侵入者に辛く当たろうという気は失せてしまった。今後こちらの迷惑になるような事態に至った時にすぐに止めさせることができるように、侵入者の正体を突き止めるだけにしておこう。そう決めておいてよかった。というのも、湖まで思ったより時間がかかってしまったからだ。帰る途中の女と顔を合わせたのは、森のはずれの小道——わたしの敷地内にある道だが、誰にでも通行権のある道——だったので、たしなめることはできなかったが、手にしているタオルから、湖にいたのが彼女であることは明らかだ。宿屋ジョージと竜亭の娘、ジョイス・ウィロビーであった。バーチェル将軍に、彼の息子とジョイスの間柄を報告したことはすでに述べておいたと思う。

ジョイスの父親は「そこらの」宿屋の親爺とは趣を異にしていた。事実、彼は芸術家で、確かちょうど名をあげ始めていた頃に、突然、ローマン・カトリックへ改宗し、それがあまりに突飛だったので、誰もがやはり芸術家だと納得したものだ（あるいは、G・K・チェスタトンの読み過ぎだったのかもしれない）。将軍の息子が、宿屋の娘と結婚できる見込みがあるのだったら、もちろん、干渉すべき筋合いではない。しかし、将軍がふたりの結婚を許すはずのないことは分かっていたし、また、人は自分の住む村の風紀に関しては、それなりの責任がある。

彼女はかなりの器量好しで、髪は黒く、一見ジプシーのようだ。これまでほとんど意識したことはなかったが、わたしの方へ歩いてくる彼女は、わずかに身体をゆすり、左右に揺れる白いタオルとチラチラのぞく白い素足が、からだの動きを艶かしいものにしていた。オードリー・エムワースこそ我が庭の池で水浴するニンフにふさわしいと思っていたが、オードリー自身も、黒いシルクの水着も現代的すぎるきらいがあった。ジョイス・ウィロビーなら、暗い森を背景に白いからだが浮かび上がり、古典的世界にはまさに打ってつけであった。おそらく芸術家の血が彼女の中にも流れ、全体との調和をはかる感覚を身につけているのだろう。たまたま、わたしにはちょっとした絵心がある。気持ちの良い昼下がり、すてきな絵が描けるのではないか。

彼女が近くまでやってくると、わたしは笑みを浮かべ、水浴びをしていましたね、と声をかけた。相手はあからさまに顔を顰《しか》め、顎をつんと上に向けただけで、何も答えなかった。わたしは大いに楽しんだ。脇をすり抜けようとしても無駄だった——ずいぶんと狭い小道で両側には垣根があったので、こちらが脇に寄らない限り通り抜けることはできなかった。

「泳ぐには少々寒すぎませんか?」わたしは平然として先を続けた。

「通していただけないかしら、ミスター・エイマー」

「おやおや、つれないお言葉ですね」

「とぼけるつもり、あなたが——あなたが——」

もちろん彼女はトム・バーチェルのことを言っているのだ。おそらくトムが言ったのだろうが——ふたりが会えなくなったのはわたしのせいだと思っているに違いない。二の句が継げないようなので、ぶしつけにそのことを訊いてみた。

「もちろんそうよ、だいたい何の権利があってあなたは——」

「誠に残念です、お嬢さん、とんでもない話を吹きこまれているのですね」とわたしは彼女の言葉を遮った。「無理もないかもしれません」

そこでわたしの立場からその件について説明をした。

「ね、お分かりでしょ」と締めくくった。「わたしは、あなたの結婚を何とかしてあげようとしたのです」結婚という単語をわずかに強調した。

彼女はいぶかしげにわたしを見つめ、声をあげて笑った。

「そんなのどうでもいいことじゃない。ほんとうに結婚する気があるか、トムの気持ちを確かめようとしたんですって――そうおっしゃいましたわね？――よく言うわ。で、お節介の末に、トムには結婚の意志があるとは認められなかった、こうですもの！」

「ねえ、きみ」と言ったが――その言外の意味にわたしが心の底からショックを受けたのは言うまでもない――「まさかきみは本気で――」

「あたりまえでしょ。人生を楽しめないなら罪を背負って生きた方がましよ。それに、彼に結婚の意志がないなんて誰が言ったの？　あなたのとんだお節介のおかげで――ええ、あなただけじゃないことは知ってるわ――将軍はこう言ったのよ、トムがどう言おうと結婚は許さない、てね。おまけにあたしの父まで持ち出して」

ひどくこたえたので正直に言った。

「どのような償いをしたらよいか分かりませんが、わたしのしたことが、そのような結果になったのでしたら、もう一度バーチェル将軍に話してみます。まったくばかげていますよ、将軍の思っていることが――」

「これ以上嘴を挟んで欲しくないわ」娘は遮った。「覆水盆に返らず、よ」

彼女の気概には舌を巻いた。わたしは肩をすくめた。

「ご随意に。申しておきますが、あなたのご主人にはトム・バーチェルよりも、もっとすぐれた男性がふさわしいと思います。でも、おそらく彼が理想の男性だと思っている――あるいは思ったんでしょうね。そう、そのことでお手伝いできないのなら、わたしのできることといえば、お好きなときに、いつでもあの湖で水浴びなさってもかまいませんよ、と言うことくらいでしょうか」

彼女はまた声をあげて笑った。

「それはどうもご親切に。それにしても――あの湖のことで、あなたがとやかく言う筋合いがあるというの？」

あの森がわたしの地所になり、今後は私有地として立ち入りを禁ずるつもりだと話した。

「でも心配にはおよびません。二、三日中に無断立ち入りを禁ずる警告板を立てるつもりですが、あなたは例外にします。つまり、誰にも邪魔されずにひとりで楽しめるのですよ」

この時にはすでに彼女の態度は、友好的とは言えないまでも、あからさまな敵意は影を潜めていた。わたしたちは少しの間おしゃべりをしてからそこで別れた。いや、実は小道を行く彼女の後ろ姿が森を回って見えなくなるまで、わたしはじっと見送っていた。彼女のためにできることを考えてやらねばなるまい。あの明るく野性的な娘が、生きることに投げやりな態度をとるのは絶対に間違っている。それが一時的なものであってもだ。

わたしは歩き続けた。彼女の姿を見つけてから思考の流れは一時中断していたが、歩いているうちに、少しずつボウ・ビーヴァーの問題へと頭が切り替わってきた。正体不明の男がどのようにして殺されたのか、事件の輪郭――海のものとも山のものともつかず、ではあるが――をつかもうとした。しかし、当初予想していたように、この仮説を押し進めても「なぜ？」という疑問に答えることにはならない。男の身元が分からなければ、殺された理由は分からないのだろうか？

そういえば、この事件の奇妙な一面に、まったく注意を払っていなかったではないか――ボウ・

ビーヴァーとグラディス・レンは一九一三年の終わりに結婚しているにもかかわらず、一九一四年の春までその事実は発表されなかった。しかも、発表の仕方もおかしなものだった——結婚したばかりだと印象づけようとしたのである。

第十六章　オーヴァバリー退場

正体不明の男の死と、ボウ・ビーヴァーの結婚発表との間に、どのようなつながりがあるというのだろうか？　しかもなぜ結婚した時期を偽らなくてはならないのか？

男がボウ・ビーヴァーの過去を知っていて脅迫していたと考えれば、殺人の動機に説明がつく。しかし、これでは結婚の発表を遅らせた理由が分からない。脅迫者が生きている間に結婚したのなら、その男が死ぬまで発表を待った理由は何であろう。ミス・レンは結局共犯者ではなかったのだろうか。彼女は雇い主と結婚したが、雇い主はそれを秘密にしておくことを望み、しかもその理由を彼女には話さなかった。秘密にしておきたい何らかの理由があったのだ、ある男が生きているあいだは——いったいどんな理由なのだ？　そして男は殺されたが、ミス・レンはまったく何も知らなかった——しかし、これではさっぱり訳が分からない。もしあれが本当に殺人だとして、彼女が共犯、あるいは従犯でない可能性はあるのか？

ふと思いついたのだが、唯一あり得るとしたら重婚という可能性で、おそらくそれが脅迫の種になったのではなかろうか。つまり、ボウ・ビーヴァーと結婚式をあげた時に、ミス・レンはすでに結婚しており、実の夫はまだ生きていた。この場合、秘密にすることが必要なのはミス・レンの方であり、汽車の中の殺人を計画したのも彼女であると考えることさえできる。仮にそうであっても、少なくともボウ・ビーヴァーが従犯であることは間違いない。ビーヴァーが結婚の時期を偽って発表することに賛成したのは確かだ。いや、ちょっと待て。ビーヴァーではなくスタッフのひとりだ、新聞に結婚を発表したのは。

しかし、現実的に考えて、ビーヴァーが一枚嚙んでいなかったとは思えない。少なくともボウ・ビーヴァーは新聞の発表を目にしたにちがいないのだ。それからもうひとつ、結婚した日付を偽った理由は何なのか？　死んだ男だけが重婚のことを知っていたとすると、その男の死後にまで結婚の日付を「動かそう」としたのはなぜか？　いちいち日付を気にするような者はいないはずだ。一方、前の結婚のことを知っている人物が他にいたとしたら、予防策など講じてもなんにもならない。だめだ。なぜ結婚の時期を偽って発表したのか、なぜその発表が汽車の殺人の後にまで引き延ばさなければならなかったのか、さっぱり分からない。俳優が引退を考えていることを予め匂わせようというわけでもあるまい。ピカデリー通りに渡した綱の上を彼女を抱えて渡ったことが、すでにビーヴァーの曲芸を妻が認めていた明らかな証拠ではないか。

何日もの間、この点ばかりに頭を悩ませたが、結局光明を見いだすことはできなかった。他の問題に頭を切り替えた方がよいと、メトロポリタン・ホテルに部屋を取り、数日をロンドンで過ごすことにした。この事件の全貌を明かす望みを失いかけていたというのはあたらない。それどころか、グレイハーストを発つ二日ほど前に、ヒルグローヴから簡単な報告書が届き、ミス・ビーヴァーがミセス・モートンになってすぐに生まれた子供の父親が、ハロルド・イーストンであると考えてもよい、有力な証拠があると知らせてきた。彼は数年に渡って経済的な援助をし、最終的にまとまった額を支払うまで、その援助は続いた。これではっきりしたが、少なくともわたしの仮説のいくつかは正しいものだった。ある点で真実を見抜けたのなら、すべてを明るみに出すことだってできるはずだ。

一言つけ加えておかなければならないが、グレイハーストを発つ前にもう一度、ミスター・ビーヴァーがロンドンに凱旋した時の新聞の切り抜きに徹底的に目を通した。新たに気がついたことはひとつだけだったが、実はその時点では特別重要なことだとは思っていなかった。ある夕刊紙によると、ボウ・ビーヴァーはオックスフォード通りで気を失う直前に、そばにいた人の話によると「かん高い叫び声」を発したという。

メトロポリタン・ホテルは気持ちの良い快適なところだった、もっともわたしのように素朴さを好む向きには幾分贅沢過ぎはしたが。また、着いた当初は、ここに来たのが間違いではなかったかとも思った。情報を得られるとしたら、そのほとんどはホテルのドアマンからだろうと当たりをつけていたのだが、ホテルの客がドアマンとじっくり話をするにはどうしたらよいか、見当がつかなかったのだ。しかし、ちょっとした気転《サヴワール・フェア》とそれなりのチップが驚くほど効を奏した。いかがわしげなパブで、その男に酒を奢るのは実に不本意であったが、他にどうしようもなかった。もちろん、二度とメトロポリタン・ホテルに泊まるようなことはないだろう。

最初、この男——名をジェンキンソンといった——はボウ・ビーヴァーのことをなかなか思い出せないでいた。メトロポリタン・ホテルには多くの著名人が訪れるので、忘れてしまうこともあるのだと言った。俳優の「付き人」のことを話して聞かせたところ、ようやく思い出してくれた。一旦記憶が甦ったところに、わたしが新聞の切り抜きから得た知識をそそぎ込んでやると、ますます鮮明になったようである。

おかしなことに、ボウ・ビーヴァーの記憶は、三人の付き人に比べるとずっと曖昧だった。いや、少しも奇妙なことではないのかもしれない。ホテルにいる時にも「公には姿を現さない」方針を貫いていたからだ。しかし、ジェンキンソンは他の三人についてはとてもよく覚えていた。

「からだのでかい男がいましたよ——名前は忘れちまいましたが。運転手のような、そうですねえ、話し相手と言っていいか、そんな役目の男です」

ジェンキンソンは考え込むようにして笑みを浮かべた。

「最初は、この男にはちょいとばかり手こずりましてね。やつに言ったんですよ、その——運転手にホテルのラウンジをうろうろされるのは困るってね。あ、それはもちろんやっこさん頭に来たようですよ、それにあたしもそんなこと言うのはまっぴらご免でしたよ。で、こっちも上から命令されたんで、ほんとは嫌なんだって言ったんです」

ここでぐいとひと飲みした。

「支配人から言われたんですがね」と後を続けた。「やつも気に入らなかっただろうけど、あたしも嫌だったね。でも、ま、命令は命令ですから。あの役者さんは好んで運転手と友達づきあいをしていたようです。ほら、アメリカ流ってやつですよ」

それで結局は、ミスター・ソロルドが勝利をおさめたということらしい。この時、突然、悟った。ジェンキンソンから人相を聞き出すことはできなかったが、この運転手は、いまもまだボウ・ビーヴァーの運転手兼話し相手を務めている男と同一人物に相違ない。彼にはもうひとつの役目もあることを思い出した――「ボディガード」である。これが重要な意味を持っていることはすぐに明らかとなる。

　他のふたりについて訊ねてみた。ミスター・オーヴァバリーとミス・レンのこともはっきりと覚えているかね？

「ひとりは――自分のことを秘書だって言ってたな――目の前にいるみたいに思い出せるよ。小柄、いや中背だな――背丈はごく普通だった――けど、髪の毛が燃えるように赤くってね、額が隠れるほど垂らしていたよ。黒い口髭も生やしていたっけ。そう、ロイド眼鏡もかけていた。今じゃあ、珍しくもなんともないがね、一九一三年当時は、そうだなあ、ちょっと特別って感じだったね」

「彼の姿はよく見かけたのですか――あるいは、もうひとりいた女性の姿は？」

　ジェンキンソンはいたずらっぽく笑った。

「ふたり一緒のところをしょっちゅう見かけましたよ。特に、ある晩は」

　ここでさらに意味ありげに笑い声をあげた。わたしは酒の追加を注文した。

「そう、ふたりはある晩、かなり遅い時間にタクシーで戻ってきました。もうひとりの男が――運転手ですよ――いらいらしながら待っていましたっけ、で、ふたりを口汚く罵ってました。『いつ《ウォ》たいぜんたい《ツト・ザ・エル》』アメリカ人だけですよ、こんな言い方するのは。ま、あたしの耳が確かならね——あ、すいませんねえ。こいつには目がないんですよ——『いったいぜんたい何様のつもりで遊び歩いているんだ。殿下が愛しのグラディスに口述筆記させようとお待ちかねだ。どこに行ったんだってしつこくてな。おまえと出かけたと疑われちまったら、取り繕うのはこっちだ、どこにしけこんで静かな夜をお楽しみだったんだか——!」

もう少し詳しく話してくれと頼んだが、大したことは知らないと言った。ボウ・ビーヴァーはミス・レンに「熱を上げていて」、ちょっとしたことですぐに誰彼見境なしにやきもちを焼き、一方、赤毛の秘書も彼女にご執心のようだった——が、雇い主に知られまいと、たいへん気をつかっていた、というのが大筋らしい。

「女が好きだったのは雇い主の方、だろ?」

ジェンキンソンは大きな頭を横にぐいとひねるように動かした。

「もちろん、ビーヴァーの姿はあまり見かけなかったんですがね」ともう一度繰り返した。「あの女は赤毛の秘書を嫌ってる風じゃなかった、これだけは言えますよ。そんな素振りはこれっぽちもね」

とすると、ふたり一緒にボウ・ビーヴァーの前から姿を消した晩、女はオーヴァバリーの愛に応えたということになる。オーヴァバリーがいないときに、ミス・レンはどのようにビーヴァーと接していたのか、これは、もちろん次に問題となる点だが、証拠が得られる見込みはない。

え、ミス・レンですか? かわいらしい女でしたよ、ジェンキンソンの描写力ではこれが精一杯だった。

　そこで、ビーヴァーがメトロポリタン・ホテルに滞在している時のことを聞くことにした。新聞記事に書いてあった諸々の出来事である。ミスター・ビーヴァーの奇妙《クウィア》な失神騒ぎや、その後で起きたミス・レンの襲撃事件のことは覚えているだろうか？　覚えています、あれはほんとうに普通じゃなかった《クウィア》ですよ――みんなが大騒ぎしたとか、そういうことを言いたかったのだ――一日見たときに、ミスター・ビーヴァーは気分が悪いんだって思いましたよ、赤毛の秘書と出かけていったのが、すっかりくたびれ果てて戻ってきましたっけ。どこか調子が悪そうにしてましたがね、でも、それだけのことでした。ホテルの従業員は誰もおかしいと気づかなかったようです。新聞記者が取材に押し掛けてきて初めて知ったんです。間の悪いことに、記者の質問に答えるソロルドもオーヴァバリーもいなかったんですよ――ミス・レンだけでしたが、ああいうことには不慣れだったもんで、ついに大御所ミスター・ビーヴァー自ら登場して、新聞記者たちを落ち着かせたわけです。

　たいそう興味深い話だ。間違いないね？　ええ、絶対に。ソロルドは午前中、車で出かけてました。戻ってくると、ミスター・オーヴァバリーが急にアメリカに発つことになったと言うんですよ。オーヴァバリーの荷物をまとめて駅まで運ぶんで、ミス・レンにも手伝ってもらわなくっちゃってソロルドは言ってました。アメリカ人のやることとはいえ、ちょいと妙だなと思いましたよ。しかし、誰も気にしてませんでしたし、それで、ま、いいかなと。ともかく、ソロルドは荷物を持って出かけていきましたが、帰りがいつになるか分からない、二日ほどは戻らないと思う、オーヴァバリーはホテルに戻ってくる時間はないだろうと言い残していきましたよ。

三月九日の朝にボウ・ビーヴァーと出ていってから、メトロポリタン・ホテルで赤毛の秘書の姿を見た者はいなかった。同じ三月九日の晩、ホテルに戻ったボウ・ビーヴァーは、秘書のアメリカ行きの話も自分が失神したことも一言も口にしていない。その後で例の大騒ぎになり、それが一段落するとビーヴァーはミス・レンを通じて声明を発表した。「通りで群衆に囲まれて騒ぎ立てられる」ことは笑ってすまされることではない——今後は軽く変装して外出するつもりだし、裏口があればそこから出かけるようにしたい。三月十日の朝早く、ミス・レンはリヴァプールへ出発し、夜間急行列車で戻ってくることになっていたが、襲われて病院にかつぎ込まれた。そこで、ボウ・ビーヴァーはひとり取り残されることになった——ジェンキンソンの証言によれば、オーヴァバリーの荷物を持って出ていってから、ソロルドの姿や彼の車を見かけた者はホテルにはおらず、三月十一日の早い時間にようやく姿を現したということである。

正確な日付はわたしが補ったことをお断りしておくべきだろうが、ジェンキンソンは一連の出来事の起こった時間的な順序は正確に覚えていた。

「実はね、ミス・レンが病院に運ばれたと聞いて真っ先に頭に浮かんだのが、赤毛と一悶着あったな、てことです。もうひとりの男が——運転手ですよ、ええ——ボスから何か命じられたに違いないってね。車が戻ってこなかったのはそういうわけだと思いましたよ」

ドアマンから聞き出せたのは実際にこれで全部だったが、最後に、ボウ・ビーヴァーは声明通りのことを実行したと付け足した。

「その日から外出する時は変装をするようになりましてね、いつも違った恰好をしていましたっけ。ある日の午後のことでしたが、従業員専用口から入り込もうとして、あやうくホテルから放り出されそうになったこともあったくらいですよ、誰もビーヴァーだとは気がつきませんでね」

それで結婚については？　しかし、ミスター・ジェンキンソンにとって浮気、不倫のたぐいはありふれたことだったので、ふたりが結婚したことにはまったく驚かなかった。オーヴァバリーが去り、かのご婦人は当然――ジェンキンソンは親切なことに何年か前にミュージックホールではやった曲を口ずさんでくれた。

「あわねばいやます恋心、恋の行方は人知れず」

ここまで聞き出すのにずいぶん時間がかかったし、酒の量もかなりのものだったが、時間も金も有効に使うことができたという手応えがあった。ジェンキンソンから得た有益な情報は多々あったが、動機と思われる事実が見つかったのは収穫である――ボウ・ビーヴァーとオーヴァバリーがミス・レンをめぐって恋の鞘当てを演じていたのだ。事実として――まず何よりも重要なのは、ソロルドはオーヴァバリーの荷物を持ち出し、二日間姿を消していることである。汽車の事件の後でソロルドが新聞に語った話によると、次の映画――これは製作されることはなかった――の撮影地を捜すために三月十日はボウ・ビーヴァーを車に乗せて郊外を走っていたらしい。

もちろん、十日の日、車でビーヴァーを拾い、その後別れたというソロルドの話が嘘だとは、今のわたしには証明する手だてがない。一方、ふたりにはこの話が真実であると証明できたのだろうか？

ひょっとして(この考えが浮かんだ時には、ほんとうにメトロポリタン・ホテルの部屋のベッドから飛び起きてしまった)――オーヴァバリーはアメリカへは行っておらず、夜間急行列車から放り投げられた正体不明の男が彼だったのではないか？

三月九日にオーヴァバリーは急遽リヴァプールへ発った。十日にミス・レンがそのあとを追ったのは、実は彼を呼び戻すためだった。ソロルド――「ボディガード」なのだから荒っぽいことには慣れている――はクルーまで彼女と一緒に行き、一日そこでつぶした後、その晩再び列車で合流し、ミス・レンの助けを借りてボウ・ビーヴァーの恋敵を永遠に葬り去る。

しかし、この考えはまったく辻褄が合わない。これほどまでに入念な計画の目的はいったい何だったのだろう？　ミス・レンがすすんでオーヴァバリー殺害の共犯者になるくらいなら、ボウ・ビーヴァーが恋敵に嫉妬する理由などないではないか？　それに、すでに彼女はビーヴァーの妻ではなかったか？　さらに――ああ、これでは穴だらけだ。

死体の身元が確認できなかったという偶然がなければ、男の死とボウ・ビーヴァーの恋愛沙汰は結びつけられていたに違いない。ミス・レンが自分の身に起こったことを説明した時点では、死体の身元が確認できなかったことを知っていたはずがない。しかし「強盗未遂」説は説得力がなくなったのも確かである。決定的なのは――少なくとも、これがわたしの推理の息の根を止めたのだが――ミス・レンはオーヴァバリーがアメリカに発つのを見送ったと証言しているのだ。ラグビー、ノーサンプトン間の線路で発見された死体がオーヴァバリーなら、身元が確認される危険を考えなかったのだろうか？

わたしはまた壁にぶつかってしまった。示唆に富む事実をいくつも抱えていながら、どうしても納得のいく形にまとめ上げられないでいた。この苦境に追い打ちをかけるかのように、ジェンキンソンがわたしを呼び止め、ひとつ誤解させるようなことを言ってしまったと謝ってきた。わたしと別れたすぐ後で、オーヴァバリーの荷物について思い出したことがあるというのだ。オーヴァバリーの荷物をソロルドが持ち出したことに不自然さを感じたのはジェンキンソンだけで、ほかの従業員は不思議に思わなかった。それは、朝ホテルを出る時にオーヴァバリーが直接フロント係のひとりに、急にアメリカへ出張に行くことになりそうだ、ひょっとすると今日中に出発することになるかもしれないと話していたからだというのだ。とすると、ソロルドとミス・レンがオーヴァバリーのために荷造りなどの雑事をこなしたことになる。ええ、絶対に間違いありません。どうしてこんなことを忘れていたんでしょう——その口調から読みとれたのだが、おそらく少々しゃべりすぎてしまって厄介事に巻き込まれた経験があるのだろう、また、自分の間違いはさっさと忘れることにしているらしい。もちろん、わたしは礼を言い、実際それほど重要なことではないんですよ、たまたま興味を持ったままでです、と言った。ジェンキンソンは少々驚いた様子で、あまりいい顔はしなかった。警戒心を持たれては困る、再びこの男が必要になるかもしれない。そこで相応の金をつかませて、また協力する気になるようにうまく取り繕った。

第十七章　解決の兆し

　ひとつの問題が気にかかって頭が混乱をきたすようになった時は、まったく別の新しい問題に取りかかるのがよい。ロンドンにいた残りの時間はこれを実行した。ボウ・ビーヴァーの件を完全に頭から締め出したということではなく、夜間急行列車に絡む一件だけを考えないことにしたのだ。そこで、一九一三年にボウ・ビーヴァーが再訪した場所や家に行ってみるという、懸案の計画を実行に移すことにした。楽しかったとは言えない。難しい問題も、行き詰まりも、オードリー・エムワースがいればふたりで笑い飛ばすこともできただろう。策を弄し、金を使ってもままならない情報も、彼女の魅力をもってすればうまく引き出すことができたに違いない。

　収穫はほとんどなかった。それでも、現在は隠退生活を送っているが、ボウ・ビーヴァーを教えたことがあるという男を、なんとか突き止めることができた。少々驚いたのだが、ビーヴァーのことは覚えているという。

「利口な小僧だったよ――やつが成功することは、わしには分かっていた。誰もやつの才能を――

つまり天才を見破れなんだ時にの……」

つかみどころのない漠然とした思い出話を嫌というほど聞かされた後で、ふと気がついた。老人は二十年前——ボウ・ビーヴァーが時の人として有名だった頃——に記者に語った話のさわりを、つなぎ合わせているだけだったのだ。うまく話を作り上げていたが、それはビーヴァーの少年時代のことなどまったく覚えていなかったからなのか、あるいは……

「わたしは新聞記者ではありません」ぴしゃりと相手の話を遮った。「ボウ・ビーヴァーを持ち上げるためにここに来たわけではないのです。ビーヴァーのありのままの姿を知りたいんですよ」

相手は——顎髭は乱れて汚らしく、まったく不愉快な男だった——にやりとすると、言葉の調子が意地の悪い皮肉たっぷりのものに変わった。

「なるほど」ゆっくりとした口調で言った。「秘密を見破ったようじゃな。その通り、新聞に話したのと同じことをしゃべったんじゃよ。お客さんにゃ、いつも欲しいってものをさしあげることにしてるんでね」

「それが一番金になるからね」わたしが水を向けると、相手は頷き、相好を崩した。

「さて、本当のことが知りたいんだが」

「いいですとも——お望みとあればね。さあて。ビーヴァーのことは、かすかに覚えているだけ、新聞が騒ぎ立てていた当時のことだって脳味噌絞ってようやく思い出す始末でねえ」

「でも何か覚えているでしょう？」

老人は頷き、また、にたにた笑いを浮かべた。

「ほかの子を蹴飛ばしているところをとっつかまえたことがあったな――やつよりずっとからだの小さい男の子だった。お仕置きをしてやったよ。そう、あいつはとんでもない悪ガキだった、わしの記憶によるとな」

「なるほどね」わたしはがっかりした風を装った。

「これでお客さんを喜ばせたことになったかの？」わたしが――小金を、そう、つまり、くれてやっても、老人は少しも卑屈な様子は見せなかった。臭いを放つ息の詰まるような部屋からわたしは早々に逃げ出した。

実際には、むしろわたしは喜んでいたのだ――少年時代のビーヴァーの性格の一面が明らかになったのは収穫だった。三つ子の魂百までというではないか。ほかにもひとつだけ分かったことがあったのだが、こちらはわたしが思い描いていたビーヴァーの性格をひっくり返すようなものだった。わたしは火事が起きた時に同じ家にいた人たちを探り当てた。別の機会なら、こうした人たちのありのままの姿に、わたしは興味を覚えたことだろう――正真正銘のロンドン庶民で、彼らは、さすがに同じ場所とまではいかないが、同じ地域に何世代にも渡って住んでいるのだ。掃除婦や地下貯蔵室係、そのほか風変わりな職業に代々従事している人たちだ。主に話してくれた女性は掃除婦で、ボウ・ビーヴァーが一九一三年にここを訪れたのはとんだ茶番だと、ざっくばらんに語ってくれた――この家にビーヴァーが住んだことは一度もなく、ここの住人は数シリング貰ってビーヴァーの「面白い」お話に付き合ったのだと言う。では、火事は？　火事も仕組まれたことだったんですか？　とんでもない、あれはほんとの話。

「建物が全部焼け落ちちゃうかと思ったほどでね。消防車がすっ飛んでくるさまといったら、もう、ひゅー！　ええ、旦那様、火は消えましたよ、ところが水浸しになるやら、ホースが這いまわるやらで家の半分はめちゃくちゃ、あたしゃ、掃除についちゃ一家言持ってるんですよ、旦那様、床磨きとかね、ちょっとしたもんだったんです。あの電気掃除機ってやつはいただけません、女ならたいていそうでしょうとも。掃除婦を雇ってくださいな、そうすりゃ、ほんとにきれいになるんですよ――」

「で、火事はどうなったんだね？」わたしは話を元に戻そうとした。

「それを今話そうとしてたんですよ、旦那様」女はこちらを哀れむように言った。「あの映画の男――名前は何でしたっけ、そうそうビーヴァー――ほんとにいい男ね、ビーヴァーは――ええ、旦那様、四階の奥の部屋にビーヴァーはいたんですが、わめくやら叫ぶやら、ばちあたりなことを言うやら――」

火元となった場所を見せてくれるように頼むと、案内がてら、開いたドアから炎が階段をなめつくしていく様を臨場感たっぷりに説明してくれた。ボウ・ビーヴァーが上がっていった部屋にいたとしたら――階段を上りきったところ、しかも古い木の階段だった――取り乱して喚くのは当然だろう。ところが、踊り場まで来て、裏手に面した窓から外を覗いてみると、ちょっと飛び降りるだけで平らな屋根に降り立つことができるではないか――せいぜい四メートル半ほどだ。それだけではない、伝って降りていけるような雨樋もあったのだ。

その点を指摘すると「その通りなんですよ、旦那様」と女は答えた。「おっしゃるとおり、あたしもこれにはほんとにびっくりしたもんだから、ミセス・カージューにも言ったんです。ミセス・カージューはあたしが火曜日に通っていたお宅の奥様で、ほんとの映画狂。毎週日曜日には必ずなんですよ」

なんという偶然だろう！　ミセス・カージューといえばシネマ・クラブで映画の批評をしているのを小耳に挟んだことのある、あのご婦人ではないだろうか。この時まで彼女のことはまったく忘れていたのだが。

「もちろん、ビーヴァーが病気で死ぬとか、引退するとか、なんだか知りませんけど、そんなことがなければ、このことは一言も話しゃしませんよ、固く約束したんです」

このあたりの事情を突っ込んで訊いてみると、ボウ・ビーヴァーはここにひとりで来たのではないことが分かった。赤毛のオーヴァバリーが一緒で、ビーヴァーが偽りの少年時代にひたるために上に行っている間、階下でおとなしく待っていたというのだ。火災報知器が鳴りだすと、誰もがうろたえ、恐怖の叫びをあげたが、ボウ・ビーヴァーもそのひとりだった。消防士が到着し数分で鎮火すると、ボウ・ビーヴァーをはじめ上の階にいた人たちがわれ先にと駆け下りてきた。この時すかさず秘書が進み出て事態を収め、有名な俳優の臆病な振る舞いについては、絶対に他言しないように約束させたのであった。それどころか鉄の神経の持ち主だったと証言するように要請され、その見返りにかなりの額の金を渡されたということであった。

この話はわたしの知っているボウ・ビーヴァー像とは、まったく一致しないことがすぐにお分かりいただけると思う。確かに人々から熱烈な歓迎を受けて神経が参っていたとも考えられるが、それにしても、わずか三、四メートル、雨樋を伝い降りるだけでいいのだ、それすらできないほど神経が衰弱していたわけでもあるまい？

頭が混乱したままグレイハーストに戻ってきた。手持ちの資料はほとんど使い尽くしていた——まだ二通の報告書が来ることになっている。何と言ってよこすか分からないが、どのような内容であれ、わたしはこの二通の報告書に手がかりを期待していた。

いろいろな角度から問題を検討しながら、「見張りの塔」でわたしは長い時間を過ごした。好天が異常なほど長く続くのをよいことに、頻繁に散歩にも出かけ、小道や新しく買い取った野原、森の中を歩き回った。他のことを考えてみようと思った——ある日の午後は、ジョイス・ウィロビーの絵の構図を頭に思い描いてみることにした。その後一、二度、彼女とは言葉を交わし、父親とも話をした——面白い男で、わたしのような理解ある人間と話をすることをとても喜んでいた。ジョイスもわたしが大切な友人であることを認めてくれたようだ。

しかし、ビーヴァーの件を頭から締め出すことはできなかった。一度ならずモートン夫妻の姿を見かけたが、いつ出会ってもおかしくないと思うと、ますますこの問題を考えないわけにはいかなくなった。「見張りの塔」にいる時でさえ、彼らがそばにいることが気になって仕方がなく、マッチングズの方へ望遠鏡を向けすぎないようにするには、相当な意志の力を必要とした。

ある日、村の店で彼らに出くわしたことさえあった。おかしなことに、ばつの悪い気持ちを味わった——ほとんど罪の意識といってもよいほどだ——まるでわたしが彼らの名誉を傷つけているような気にもなった。もちろん、彼らが社会的に危険な存在であることを考えるとばかげたことである。誰も彼らがそのような人間だと考えたことはないだろう——特に細君の方を見れば。小柄でかよわそうな女で、昔はさぞかし美しかったにちがいない。鉢合わせしたときには——向こうではこちらには気がつかなかったようだ——ほんとうに慌ててしまった。独身男の生活の辛さ丸出し、といった場面だったからだ。自分で買い物をするか——物干し綱を買おうとしていただけなのだ（村の洗濯屋ときたら酷いの一語に尽きるのだ）——さもなければ金をどぶに捨てる覚悟をしなければならない。自分で買い物をすれば、噂話に格好の話題を提供することになる——しかも噂の発信源は殺人者なのだ。

オードリー・エムワースを失ったのは本当に痛手であった。もしまだグレイハーストにいるのなら、率直に話をして、もう一度働いてもらえないか打診してみるところだ。しかし、オードリーは叔母と共にすでに村を出ていた。ふたりがどこへ行ったのか誰も知らないらしい。家は閉ざされ、召使いたちも行方知らずだ。このような村ではあっという間に噂が広まると知ってあきれてしまった（嬉しいことに、あの晩、オードリーがヒステリーを爆発させたことを聞きつけた者はいなかった）、というのも郵便局でわたしは、車でやってきた若者がミス・エムワースのことを訊ねていったと聞かされたのである。この若者は名前と伝言を残していったというので訊いてみると、なんとヒルグローヴ青年ではないか。もちろん、とっくの昔にこの青年には愛想を尽かしていたのだが、そろそろこのへんで、事務所の看板にひどい傷が付くと、アンドルーズにそれとなく注意してやった方がよさそうである。

数週間が過ぎた。ついに秋も終わり、冬がやってきた。森の中をのんびりと散策する季節ではなかった。足早に散歩をして、早々に暖かく快適な「見張りの塔」に引きこもるようになった。ジョイス・ウィロビーに絵のことを切り出したかった――しかし、その時のことを想像する楽しみも捨てがたい。それに、この計画をジョイスがどのように受け取るのか予測がつきかねた。わたしのことをもっとよく知ってもらい、わたしの芸術的な才能を認めてくれるまで待った方がよさそうである。

待ちわびている二通の報告書はまだ届いていなかった。催促してやろうと電話器に手が伸びたこともあった。しかし、結局のところ、結果を恐れていたとまではいかなくとも、せっつく気にはならなかったというのが本音である。このふたつの報告が唯一残された希望のような気がしていた。それと同時に、虚しいものに期待を繋いでいるのかもしれないという恐れもあった。

考えは二転三転した。そうこうしているうちにある日、取るに足らないものではあったが、たまたま出くわした出来事が新たな道を開いてくれた――信念が実を結び、ついに真相にたどり着いたのだ。

ある朝――その日も凛《りん》としたよく晴れた朝で、生け垣の陰に残った霜がきらめいていた――運動のために散歩に出かけた帰り道、ちょうどわが家の庭内路へさしかかった時に、一台の車が通りの角を曲がってこちらにやってきた。その通りは数メートル先で左右に枝分かれしているのだが、わたしが車に目をやったその時、運転手が窓から手を突き出し、右に曲がる合図をした。後続車がいる場合に備えたのだ。さっと腕を横にのばし、まるで道路脇を指さしているように見えた。無意識に手の指し示す方に目がいった。そこに、その土盛りの上に、何か光を反射しているものがあったが、明らかに霜とは違う輝きである。

車は見る間に走り去ってナンバープレートを読む間もなかった――ナンバーを読もうとしたのは、運転手が車から誤って何かを投げ落としてしまったと思ったからだ。わたしは道を渡り、それを拾い上げた。革の手帳であった。金をあしらった装丁で表紙に彫られたイニシャルを見ると――わたしのものではないか！　拾い上げて調べてみた――間違いなくわたしの手帳である。いったいどうしてこれが見知らぬ他人の車のなかにあったのだ？　運転手はわたしが持ち主と知って意図的に投げ捨てたのか？

手帳にはポンド紙幣を二、三枚挟んでいたが、抜き取られてはいなかった。この時ふと、手帳と車とは何の関係もないのだという考えが浮かんだ。運転手が必ず手を振って合図を送る場所に、手帳が落ちていただけではないのか。うちの庭内路からわずか二メートル足らずのところである。そこに落ちていても少しも不思議ではない。狐につままれたような心持ちになった。ようやく朧気《おぼろげ》ながら思い出したのだが、朝食を食べた後、手帳をコートの外側のポケットに突っ込んだような気がする――そのポケットにはハンカチを入れており、散歩に出かける時に鼻をかんだ――そうだ、うちの敷地の境界にある門の入口に手帳はあったのだ。ハンカチを出そうとして落としてしまったに違いない。

運転手が手を動かした方向に手帳が落ちていたので、車から投げ捨てられたとばかりに思ってしまったのだ。

ちょうど、夜間急行列車から投げ捨てられた男のように。

一瞬のひらめきだった。このふたつは同じだ。あの男は汽車から投げ落とされたのだろうか？ 汽車に乗っていたという証拠が何かあったか？ メモを調べるために大急ぎで「見張りの塔」へ向かった。途中で母家に立ち寄ると、都合よくその日二度目の郵便物が届いていたので、見てみると調査を依頼した探偵事務所のひとつ――国際的な調査を行っている事務所、ハリウッドでのボウ・ビーヴァーの様子を探らせていた方だ――から報告書が送られてきていた。震える手で報告書を手に取った。袋小路から抜け出る新たな道が、急に目の前に開いたばかりである。ハリウッドからだろうがどこからだろうが、否定的な内容の報告書を、もはやわたしは恐れてはいなかった。

第十八章　殺人のあらまし

まずは汽車の一件から記そう。

男が汽車に乗らなかったとしたらどうだろう？　乗っていたと思わせるために、すべてがお膳立てされていたとしたら、あるいは、たまたまそのように誤解されてしまったとしたら。では、どんな証拠があったのか？

つまるところふたつに集約される――ミス・レンの証言および物的証拠、こちらは、彼女のハンドバッグとその中身、そして死んだ男のポケットに入っていた切符などである。

こうした状況が偶然によるものではなく、計画的に仕組まれたものであることはもはや明らかだろう。ミス・レンの証言はまったく価値がなくなってしまった。ミス・レンの役目が襲撃事件を「装う」、つまり、持っていたハンカチで自分の手足を縛り、スーツケースの中身をコンパートメントの中にぶちまけ、自らクロロホルムを嗅ぐことにあったのなら――もちろん、カフスボタンを見たと証言することも彼女の役目だったのだろう。

実に簡単なことだ。しかし、ハンドバッグはどうなるのだ――そう、それにクロロホルムの瓶は？　予定していた場所に正確に投げ捨てることができただろうか？　汽車が時間通り運行していたかどうか、そのあたりのことは調べていたのだろうが、思った通りのところにふたつのものを投げ落とすのには、相当の技術が必要ではないだろうか。

おや、待てよ、投げ捨てる必要があったのか？　たとえばノーサンプトンで共犯者に手渡すこともできたのではないか？　しかし、そんなはずはない。もしそうなら、ノーサンプトンをあとにした共犯者は、死体が――ハンドバッグや瓶と同じように――発見された場所に、なんとかして下り列車の通過前に到着しなければならない。汽車が通過した後にやってきて、轢死体に見せかけるおぞましい細工をやってのけられるような神経の持ち主がいるとは到底思えない。しかし、その可能性がまったくないわけでもない。それに都合のいい点もある――ハンドバッグと瓶を置きにきた共犯者は、死体の身元が分からなくなったか確認することができるのだ。

とはいえ、いろいろな事情を考え合わせてみると、これはどうもいただけない。共犯者にとっては――身元不明にすることが肝要だったなら――汽車が通過するのを待っているほうがはるかに楽なのだ（そう、もちろんだ。それに現場は踏切からわずかに離れたところではなかったか？）。そのあとで誰もいないことを確認してから、汽車がうまくことを運んでくれたかどうか見に行けばよい。

しかし――それでもなお――急行列車からハンドバッグと瓶を投げ捨てるのは、たいへん危険な賭であるように思う。しかも、これは考え抜かれた計画に違いないのだ。そういえば、ハンドバッグ、光沢のある革のハンドバッグには酷い擦り傷があったはずだ。いや、これも汽車から投げ捨てられたためにできた傷だと考える必要があるだろうか？　そうだ、死んだ男の手首や膝にあった擦り傷やひっかき傷も、汽車から飛び降りたという印象を与えようとしたものだ。ハンドバッグの傷も同じように考えられないか？　とすると、汽車から投げ捨てたのではないということになる。

しかし、共犯者にハンドバッグと瓶を手渡す以外に、どのようなトリックが可能だろうか？「手渡す」という考えを採用できないのにはさらに理由がある。ミス・レンは車掌や他の乗務員にも起こさないで欲しいと念を押しているのだ。そんな彼女が「手渡す」ために、窓から顔を出したり、プラットホームに姿を現したり、あるいは逆に、何者かが彼女のコンパートメントに近づいたりしたら、目撃される危険が大きすぎる。クルーを出てからはどの駅のプラットホームも閑散としているはずで、ぶらぶらしている男がいたら、誰かの目に留まるはずである――そして記憶されるだろう。

だが、ハンドバッグはミス・レンのハンドバッグでなければならないし――紙幣が入っていたのだ――ハンカチも切符も同様である。この点をもう一度考えてみた。ハンドバッグとハンカチは簡単に説明がつく。同じハンドバッグをふたつ持っていたか、死体の手首にあったバッグを見て車掌が、ミス・レンのものだと証言するくらいよく似たバッグを用意していたのかもしれない。ハンカチの一枚を「うりふたつの」バッグの中に入れておけばよいのだ。あとはクルーを出発した後に自分のハンドバッグを――川の中とかそのようなところへ――投げ捨ててしまうだけだ。

同じ手はクロロホルムの入った瓶にも使うことができる。当然、瓶をひとつ見つければ、ふたつ目を捜すようなことはしないだろう。発見された方の瓶は慎重に「置かれた」に相違なく、一方、汽車が死体の転がっている地点を通り過ぎる前か後のどこかで、ミス・レンは使用済みの瓶を捨ててしまったのだろう。しかし、どこに捨てたかというところまでこだわる必要はないだろう。置かれた「場所」が慎重に選ばれたのは明らかだ。上りと下りの汽車がすれ違う所に近く、急行から飛び降りて気絶してしまった男が、一、二分後に轢死したと見せかけるのに、都合のよい場所でなければならない。ミス・レンはその場所を通過する少し前、ラグビーを出てずいぶんとたってから、瓶を――実際に使用した方の瓶を投げ捨てるだけでいいのだ。ここで再び、汽車が時間通り運行していたかという問題が重要になる。ミス・レンが気にしていたのも道理である。もちろん、他にもうひとつ理由があった――クロロホルムを嗅いでいる時間が長すぎては困るのだ。ここでボウ・ビーヴァーが突然恐慌をきたしたことを思い返した。霧がかかったということは何分かの遅れを意味する。そして遅れれば遅れるほどミス・レンの命が危なくなるのだ。

ここまではすべてうまく説明がつく。しかし、まだ札束と切符の件が解決していない。何か閃かないかと手記の最初の方のページを手繰り、この二点について記したところを捜した。

ページを繰っているうちに、この手記は、今の形のままでは、わたしの個人的楽しみのためのものでしかないことに気がついた。まったく何も書かない時期を間に挟みながらも、書くときは一気に書いている。その結果、わたしの行動やその動機に一貫性を欠いてしまっている箇所も散見され、まったく申し開きの余地もない。また、オードリー・エムワースに対するわたしの態度に関しても、たいへんな誤解をまねく記述が、一、二ヶ所あるようだ。この手記を公にするには、まったく違った記述に改め、事実とそこから引き出した結論を感情を抑えて明晰に記述しなければならない。とはいえ、この手記は今まで通りの形で書き続けようと思う。それはわたしの楽しみであり、書くことは考えをまとめることにもなる。（すべての謎が解けた時に）一般に発表する手記の草稿にもなるだろう。

いや、これは脱線した。

手記の前のほうのページに目を通して、新たに気がついたことを述べよう。

まず紙幣である。ビーヴァーの金のうち、紛失した分の紙幣番号リストと、ハンドバッグの中で発見された紙幣番号をまとめたリストが一致したことで、ミス・レンのハンドバッグが盗まれたことが「証明」されたばかりか、彼女の証言も裏づけられ、しかも事件の動機と死体のある理由まで明らかになった――このリストは「運転手兼ボディガード」のソロルドによって提出されたものだ。ソロルド、ボウ・ビーヴァー、ミス・レンが、三人ともこの計画に加わっていたとしたら、どれもこれもすべて納得がいく。三人の共謀の証拠をこれ以上あげる必要はないくらいだ。

切符の問題はもう少し難しい。何者かがクルー発ロンドン行きの三等切符を買った。一方、ミス・レンは一等の往復切符を持っており、汽車がクルーを出発した後で検札係に見せている。死体からは一等の往復切符と三等の片道切符が発見されたが、ミス・レンには共犯者に自分の切符を手渡す方法はなかった――少なくとも、充分な時間はなかったはずだ。

三等の片道切符――そう、これはそれほど難しい問題ではない。その日の早い時間に買ったのだ。おそらく、ソロルドがそのためにわざわざクルーまで出かけたのだろう。

行方知らずのオーヴァバリーはどうしたのか——彼が死体の男ではないのか？　再びこの疑問がわき起こってきた。オーヴァバリーが一等の往復切符を持ってリヴァプールへ行き、そこで殺されたとしたら、帰りの切符は未使用のままではないか？

手記のおかげで自分の誤りに気づき、真相を知ることができた。その日、未回収の切符がもう一枚あったのだ——往路も復路も使われていない一等の往復切符である。一味の誰かがこの切符を買い、「下り」の切符を破棄し、上りの切符にはほんものそっくりに穴をあけて打印し、ミス・レンの切符のように見せかける、そして——これで終わりだ。切符にあけられた穴が偽物であると証明したいところだが、まず無理だろう。警察には思いもつかなかったことに違いない。もっとも一九一三年のこと、J・J・コニントンやドロシー・L・セイヤーズといった現代の探偵小説の作家から、示唆に富んだヒントを得ることはできなかったのだから無理もない。

事件の断片が見事にひとつにまとめ上げられた。死体の男は汽車から飛び降りたのでも、投げ落とされたのでもない。切符、うりふたつのハンドバッグ、紙幣、ハンカチ、カフスボタンと準備万端整えて、線路の上に横たえられていたのだ。ミス・レンは適当な場所で、ハンドバッグとその中身を捨てるだけでよかった。

これでもうひとつはっきりしたことがある。ミス・レンもソロルドも間違いなくこの陰謀に加わっていたのだ。

この手記は個人的なものと決めたのだから、ざっくばらんに書こう。推理をここまで進めた時にわたしは窓辺に行き、木々の向こうのマッチングズを見つめたのだが、おそらくナポレオンも掌中に収めた敵軍をこのような気持ちで眺めていたのではないだろうか。ミスター・モートンはわたしに対して徹底的に無礼な態度を貫こうとしている。王冠こそ戴いていないがグレイハースト社会のリーダーとして認められているわたしの威信を、なんとかして傷つけようとしている。だが、ミスター・モートンがすねに傷もつ身であるという疑惑は、今やほぼ間違いのない事実となった。

マッチングズのテラスには四人の人影が見えた――男ふたりに女ふたりである。あのふたり目の女は誰だろう。望遠鏡を向けるとそれは――オードリー・エムワースだった。

敵方に寝返ったのか？　いまや、はっきりした。彼女はわたしのことを触れまわっていたのだ――叔母とふたりで（ふたりともすでにグレイハーストに戻ってきていた）。というのは何人かの村人から奇妙な目で見られたことがあったのだ。とにかく、わたしがモートン夫妻に興味を抱いていることを、オードリーが連中にしゃべったとしても害はないだろう。むしろ、わたしを怒らせないように注意しろと警告を与えることになる。連中がオードリーをたきつけるようなこともおそらくないだろう。それにしてもわたしの望遠鏡のことを忘れているとは、オードリーも間抜けだ。彼女がマッチングズの客人と分かったからには、今まで集めた情報を最大限に活用しなければなるまい。ミス・オードリーは、わたしとの関係を好きなように料理して話しているのかもしれないが、人殺しのごろつきを友人として選んだことがはっきりしたのだ、形勢はたちまちのうちに逆転するだろう。

想像するに、ことの真相は、あの愚かな娘はわたしを「つかまえた」と思ったのだろう――金持ちで頼りがいのある夫というわけだ。火遊びをしても火傷しないとでも思ったのか。そして今度は、反旗を翻すことができると思いこんでいるわけだ。

まだ決定的な一打が残っているという思いに、わたしはほくそ笑んだ。月並みな言い方だが、明らかに彼女は世の中が自分中心に回っていると思っている。オードリーの魅力は現代的すぎるきらいがあり、わたしはすでに興味を失っていると知ったらどう思うだろう？　ジョイス・ウィロビーには生《き》のままの美しさがある――おまけに今では、バーチェルの一件ではわたしを誤解していたと分かってくれているし、それ相応の友情も示してくれる。

それでも正直に言うと、テラスにオードリーの姿を認めたときはショックだったし、心配にもなった。計画のどこまでオードリーに話したのか、あるいは仄めかしていたものか、心許なかったのだ。ほとんど何も知らないはずだと思ったものの、念のために注意深く手記を読み返すことにした。連中を鉄格子の向こうへ送り込んでしまえば、もっと気持ちが楽になるのは分かっていたので、よっぽどその場で警察に駆け込もうかとも思った。しかし、少なくともわたしを脅すような真似はしないだろう――そんなことをすればわたしが正しいことを証明することになるし、また、一九一四年以降、連中は苦労して人目を避けて暮らしてきたのに、わたしを脅すことで世間の注目を集めることになってしまうからだ。

しかもまだ完璧に証明できるわけではなかった。警察で笑いものにされるかもしれない。状況証拠など一笑に付されてしまうことが多いのだ――まるで、ふたつの目ではっきりと殺人を目撃したという証人がなければ社会は認めないとでも言うかのようである。しかも、わたしの提出できる証拠が状況証拠であることに加え、列車殺人事件の動機も殺された男の身元も満足に説明できないのだ。この二点は絶対に論理的な説明が必要である——ふたつの殺人事件の結びつきを説明する上でも、必要欠くべからざるものである。その説明さえつけば、わたしの推理はほとんど反駁の余地のないほど完璧なものになるのだが。ふたつの異なる事件の状況証拠を個々に検討した結果、ある男が殺人犯だということになれば、もはやたんなる状況証拠として切って捨てるわけにはいかなくなるだろう。

そこで、動機と身元の謎である——このふたつは結びついているに違いない。しかし、ほかにも説明が必要な部分が残っているのではないか？　一度にひとつずつだ。

三月十日のボウ・ビーヴァーの足取りは？　そしてソロルドは？　ビーヴァーに関して分かっていることは、一日中外出しており、午後七時四十五分に戻ってきてからは、ホテルの外には出なかったという程度である。翌朝の六時にはホテルにいた。だからその日の早朝、四時近くに、男を線路に運ぶ手伝いをするのは無理である。といってもビーヴァーは次の二点のことはできたはずだ。クルー発ロンドン行きの「替えの」三等片道切符を買うためにクルーへ行き、次の列車で戻ってくること、もうひとつは——つまり、要点は以下の通りだ。（わたしが確信したように）死体の男は殺されたものとして、さらにまた、医者の証言通り機関車に轢き殺されるまでこの男は生きていたとすると、縛られていた痕跡のないことから考えて、線路に運ばれてきた時、この男には意識がなかったことになる。おそらく、気絶していた、あるいは——そう、薬を飲まされていたのだ。

前者なら、午前四時の少し前に気絶させられたことになる。薬を飲まされたのなら、もっと長い時間意識を失っていた可能性もでてくる。死体が発見された時、被害者の身体がどのような状態にあったか、検屍の際に警察がわざわざ調べさせたとは思えない。

そしてソロルドの登場だ。彼は車にボウ・ビーヴァーを乗せて郊外を走り回り、映画の撮影場所を探していたことになっている。おそらく、広々と続く荒涼とした神秘的な風景、廃墟となりはてた城、そのようなものを探していたのだろう。しかし、わたしは途中まで同乗者がいたのではないかと思っている。同乗者はボウ・ビーヴァーではない。気を失ったまま車のシートに座らされた男——意識を取り戻さないまま、人気のない隠れ場所へ引きずりこまれた男だ。その後ソロルドは、クルーとロンドンの間のある駅まで車で向かう。クルーからやってきた汽車がその駅で止まると、ビーヴァーが降りてきて未使用の切符を手渡す。汽車はロンドンに向かい、ビーヴァーは夕食の時間までにはホテルに戻る。一方、ソロルドはそのまま郊外にとどまり、午前四時頃、ラグビーとノーサンプトンの間の踏切で待機する。気を失った同乗者と共に。

いや、危ない橋を渡る必要はほとんどなかった——それどころかその夜は霧までたちこめて、ますます好都合だったのだ。意識のない男を車から引きずり降ろし線路に横たえるその時でさえ、まったく危険はなかったのである。男はまだ生きていた——病気でぐったりした男を親切な友人が病院へ連れていくところと言って、ごまかすことだってできる。

おそらく肝がすわった、大胆不敵な男であったソロルドは、下り列車が通過するまで待ってその結果を確認したことだろう。つまり、男の顔から身元が割れる心配はないか確かめたに相違ない。

それで、すべて終了。あとは急いで現場から走り去り、ロンドンに戻るだけでいい。ホテルに着けば、形ばかりの雇い主ボウ・ビーヴァーが前日の行動について口裏をあわせ、未明に電話で話をしたと言ってくれることになっていた。実際に、電話を受けたのだろう。洞窟か廃墟で映画を撮ることになっていたと考えたのは間違っているかもしれないが、ひょっとすると、いや、いずれにしても、犯行現場のそばにボウ・ビーヴァーはあらかじめ目立たない一軒家を借りておいたのだと思う。「運転手」は打ち合わせてあった時刻にそこへ行き、ロンドンからの電話を取り次いだ交換手に眠たげな声で応じたのである。

事件の輪郭がますます明瞭となり、合理的な説明もできるようになって、わたしは充実した気持ちを味わった。しかし、ひとつ未解決の問題が残り、さまざまな説明をつけてみたのだが、そのどれもがさらなる疑問を生み出していくのであった。三月十日の事件の流れの中で、死体の身元と動機に加えて、どうしても説明できないひとつの問題、それは、犠牲者はいつどこで気絶させられたか、あるいは薬を飲まされたかという問題である。

第十九章　殺人の全貌

アメリカに関する報告書はまだ封を切っていなかったが、昼食の時間をずいぶんと過ぎていることに気がついて驚いた。「見張りの塔」にいる時は、邪魔をしないように使用人には言い渡している。わたしは郵便物を脇に置いた。

昼食をとりながら、これまで組み立てた推理をたどってみるのは楽しかった。ところどころ穴が開いているものの、論理の破綻はない。残された三つの問題さえ解決できれば、すべてうまく説明ができるはずだ。

死んだ男は誰だったのか？　一旦は捨てたものの、死んだ男は行方不明の秘書オーヴァバリーであったという線で、もう一度推理をたどってみることにしよう。この仮説を没にしたのは、当初は汽車から投げ落とされたと考えていたからで、手のこんだ殺害方法も分かっていなかった。今や様相は一変した。ほんとうに悔やまれるのだが、オーヴァバリーは実際にアメリカへ向けて出航したのか——出航したのならその日付はいつなのか——もう一歩突っ込んで、この線を探ればよかったのだ。
確かに難しいというよりも、面倒な仕事であろう。しかし、わざわざ自分の時間を割かずとも、探偵事務所に任せることもできる。そこでその日の午後すぐに「国際的な」探偵事務所に電話を入れて、報告書を受け取った旨を伝え、さらに新しい仕事を依頼した。至急回答が欲しいと念を押しておいた。

「見張りの塔」に戻ってアメリカに関する報告を読んだ。現段階ではたいした参考にもなるまいと思っていたが、はたしてその通りであった。しかし、調査費は法外な値段であった。アメリカに海外電報を打ち、費用を惜しまないというわたしの言葉を鵜呑みにしてくれたのはなるほどいかにも結構、しかし、「妥当な値段で」という条件は無視されてしまったようだ。よっぽど電話をして新しい仕事をキャンセルしようかとも思ったが、早く結果が知りたかった。それに、キャンセルすれば、自らリヴァプールへ赴き、船旅を扱う旅行業者のもとを訪れて頭を下げるか、もうひとつの探偵事務所に依頼しなければならなくなる。この探偵事務所は、未だにうんともすんとも言ってこないところをみると、あてにはできないだろう。

「ボウ・ビーヴァーは、早い時期にアメリカ映画界に飛び込んでいったイギリス人俳優のひとりに数えられている。当時は競争が激しくなかったので、ビーヴァーはすぐにひとつ、ふたつ端役を手に入れることができた。その役の演技で『オール・スター・プロダクション』に認められ、三本の映画で主演する契約を結ぶ。どれも『恋愛コメディ』風の作品で、なかでも一番有名なのが『レパード』である。当時としては相当な額のギャラを手にしたが、契約の更新はしなかった。そのかわりに自ら映画製作に乗りだした。第一作（『谷を渡って』）は低予算映画だったが、ちょっとした収益をもたらした。成功はその後も続き……」

ここに映画作品のリストが挟み込まれ、その最後に掲げられていたのが、一部をイギリスで撮影した映画であった。報告はさらに続き、わたしが一番興味のある個人的な事柄が詳述してあった。

「世間を騒がせた『誘拐事件』がいくつか発生し、次の犠牲者の第一候補としてビーヴァーの名前があがるようになるや、『付き人』として、良家の出ながらよからぬ評判がささやかれていたジェームズ・ソロルドという男を雇い、さらに用心を怠らず人目を避けて静かな生活を送るようになった。イギリス人女性（ミス・レン）を秘書として雇い入れる。彼女はそれまで映画関係の仕事に就こうと努力していたのだが、報われなかった——映画の成功と発展が、野心家の若者をますます魅了していった時期である。『オール・スター・プロダクション』との契約が終了する直前に『スタッフ』として加わった三人目の男は、オーヴァバリーという名前のイギリス人で、この人物についてはほとんど何も分からない。どのような仕事をしたのかも正確なところは確認できなかった。この男は映画製作の『ビジネス面』にはまったく関与していなかったようだ。ビーヴァー自ら話し合いの席に臨むことが多かったからだ。

ビーヴァーの私生活についてはほとんど何も知られていない。当時世間の注目を集めたスキャンダルとも無縁だったし、人々の前に姿を現すことも希で、友人もほとんどいなかったようだ。四人だけの世界に閉じこもっていたというのが事実である。

ビーヴァーはいささか虚栄心が強かったようで、特に外見には気を使っていた。自ら映画製作に乗りだした第一作では、額に傷痕のある『メーキャップ』をしたのだが、これがたいそう写りがよいと思ったらしく、以後好んでこの傷をつけるようになった。ある記者会見にうっかり傷なしで臨んでしまったために、本物の傷痕でないことがばれてしまった。地元紙はこの話題でしばらく盛り上がっていた。

ビーヴァーといえば、演技に加えて曲芸をも披露する特異な芸風で有名になったわけだが、作品にそれが顕著に表れるようになるのは、自ら監督するようになってからである。特に危険な場面にも『代役』は立てなかった。『代役』がいたと邪推する向きもいたようだが、特に注意を払われることもなく、一般には受け入れられなかった。『映画』はまだ神秘的なものだった。また、ビーヴァーが完成させた映画は、演技と曲芸が見事なまでに融合されていたが、撮影の途中で、一方の『キャラクター』から別の『キャラクター』へ瞬時に変わることができたわけではなかったという。ロマンティックな場面と手に汗握る場面を同じ日に撮影することは一度もなかった。

一九一三年、ビーヴァーとそのスタッフはアメリカを離れ……」

以下にはピカデリー通りでの一件が記されていたが、わたしの方がはるかに詳しく調べ上げていた。綱渡りをした事実が、危険な曲芸にも「代役」を立てなかった決定的な証拠になるにもかかわらず、この報告書の作成者はそれに気がつかなかったのは面白く思った。

報告書は次のような文章で締めくくられていた。

「調べた限りでは、今日に至るまで、四人のうちひとりとして再度アメリカの土を踏んだ者はいない。ボウ・ビーヴァーは、イギリスはもとよりどの国においても映画の製作からは手を引き、他のプロデューサーとも契約を結ぶことを拒んでいる。一九一三年に出国してからはアメリカの映画業界とは完全に関係を絶ってしまった」

この報告書が間違っていないのなら、オーヴァバリーはどうしたのだ？　一九一四年にアメリカへ向かったことになっているのだし、おまけにビーヴァーのために新たな契約を結ぶのがその目的ではなかったのか。仕事の打ち合わせには自ら臨むことをビーヴァーが好んでいたとするなら、契約のためにオーヴァバリーをアメリカへ行かせたというのも、どうも腑に落ちない。しかし、こんなことを考えていても埒は明かない。知りたいのは、一九一四年三月十日にオーヴァバリーがアメリカに向けて出航したのか、しなかったのか、ということである。

＊

わたしは待たねばならなかった。そしてずいぶんと時間をもてあました――最後の一通の報告書を催促したのは三週間前のちょうど今日であった。その間まったくなにも進展していない。日増しに寒くなり、森を散歩することも希になった。実際、ほとんど外出しなくなった。モートン夫妻やオードリー・エムワースと鉢合わせする危険を冒したくなかったからである。さらに悪いことに、村人はオードリーの触れ回っている話を信じ始めているようなのだ。フェアローンでの「静かな夕食」への招待が初めて断られたのである――丁重に、言葉を尽くして、しかし、こういう態度を見るにつけ、人々の考えというものがいかに気まぐれなものかよく分かる。心配することはない、すぐにまた世論をこちらの方に向けてやる。

そう、おそらく村人はひたすら平身低頭することになるだろう。わたしに対して、ジョージと竜亭の酒場など行かずに、村での付き合いをこそ大事にすべきだと村人が考えているのなら、それは間違いだと気づくことになる。何とも愉快なことだが、ボウ・ビーヴァーの生涯を探ってきたおかげで、思ってもみなかった一面――あるいは能力――が自分に備わっていることに気がついた。その能力というのは、パブでくつろぎ、ビールを飲んでいささかの楽しみを得ることである。

宿屋の主人の娘といえば――しかし、すでに述べたように、ジョイスはもちろん「そこらの宿屋の主人」の娘ではないのだ。自らを「村の有力者」(有力者などとはまったくのお笑いぐさだが、目をつぶろう)と思い込んでいる人たちが、わたしに愛想を尽かしているのも、ジョイスは知っているのだろう。そして、それだけに一層わたしに親しみを感じるようになってきているのではないか。バーチェル将軍(とその息子)がわたしを「胡散臭い」男と決めつけることが分かっていたら、わたしにしても、当然、ジョイスとトム・バーチェルの「友情」を終わらせるようなことはあえてしなかっただろう。「胡散臭い」と思っているだけならまだしも――勝手な判断から――トム・バーチェルは十日ほど前に、わたしとはなるべく会わないようにとジョイスを説得する挙に出た。当然ジョイスは、ほっといて、と突き放した。あなたは主人ではないし、わたしも妻になるつもりはないわ、ずうずうしい上にがさつなんだから、わたしの隠れた才能に気づきもしないくせに……ジョイスは得々として話してくれた。「野性的な魅力をたたえた自由奔放な娘」の役を演じるのが好きなのだ――演技をしているのか、そこのところはよく分からない。

十二月十二日水曜日

そろそろこの手記も大詰めを迎えようとしている。もはや過去形で書くわけにはいかない。二日前から手記を再開したが、結局は日記形式になりそうである。

この二日間にいろいろなことが分かった。ジョイス・ウィロビーのことはもはや露ほども疑っていない。彼女は見かけだけではなく、根っからのボヘミアンである――演技をしている風はまったくないのだ。

これはすこぶる喜ばしいことである、しかも、気がついたのだが、彼女は――つまり、わたしのことが好きなのか？　ジョイスと一緒に――モートン一味に、そしてグレイハーストのすべての人たちに対する――勝利を祝してお祝いをしようと思っている。

オーヴァバリーは三月十日にアメリカ行きの船には乗らなかったし、その日から三週間以内にアメリカに向けて出発した形跡もないことが確かめられた。船室を予約し、料金も払ってあったのだが——船に乗り込むこともなければ、払い戻しをすることもなかった。決定的な証拠とはいえないが、他の諸々のことと考え合わせるならば、これで充分すぎるほどである。

それだけではない。謎のまま残っていた問題にも納得がいく説明をつけることができる仮説を思いついたのだ。

まず第一に、オーヴァバリーはビーヴァーの異父兄弟であった、つまり、行方知らずのモートンは彼だったのだ。

なんとも美しい異父兄弟の関係ではないか、一方が母親を殺したとすると、もうひとりはそれを知って、あるいは怪しいとにらんで脅迫し、仕事もない秘書として安楽に暮らしたのだ。

いやいや、それほど驚くことではないのかもしれない。ふたりとも良心のかけらもない母親を持ち、ひとりの父親は身を持ち崩した准男爵で、息子とは縁を切り、もうひとりの父親は農場労働者で酒のために棺桶に入るはめになった——ともかく石切場に落ちた——男なのだ。ふたりとも「親に育てられた」という経験は皆無である——ほったらかしにされたので自活するしかなく、その間「ワールドツアー」に出かけていた母親は一応女優ということになっていたが、実際は——

異父兄弟の片割れはビーヴァーにとって「海の老人」（「アラビアン・ナイト」でシンドバッドの背中にしがみついて離れなかった老人。転じて追い払えないものの意）、どこまでもつきまとう秘書兼話し相手となったのである。それだけではなかった、ビーヴァーが愛していた女性——グラディス・レン——にも横恋慕したのだ。ふたりの男の間に散った敵意の火花に、嫉妬の油が注がれた。メトロポリタン・ホテルのドアマンの目撃証言がこれを裏付けている。

そこで結婚という問題である。今までとんだ考え違いをやらかしていた。一九一三年十二月にグラディス・レンと結婚したのがボウ・ビーヴァーだとばかり思っていたのだ。しかし、わたしにはずっと分かっていたことなのだ――この手記にもそのように書いている――すなわち、新郎の名前はヘンリー・モートンで、ハロルドではなかったのだ。

ということは、グラディス・レンはビーヴァーよりもヘンリーの方が好きだったのだろうか？おそらく――その続篇さえなかったら。それにしても、ジェンキンソンがメトロポリタン・ホテルの外で小耳にはさんだエピソードをみると、ソロルドはヘンリーの味方をしていたとは考えられないだろうか。しかし、その続篇というのは！ グラディス・レン（旧姓で呼ぶことにしよう）、ソロルド、ビーヴァーが共謀してヘンリー・モートンを葬り去ったのである。

いや、脅迫者が妻を勝ちとったのは、自分の魅力ではなく、別な何かに物を言わせたにちがいない。およそ三ヶ月の間、彼は夫の座にあった。そして、破局が訪れる。きっかけが何だったのかは分からない――あと一日か二日考えてみれば明らかになるだろう。ともかくヘンリーはアメリカへ行くことに決め、こうして運命が決したのである。あるいは、ヘンリーがアメリカへ行く決心をしたことが、三人にとっては待ちに待った絶好の機会の到来となっただけのことなのかもしれない。

三月九日、ヘンリーはビーヴァーとともにホテルを出たまま戻ることはなかった。ロンドンの真ん中で誘拐されたのだ。ビーヴァーが気を失った時も、彼は「忠実な使用人」の役をつとめなければならなかった――おそらく内心では、また宣伝目当ての奇策が始まったと笑っていたのだろう。都合よく通りかかった車に乗り込み――もちろん、運転していたのはソロルドで、「オーヴァバリーの」荷物をどこか都合のいい場所に置いて戻ってきたところだったのだ――通りの人たちの視線から卒倒した名優を隠すためにブラインドが降ろされた。そして、ヘンリー・モートンは相手のなすがままとなった。その男はヘンリーに対しては母親の時よりももっと非情になれただろう。この上なく危険な芸当をやってのける図太い神経と鋼のような筋肉の持ち主で、おまけに妻にと思いさだめていた女性を横取りされているのだ。

ボウ・ビーヴァーなら無駄のない殺し方をシカゴのギャングどもに教えることもできたのではないか。車社会の現代で、これほど手間の省ける場所はほかにあるだろうか。家の中で薬を飲ませたり、殺したりして、犠牲者を他の場所へ移動させる面倒を背負こむ必要がどこにあるのか。車の中でやれば、厄介な事態も避けられるというのに。

ボウ・ビーヴァーが発案者ではないかもしれない。おそらく運転手がこの方法を考えたか、あるいは今までの経験から同じ手を使っただけのことなのだろう。わたしもアメリカで「ボディガード」を雇うとしたら、退職警官よりも元ギャングを選ぶだろう。ソロルドの「よからぬ評判」というのは、間違いなく彼がその筋の者であることを意味している。

また、ソロルドを仲間に引き入れたことで、ボウ・ビーヴァーが大きな危険をおかしたというのは当たらないだろう。ひとつには、ソロルドにとっては、そんなことはなんでもなかったはずだ——とくにマッチングズでの不自由のない生活が保障されているとあっては。次に、ヘンリー・モートンがビーヴァーを脅迫していたとすると、おそらくソロルドもまた強請《ゆす》られていたのではないか——「よからぬ評判」ということを考えれば充分可能性のあることだ。

それよりも、実際にどのように事が進められたのかという話に戻ろう。男を押さえつけて薬を飲ませ（あるいは何らかの方法で気絶させ）、その隣にボウ・ビーヴァーが座る。実質上の殺人だ。しかし、実際に手を下したのはソロルドである。ビーヴァーはこっそりと車を降りるとホテルに戻り、ソロルドは車で郊外へ行く。あるいは翌日まで姿を隠す。その間のソロルドに大きな動きはない。誘拐した男が逃げ出さないように見張らなければならない――あるいは意識を取り戻さないように気をつけていただけなのかもしれない。見張りの他にやることは、ビーヴァーとどこかの駅――最も可能性のあるのがノーサンプトン――で落ち合い、クルー発ロンドン行きの三等片道切符を受け取るだけだ。ビーヴァーとミス・レンにとっては目の回るほど忙しい日で、汽車に乗り、「オーヴァバリーの」荷物を処分し、後始末をする。誰もが落ち着かない夜を送った。

ミス・レン――ミセス・ヘンリー・モートンであることを意識したことだろう――は重要な役をこなさなければならない、襲われたように見せかけ、仕上げにクロロホルムを……

汽車が遅れたことでビーヴァーが恐慌をきたしたのは当然で、この斬新な犯罪も彼女を失っては元も子もなくなる……

しかし、なんといっても一番不安に満ちた一夜を送ったのはソロルドである。踏切の近くでたったひとり待ち続ける。気を失った男には扮装を施す――身元が割れないような服を着せ、手首と膝には汽車から飛び降りたと見せかける擦り傷をつけ、ポケットの中には切符、手首には「うりふたつの」ハンドバッグのストラップを通しておく。霧が濃くなるとソロルドは胸をなで下ろしたことだろう。脇道、あるいは近くに広がる畑に積まれた、大きな干し草の山がつくる暗がりに車を止め、ライトを消して待機する。

男を車から引きずり降ろす時間だ。汽車が通過する予定時刻ぎりぎりまで待ったに違いない。男を一分たりとも余計に線路に置いておきたくない――誰かに目撃される危険があるからだ。信号手かあるいは――

線路の上に男を寝かし、頭がレールの上に来るようにする。その頭には「ふさふさとした黒髪のかつら」をかぶせ、唇の上につけ髭を貼る。

ロンドン行きの急行列車が轟音とともに走り去る。グラディス・レンはうまくやっただろうか？ああ、ぬかりはないはずだ。自分もドジは踏んでいない。線路がカーブしているあたりで待機していたに違いない。その場所なら列車の機関士から男のからだが見えにくいのだ。思いもかけず霧まで出てきてくれた。

さていよいよ下りの急行列車が……何ごともないかのように……

このような危ない橋を渡った後で、さらにソロルドにはもう一仕事残っていた。線路脇の堤に沿って植えられた生け垣の下にしゃがんで二つの汽車をやり過ごしたソロルドは、下り列車が走り去るや現場に駆け戻り、「オーヴァバリー」がもはや人間の原形をとどめていないことを確認する。手に石を持っている男の様子が目に浮かぶようだ。もしもの場合は……しかし、すべては計画通りに進んだ。

「オーヴァバリー」自身もこの計画に協力してくれた。長年彼が身につけていた「赤毛」のかつらと大きな眼鏡がなければ、彼だと気づく者がいるだろうか――その扮装の理由を知っている者がいただろうか？　おそらく同じ血の流れる「雇い主」と顔立ちが似ていることを隠し、「忠実な秘書」

という役回りを演じるためだったのだろう。脅迫者にとって、獲物が常に目の前にいるのは好都合だが、密着しすぎると、立場が逆転しようとしている時にも、気がつかないという弱点がある。

そして、あと幾日もしないうちにボウ・ビーヴァーも思い知るだろう。隠蔽し、忘れ去ってしまいたい過去を持つ身なら、わたしのような人間に嫌われたり、疑われたりしないようにすることが肝要であると。

第二十章　傷痕

十二月十三日木曜日、手記の続きを記している。事件の全貌は明らかになったと思うが、最後の仕上げをするために、探偵事務所に依頼した残りひとつの報告書を待っているところである。

そろそろ警察に提出する陳述書を用意しなければならない。あらゆる細部を心に刻み込むために再び手記を読み返した。これこれの結論に達した方法やら理由やらは警察は聞きたがらないだろう。事実の因果関係をすっきりさせ、簡略にまとめれば、警察も納得するに違いない。陳述書を書くのは面白い仕事になりそうだ。あまり言葉を使わず、それでいて明確に主張を打ち出す文章は、わたしの代表作となるだろう。楽しみながら書けることと思う。何日か、心の中で考えが発酵するにまかせておいてもかまわないだろう。おそらく最終的な結論に向けて、ひとりでに考えがまとまり、筋道も見えてくるのではないか。

陳述書は誰に提出したらよいのか？　わたしは地元の警察をあまり高く買ってはいなかった。とはいえ、スコットランド・ヤードに持ち込んだところで知り合いはいないし、軽くあしらわれてしまう危険もある。

どこに提出するかさんざん頭を絞った末にようやく決心した。と同時に、というよりもほとんど同時に、ひとつ気にかかっていた問題も解決したのであった。

今晩ジョージと竜亭のすぐ外で警視に出会った――ホーキンズ、という名前だったと思う。あのような場所で鉢合わせしたことで少々気まずそうな顔をしていた――純然たる公務で訪れていたわけではないのは明らかだ。こちらから話しかけなければ、おざなりの会釈だけで行ってしまったことだろう。しかしわたしは声をかけた。

「今晩は、警視さん。お話ししたいことがあるのです」

「本官にですか?」

「ええ。ちょっとお耳に入れたいことが」と意味ありげに笑ってわたしは先を続けた。「一日か二日ほどしたら忙しくなりますよ。重要な事件です。とてつもない大事件と言ってもいいかもしれませんね」

皮肉をこめて言ったのだが、もちろん、相手には伝わらなかった。訳が分からないという顔をしただけである。残念ながらこの男は器が小さすぎた。綿密な論証が要求される事件の価値が分かる人物を選ぶべきであった。

「いや、それは残念なことです、ミスター・エイマー」

なんと愚かなことを言うのだろうと驚き、不愉快にもなったので、少々ぶしつけではあったが、そのまま暇を告げた。あとで気がついたのだが、警察官たるもの、犯罪がないのがなによりだと考えなければ――少なくとも口ではそう言わなければ――ならないのだ。そう、犯罪が起こらないのが一番いいのだろう――しかし、それでは仕事を失うことにもなろう。とはいえ、わたしは少々警視に対して公平さを欠いた見方をしていたようだ。

ジョージと竜亭はほぼ満員であった。ここによく顔を出すようになって、わたしはまた新たに名をあげたのではないかと思っている。政治の動向など、その裏に隠された意味をあれこれと解説し、みんなの役に立ってあげようとするわたしの気持ちは、当然暖かく迎え入れられた。気恥ずかしく思うこともあるのだが、わたしが中に入っていくと誰もが期待するように口をつぐむのである。しかし、今晩は長居しなかった。ただジョイス・ウィロビーと静かに話をしたかったのだ。陳述書を書くという肉体労働のことを考えると、心がくじけてしまう。この手記はゆっくりとしたペースで書いてきたので、苦労だとは思ったこともない。ここにいたって切実に秘書の手が借りたかった。オードリー・エムワースがあれほどの愚か者でなかったら、実に面白い、わくわくする仕事ができただろうに。

驚いたことに、秘書の話を切り出すとジョイスは躊躇《とまど》いを見せた。しかし、間違いなく承諾してくれるはずだ。現状ではこちらの要望をもう少し説明しておいたほうがよさそうである。今日はたいして言葉を交わせなかったので、明日の晩、夕食のあとでふたりで少し散歩に出ることにしよう――夕食（と呼べるのなら）はジョージと竜亭でとることにする。この計画には実に具合のよい点がひとつある――使用人を映画にでも行かせてしまえば、つまり、一石二鳥だ。

新たに手に入れた地所の湖で、ジョイスが水浴をしているのを見てから、まだ十週間足らずだったが、そのときからさまざまなことが起こったような気がする――しかし、実際には真実の断片をひとつにまとめ上げただけのことなのだ。そして今や季節は秋から冬になった。底冷えのする日で、わずかに雪が降った。今も外は凍てつくような寒さなのだろう。「見張りの塔」の外の芝生は見渡す限り白一色に覆われ、寒々とした景色と化している。それに比べてこの部屋は暖かく居心地がいい。

この事件を公にして「肩の荷を降ろ」しても寂しく思うことはないだろう。もっぱら考えることだけに集中しているのは相当にこたえる。今日なども、どうやらわたしは、この部屋の窓を開けっぱなしにしておいたようなのだ。テーブルの上に載せておいた原稿が一、二枚床の上に落ちていて、窓際の床の上は解けた雪で点々と濡れていた。メイドがフェアローンのしきたりを破って部屋の中に入ってきたのではないかと疑ってみたが、当然それはありえないことだった。一階には鍵をかけていないが――テニスのネットやロープといったがらくたしか置いていない――二階へ通じるドアには、いつものようにきちんと施錠していた。しかもその鍵はわたし以外誰も持っていないはずだ。鍵には特に注意を払っている。このところ少しぼんやりすることもあるが、窓――小さなバルコニーに面している――の鍵の留め金がかなりゆるんでいることも確かである。

さて、寝る時間だ。明日は、最後の追い込みだ。

十二月十四日　金曜日

ここまで積み上げてきたものがすべて崩れ去ってしまった。いや、そう言ってもまだ足りない。

どの程度深刻なものなのかまだ詳細に検討していないが、今朝届いた報告書によってわたしの仮説は破綻した。

ベッドフォードでのビーヴァー＝モートンの暮らしぶり《メナージュ》の報告書をこれほど遅らせた探偵事務所を許すことができなかった。しかもその請求金額の高いことといったら！　ま、すぐに払ってやるつもりだ、これでもうひとつの探偵事務所ともども厄介払いができるというものだ。しかし、アンドルーズにはひとこと言ってやろう——このふたつの探偵事務所を紹介したのは、ほかならぬアンドルーズなのだから。

ようやく送ってよこした調査報告書はへりくだった調子で書かれており、大まかなところは以下のようなものだった。

ベッドフォードでもこの女性——エリザベス・モートン——は長男をハロルド・ビーヴァー、次男をヘンリー・モートンと呼んでいた。彼女は二回結婚をしたものと思われる。この地には母親よりも息子たちのほうが長く住んでいたが、ふたりのことはあまり分からなかった。しかし、いくつかはっきりしたことがある——ハロルド・ビーヴァーはまだ幼い頃に右腕を骨折したのだが、これは一生障害が残るほどの怪我であった。筋肉の成長が妨げられたのだ。骨折の原因が母親の不注意によるものか、あるいは何らかの責任が母親にあったのかは分からぬが、怪我を放っておいたのは確かのようで、少年が一生右腕に力をこめられない障害を背負うことになったのだから、それだけでも母親は責められてしかるべきである。そして、実際に彼は母親を責めた。

さらに——これもある意味では腕の怪我に関係がある——ハロルド・ビーヴァーと母親のあいだ

にはひとかけらの愛情もなかったが、それに対して次男は母親になつき、母親も愛情を注いだ。つまり兄弟の間には遺恨があり、長男のほうが肉体的に劣勢であっても事情は変わらなかった。

長男は「しかるべき」教育を受けたいと言い張った——その権利があるとよく口にしていた。そこで母親はしぶしぶ勉強を続けることを許した。しかもロンドンで。一方、次男は若いうちに世間へ飛びだしていった。どんな職についたかは分からないが、あるいは徒弟にでもなったのかもしれない。とにかくその後、サーカスの世界に入っていったらしい。

彼が十七歳の頃に、旅回りの大きなサーカス団とともにベッドフォードに姿を現したことから、これは間違いない——その時はぶらんこ乗りであった。

探偵事務所は、わたしの指示した以上のことを調べていた。サーカスを手始めに、ヘンリー・モートンの足取りを「たどった」のである。ヘンリーはサーカスの世界で、かなりの地位まで上りつめたが、戦争の後、この世界には戻ってこなかった。実はそれよりもさらに前、一九一〇年、「ワールドツアー」の直後にサーカス団をやめている。この話をしてくれたサーカス団の団員は、ヘンリー・モートンの引退は母親と関係があったらしいと語っている。この男はヘンリーと親しくつき合っていて、稼ぎのほとんどを母親に送っていたヘンリーのことを、まるで優等生だと仲間内でよく冷やかしたものだと言った。

わたしの仮説の欠陥はもはや明らかである。いくら車の中とはいえ、ロンドンの通りのど真ん中でボウ・ビーヴァーがヘンリーを打ち負かしたとは思えない。相手は筋骨逞しい男なのだ……

この点を再考しなければならない……

惨めな朝だった。昼食をとると元気が出てきた——まれにみるうまい昼食だった、今晩使用人に許した「ごほうび」に応えたものなのだろう。さて、仮説の軌道修正だ。

マッチングズの主《あるじ》の引き起こした事件は思っていたほど極悪非道なものではなかったのだ。しかし凶悪な犯罪であることにはかわりがない。とはいえ、この件に頭を突っ込むきっかけとなった疑問が解けたのはうれしい。その疑問とは、ボウ・ビーヴァーの多彩な才能である。

ヘンリー・モートンこそがマッチングズの主である。つまり、線路で死体となって発見されたのはボウ・ビーヴァーなのだ。これですべて辻褄が合う。ハローフィールドの殺人に関しては考え直す必要はない、あれはビーヴァーの仕業だ。その頃ヘンリー・モートンは外国にいて、世界各地から母親に送金していた。ヘンリーはこの事件を知ると、即座に犯人はビーヴァーだと考えたに違いない。

ヘンリーも兄と同様、堕落した血を引いている。ビーヴァーが犯人であると立証できようができまいが、自らの手で制裁を加えることにしたのだ。俳優である兄を追ってアメリカへ渡る——ところが筋金入りのギャングがボディガードとしてまわりを固め、たいへん魅力的な秘書がいることを知る。当初の計画は自分の身がどうなろうとも、とにかく母親を殺した兄を葬り去る単純なものだったのだろう。しかし、ソロルドがいたのでは簡単に殺すことはできないし、しかもミス・レンが彼の人生の明るい希望となるにおよんで、「捨て身の」計画は投げ打ち、局面の打開をはかって苦慮することになった。

ビーヴァーが母親殺しの犯人だと考えていることを、ヘンリーは悟られないようにしたのだろう。

満面に笑みをたたえてビーヴァーと再会する――子供の頃の反目は忘れたと言わんばかりに。そして仕事の口を頼む……

ビーヴァーにしてみれば、昔嫉妬していた男に恩を売ってやるのだから、さぞかし愉快だったに違いない。今や自分は名士、有力者だ……それに、弟とは顔立ちが似ている、使えそうだった。

ビーヴァーはふたつの顔を持っていたわけではないのだ。ふたりのビーヴァーがいたのだ――ひとりには本物の傷痕があり、もうひとりは傷があるように装っていた。「オーヴァバリー」が加わるまでビーヴァーの額に傷はなかった――本物でないことはよく知られていた。額に傷をつけて登場した最初の映画は、ロマンティックな演技に曲芸の要素を取り入れた最初の映画でもあったのだ。

ヘンリー・モートンの髪の生え際にある傷痕を、日常生活でも真似て装ったビーヴァーと、「オーヴァバリー」の前髪の垂れた赤毛のかつらをかぶり、つけ髭と眼鏡で変装したヘンリー・モートンのふたりがいたのだ。

ビーヴァーは危険な場面でも「代役」を使わなかったという話には証拠があっただろうか? なにもない――ロンドンにやってきて、ピカデリー通りで綱渡りを披露して初めて証明された。しかも、曲芸と演技を「同時に」こなしたことはなかったのだ。

そしてロンドンでは? これはもう明らかである。訪問した家が火事になったときにビーヴァーが取り乱し、雨樋を伝って避難できなかったこともこれで納得できる。「オーヴァバリー」が一階から動かずに助けに飛んで行かなかったのは、肝が据わっていたからなのか、悲劇を期待していたからなのか?

ヘンリー・モートンとグラディス・レンは相思相愛の関係で、ソロルドは彼らの側についていた。ジェンキンソンの証言は額面通りに受け取ってもよいのだ。ソロルドが彼らの側についたのは、本当の気持ちからではなかったろうか――ビーヴァーは雇い主として魅力があるとは思えない。しかし、なんといっても報酬が大きいのだ――ビーヴァーの財産である――元悪党ならそれを手に入れるために手段など選ばないだろう。

ヘンリー・モートンはグラディス・レンと密かに結婚し、一方ボウ・ビーヴァーはグラディス・レンに結婚を迫って悩ませる。結婚がばれれば仕事ばかりか、密かに復讐を遂げる機会も失うことになる。モートンは自ら選んだ方策――ビーヴァーに心から協力している風を装うことで自縄自縛に陥った。また、間違いなくビーヴァーを殺人犯として告発できるほど完全な証拠があるわけでもなかった。

しかし、何か行動を起こさねばならない……

通行人がビーヴァーに気づくように仕向けるのは「オーヴァバリー」にとって難しいことではなかった。気がつけば人々が殺到することになる――群がった人たちは誰もが有名人に触ったり、背をたたこうと押し合いへし合いするものだ。「オーヴァバリー」は殺到する群衆から守るためにビーヴァーの腕をつかむ。ビーヴァーは気絶するときにかん高い叫び声をあげる……

腹違いの兄の身の安全に常に気を配っている「オーヴァバリー」は、気分が悪くなったふりをするようにとビーヴァーに耳打ちをする。とするとあの叫び声も演技のひとつなのか――あるいは真に迫った演技を引き出すために皮下注射器を使ったのか？

どちらにしてもこうして筋骨逞しい「オーヴァバリー」はボウ・ビーヴァーと車に乗りこむことになる。そして、何はともあれ愛情だけは注いでいた母親を殺されたことへの復讐の念と、グラディス・レンに対する思い、それに豪胆な気性とがヘンリーに力を与えた。

ビーヴァーが意識を失っておとなしくなるとモートンの役目はほとんど終わりである。あとは「オーヴァバリー」の扮装を取り、ビーヴァーの額に描いた傷痕をぬぐって、あらかじめ決めておいた場所で車を降りるだけだ。ボウ・ビーヴァーになりすましてメトロポリタン・ホテルに戻り、ボウ・ビーヴァーとして記者会見に臨む。今後外を歩くときは「変装」をするとミス・レンを通じて発表したが、これでボウ・ビーヴァーの容姿が変わっても誰も不思議に思わないだろう。「オーヴァバリー」がいなくなっても悲しむ者はいないはずだ——かりに誰かいたとしても、自分宛に手紙を書けばよいのだ（残念ながら封筒はなくしてしまいました）。予定していた船には乗らず別の船でアメリカへやってきました、映画界の大物に会っていろいろと交渉を進めていますが、なかなかうまくいかず……

イギリスで映画を完成させなければならなかったが、残っているのは曲芸の場面だけである。殺人者たちは慎重に決行の時を選んでいた。

ピカデリー通りの綱渡りで映画はクライマックスをむかえる。そしてこの時こそ、「ボウ・ビーヴァー」は代役を使っていないことを証明する、ただ一度の機会なのだ。屋根の上では警官と新聞記者たちが待ちかまえている。新聞記者たちがつい先日、ロンドンで会っているのはこのボウ・ビーヴァーであり、腕に抱えているのは——妻なのだ。しかも妻となった女性は長年秘書を務めていたのだから、赤の他人をボウ・ビーヴァーと間違えるはずはない。

このわたしが今朝はまったくふさぎ込んでいたとは。もっと前に真実を見破ってしかるべきであったが、傷痕にはそれほど注意を払わなかったのだから仕方がない。ピカデリー通りを妻を抱えて綱渡りする男の額に傷痕があることは映画で見ていたが、その男がボウ・ビーヴァーであると頭から信じていたし、おまけに隣に住む男の額にも同じ傷痕があることに気づいたものだから、当然、隣の男がボウ・ビーヴァーだと思い込んでしまったのだ。

そうそう、そう言えば、マッチングズのテラスで、あの男は逆立ちをしたまま歩いていたではないか。これで決まりだ。ボウ・ビーヴァーには絶対にあのような真似ができるわけがない。隣に住む男はサーカス出身なのだ――あの傷もサーカスにいるときにこしらえたのだ。

さあ、今度こそほんとうに警察に陳述書を提出できるわけだが、まさか無視されるようなことはあるまい。それにヘンリー・モートンと妻、運転手のお仲間が束になってかかってきても、わたしの推理を論駁できるわけがない。

千にひとつの偶然で連中が罪を逃れても、グレイハーストに住み続けることはできないだろう。そして、グレイハーストの村人は――わたしを侮辱するとどのような目に遭うかを忘れている村人は、あらためて肝に銘じるのだ。オードリー・エムワースとの一件さえも、新たな様相を帯びるようになるに違いない。オードリーはマッチングズのギャングどもと懇意にしていたのだから、その品性を問われ、人を見る目のなさをさらけ出し、人々が彼女に寄せる信頼も揺らぐことになるだろう。オードリーがわたしに向かって吐いた暴言ときたら！　ばかげたことだ、それこそお話にもならない。オードリーのことは大目に見て許してやってもいいだろう。もちろん、条件付きでだ。

自分自身を納得させるだけなのだが、あとひとつだけちょっと確かめておきたいことがある。隣の男の額の傷が本物であることをこの目で確認したいのだ。彼の部屋に訪ねていって、傷がぬぐい取れるか試してみるわけにもいかない。しかし、法廷に引きずり出せば確認できるだろう。囚人がからだを洗うときのシャワーは、勢いがいいのか悪いのか知らないけれど、どちらにしたところで、ヘンリー・モートンの額の傷を洗い落とすことはできないはずだ。

第二部　別の視点

第二十一章　ロープの端

　金曜の夜、闇はことさらに深く、寒気がしんしんと浸みて物音ひとつ聞こえなかった。フェアローンの芝生をうっすらと覆った雪はまだ消えずに残り、凍てついた雪の上には足跡ひとつない。庭内路だけは自動車の轍がうねっていたが、ほかの道は一面雪に覆われ、「見張りの塔」へいたる道にも人の通った痕跡はなかった。夕方に降った雪は、「見張りの塔」を出入りしたミスター・エイマーの足跡をすっかり隠してしまっていた。

　小柄なミスター・エイマーが外の通りから庭内路に入ってきたのは九時半頃であった。ふらふらと歩いている様は酔っ払っているようにも見えたし、猛烈な風にあらがっているようにも見えた。しかし、その日は風もなく、ミスター・エイマーもまったくのしらふだった。

　怒り、恐れ、そして苦悩に心は千々に乱れていた。いつもの礼儀にかなった、こざっぱりした身なりも今日は見る影もない。泥や半分溶けたきたない雪で汚れた服のうえに、ひん曲がったネクタイの先がひらひらと翻り、首のまわりのソフトカラーは皺だらけで汚れているだけでなく、半分とれてしまっている。帽子もかぶっていなかった。誰に怒りを向けてよいのやら、自分でもよく分からないのでいるのだろう。あるいはその怒りは自分自身に向けられているのかもしれない。というのは、当然の結果として何が起こるのかを、彼は嫌というほど思い知ったのだから……

ミスター・エイマーはジョイス・ウィロビーの愛を勝ち得たものとばかり思っていた。何といってもジョイスの父親は宿屋の経営者、一方、ミスター・エイマーは金持ちの地主、しかもグレイハーストの選び抜かれた人たちの中でも主導的な立場にある人物なのだ。ジョイスはミスター・エイマーを弄《もてあそ》んでいた、まさにそれだった。ちょうどオードリー・エムワースが彼をからかっていたのと同じように。どちらの女性からも終始笑い者にされていたことを彼は信じようとしなかった。あのばかばかしいほどの淑女ぶりによって、ふたりの本心がすっかり隠されていただけのことだ。

尊敬に値する立派な独身男であるというのは、それはそれで結構なことだ。ミスター・エイマーがなろうとしていたのはそういう人物である――しかし、だからといって女には用がないということではない。かつては半ば女性を恐れているようなところもあった。小柄なことで笑われているのではないか、結婚を求められたとしても金目当てなのではないかと、つい考えてしまうのだった。女性に対する態度は徐々に変わってきた。女たちに利用されるくらいなら、金と地位を武器に女たちを利用してやるのもよいではないか？

ミスター・エイマーが目を付けたそもそもの初めから、オードリー・エムワースはきわめて秘密主義の女性であった。しかし、本当の彼女は――ま、そんなことを考えても無駄なことだ、ミスター・エイマーは知らなくて幸せだった。ともかく、復讐してやるのだ。マッチングズの人々を選んだ愚かな小娘に。

ジョイスは？　あの日望遠鏡を湖に向けるまで、ジョイスのことは意識すらしていなかった……その日、彼は森をそっと抜け、彼女の姿を見にいった……そしてその後、小道を歩いてくるジョイスに「まったく偶然に」出会い、話をするように仕組んだのである。

ミスター・エイマーがジョイスとトム・バーチェルの関係を「告げ口した」のは、まったくの誤解だと分かってもらえたのではなかったか？　秘密を漏らすようなことは断じてやっていないと、ミスター・エイマーは自分でもほとんど信じこむまでになっていた。

ふたりはあれほど仲のよい友達になったではないか。ジョイスがミスター・エイマーの言葉の真意——あるいは「友情」という言葉がなにを意味するのか——が分からないふりをしていたとは思えなかった。夕食の後で散歩し、フェアローンへ行って静かに語り合おうとミスター・エイマーが誘った時も、トム・バーチェルのことや、トムと結婚する手だてを話し合うつもりなどさらさらないことは百も承知していたはずだ。

あの女め！　確かになにもかも知っていたのだ。（また手を上に持っていくと、喉にできた傷と殴られた顎をそっと触った）はじめからあの女は胸にいちもつあったのだ……

ミスター・エイマーは庭内路をとぼとぼと歩きながら、小さな声で悪態をついた。計り事をめぐらせていやがった……それこそ自分がやろうとしていたことではないかという内心の声を、彼は飲み込んだ。よりたちの悪い目論見を抱いていたのだが。

あの卑劣な——ジョイスがエイマーを笑い者にしていたのは間違いなく、トム・バーチェルに暗がりに隠れているように言うと、その場所にエイマーを連れていき、率直に話して欲しいと頼んだ――「ここならふたりきりよ」――本音を聞かせて。たとえば、トム・バーチェルのことはどう思っているの？

結局、エイマーはあまりしゃべらなかった。真面目にうけとめる必要はなかった。所栓彼女はトム・バーチェル――父の許しを待つだけの青二才だ――のことしか考えられない愚か者にすぎない。しかもバーチェル将軍が息子であり跡取りでもあるトムと、宿屋の親爺の娘との結婚を許すはずもなかった。これがすべてだ……

いや、違う、これだけではない。エイマーはジョイスが湖で水浴びをしているところを目にしたことや、その時の彼女のからだつきについて何か言ったのだ。さらにフェアローンの暖炉の火はとても暖かく、火影がジョイスのからだの上で踊る図はいかにすばらしいか……どのような口実で使用人を追い出したか、そして、どうやって……

その時、トム・バーチェルが暗がりから姿を現した。ジョイスが笑い声をあげる。

彼女は笑った。そう、彼女がすべてを企んだのだ。ジョイスはその時エイマーが口にした言葉にふさわしい女だ。

と、バーチェルの拳骨が飛んできてエイマーは殴り倒された。図体ばかり大きい能なしの野蛮人め！　ミスター・エイマーは怒りと顎の痛みから大きく喘いだ。

倒れた彼を上から見下ろしながらバーチェルが吐いた言葉は思い出したくもなかった。それからエイマーはバーチェルの足元へ引きすえられ、とっとと家に戻れ、グレイハーストには二度と顔を出すな、という言葉を投げつけられた。

自分の背丈の半分しかない小男を殴っても何らやましさを覚えないバーチェルである、ならば、エイマーの行為のどこがやましいというのだ？　ジョイス、あの卑劣な――鞭打ちの刑にも値する、それどころか……


ミスター・エイマーはまた喉をさすった。怒りに駆られるあまり、いつもの慎重さは影を潜めた。喉を締め上げ「まるでどぶねずみをいたぶるように」左右に揺するトム・バーチェルの指の感触がまざまざと甦る。ふたりとも地獄へ堕ちろ！


（この時には表玄関にたどりついていたが、ちょっとの間その場に立ちつくした）

もうそのくらいにしておいたら、と笑いながら言ったのはジョイスである。耳鳴りがしていたが、はっきりと聞こえた。暴行されそうになったと訴えましょうと彼女は続けていた。このお高くとまったちび助がちょっかいを出そうとしたのは、これが最初じゃないんですもの、否定したって誰も信じないわ。治安判事が肩を持ったって（「それはないだろう」バーチェルの若造が口を挟んだ）――ええ、でも、仮にそうなったとしても、グレイハーストでは誰もこの男と口をきかなくなるわ。うすぎたない卑劣なねずみ野郎！　けがわらしいちびの……

いや、彼はまだ家の中に入ろうとしない。「見張りの塔」、そここそが傷を癒してくれる場所だ。それに、こちらにはまだ取っておきの爆弾がある――いや、一斉射撃だ、みんな撃沈だ。バーチェルの若造も巻き込んでやる、そう、ジョイスもだ。マッチングズの殺人者どもの仲間だという烙印を押されるのがどんな気持ちか、思い知らせてやる。

バーチェルにジョイス、それにオードリーもだ――彼女もその罰を受けるに値する、ジョイスに劣らず酷い目にあわせてくれたのだ。オードリーもエイマーに向かって言った、けがらわしいちびの……。ちび。寸足らず。モートンもそう呼んだ。いったいどうして隣の住人に道で話しかけてはいけないのだ？　そもそも彼女が人妻だとどうして分かるというのだろうか？

もちろん、夫婦でそのことを話題にしたのだ。そして、夕食の招待を無礼な態度で拒むことで、彼らの不愉快な思いをことさらに強調して見せたのだ。これが問題の発端であった。あのような侮辱を受けたのは初めてのことだった。夕食に招待されれば、誰もが媚びへつらうようなことを口にし、片足を後ろにひいて礼をするのだ。

依然としておぼつかない足取りで「見張りの塔」へ向かった。二階へ通じるドアにたどりつくのに電灯を灯す必要はなかった。肩には打撲傷を負い、手首は擦り傷や切り傷ができていた。ポケットからイェール錠の鍵を出す時に低くうめき声を上げた。先ほどからずっとしゃくりあげながら小さな声でぶつぶつつぶやいている。ようやく鍵穴を探り当てたが手が震え、なかなか鍵を差し込むことができなかった。

ようやく入った！　ドアを開け、手を伸ばして電灯のスイッチをつけると足取り重く二段上ってから慎重に後ろのドアを閉めた。ぴったりと閉まると施錠した。ようやくエイマーはひとりになった、ここは隠れ家、世間から隔絶された安全地帯だ。安堵のため息を吐く。

螺旋階段をゆっくりと上がっていく。上りきったところにもうひとつのドアがあった。それを開けて二階の部屋の明かりをつけ、階段の電灯を消した。

部屋は冷え切っていた。ドアを閉めるとよろめきながら部屋の反対側にあるガスストーブのところへ行き、火をつけた。脇に置いてある大きな肘掛け椅子に深く沈み込み、ストーブに手をかざし、両手をゆっくりとこすりあわせた。突然何も感じなくなってしまったが、依然として震えていた。酒。必要なのはそれだった。しかし、暖かい火の誘惑にいつまでも椅子から立ち上がれないでいた。ようやく立ち上がることができたが、からだの方々に痛みが走った。心の傷もうずいた。酒――それしかない。戸棚の中だ。

戸棚へ行く足が止まり、顔が曇った。数枚の原稿用紙が床の上に落ちている。どうして落ちたのだ？　部屋の向こう側へ行くときに引っかけてしまったのか、それとも何か別の原因があるのか？　もういちどまわりを見回し、部屋の中がいつになく寒いように思った。また窓の掛け金を閉め忘れたのか？　風で窓が開いてしまったのだろうか？　しかし、これというほどの風は吹いていない。ぜったいにおかしい。たちまち激しい不安に襲われた。もし何者かが――

しかし、鍵はひとつしかないのだし、彼はそれを手放さなかった。男はもちろん女性にも私室を覗かれる危険を冒したことはなかった。ビーヴァーの一件に取りかかるはるか以前から、このことには気を配ってきた。エイマーは、書棚、そして絵を眺めて笑みを浮かべた。住み慣れたグレイハーストのことはよく知っている。

また悪態をついた。グレイハーストのことは知り尽くしている、そのとおりだ。それなのに愚かにも――そう、ジョイス・ウィロビーに夢中になってしまった。エイマーは震えた。確かに寒い。雪、そうだ。しかし、大型のガスストーブなのだからもう部屋が暖まってもいいはずだ。

床に落ちた原稿用紙を拾い上げてテーブルの上に置いた。その横には「ビーヴァーの記録」の分厚い原稿の束と箱が置かれ、中には新聞の切り抜き、探偵事務所からの報告書、役所や教会で集めた各種証明書が入っていた。戸棚の方へ足を運んだが、この時も動作は鈍く、無器用に扉の取っ手を手探りし、中からタンブラーとウィスキーの入ったデカンターを取り出した。ウィスキーをタンブラーに半分ほど注ぎ、生《き》のまま一気に飲み干した。アルコールが目にしみ、喉は焼けて咳込んだが、すぐに気力がわき起こり、いくばくかの自信も取り戻した。気持ちにも余裕が出て、警察に提出する陳述書の続きに取りかかろうと思うほどに回復してきた。エイマーはくすくす笑った。日曜の新聞には間に合うだろう。『世界のニュース』紙など読んでいないふりをしている「お上品な」人たちも、ひとり残らずその記事に目を通すのだ。

喉と顎をさすった。傷のひとつやふたつ、新聞記者は気づかないのではないか――彼の話に記者たちは目を見張り、メモを取ることや事件を整理することで頭は一杯になるに違いない。

二杯目を飲み、少しためらってからデカンターとタンブラーをテーブルの上に置いた。革の背もたれのついた椅子に腰をおろして原稿を見つめ、おもむろに手前に引き寄せた。抽斗の中から罫線の入っていない分厚い紙の束を取り出し、「グレゴリー・エイマーによる陳述書」と書いた。しっかりとした肉太の字で表題を書くつもりであったが、困ったことに、まだ指がいうことをきいてくれない。文字は震えてきれいに揃わなかった。破り取って丸めると、床の上に放り投げた。

どうしてこんなに寒いのだ？　窓が開いているに違いない。

立ち上がって窓へ歩み寄ると、カーテンを引き開けた。窓は――開いていた。一体全体どうしたというのだ？　小さなバルコニーに半歩踏み出した……

　何かが喉のまわりに巻き付き――きつく締め上げられる、と、目の前に青白い火花が散った。声が出ない――悲鳴さえも――

　薄いゴムの手袋をはめた、力強い非情なふたつの手が、あっという間にロープの輪を堅く引き絞り、小柄なミスター・エイマーを持ち上げると鉄製の手すりの向こうへ投げ降ろした。ミスター・エイマーの一方の手が一瞬手すりをつかんだが、ほんの一瞬のことでしかなかった。

　下に落ちた――わずか二メートルほど……丈夫なロープだったが、どれほどの重さに耐えられるのか？　足で宙を蹴り、もがき苦しみながらロープを大きく揺する。揺れて「見張りの塔」の壁にぶつかり、また跳ね返る。揺れて、もがき苦しみ、もしかするとしわがれた小さな声が……

　しかし、バルコニーの男はそんな様子に注意を払っている暇はなかった。用心深く室内に入り込み、原稿の束、新聞の切り抜きの入った箱――この件に関する書類をすべてかき集めなければならない。これから戻ることを思うと何とも厄介な代物だ。黒のプルオーバーの中に詰め込むのが一番いい方法だ――ベルトできちんと止めれば落ちることはないだろう。

　再びバルコニーへ滑り出ると一瞬立ち止まる。雪の上に残った足跡――ぶら下がった死体を降ろさなければならないというたいへんな時に、この足跡に気づく者がいるだろうか？　ここはそれに賭けてみるしかない――我慢づよくじっと待ち続けていたバルコニーの隅の雪を払いのけるだけにした。

　それから手すりに飛び乗ると、一方の手をレンガの壁についてバランスを取り、屋根の隅から突き出した木の梁の先端に届くまで、もう片方の手をそろそろと上に伸ばした。梁は帰り道のほうに突き出している。

わずか十八メートルほどだ。こんな日でも、それほどの大仕事ではない。しかも帰り道、ロープは下りになっているのだ。今までもわけなくやってきた。そう、今日が初めてではないのだ。三度目の試みでロープの輪が梁の先端をとらえると、あとはフェアローンとの境界からわずかに手前にある松の木の大枝にロープを堅く結び、それにぶら下がり手繰って来るだけでよかった。もう一本のロープの端を腰に巻きつけて——三本目の短いロープ、つまり「仕事に使うロープ」はプルオーバーの懐に忍ばせておく。

バルコニーにたどりつくと、梁をとらえたロープの輪を解いて、このロープの端と、十八メートルの距離を腰に巻いて持ってきたもう一本のロープの端を結びあわせる。小さな口笛を合図に、向こう側にいるソロルドがゆっくりとロープを引っ張って結び目を引き絞る。こうして帰りのための二重のロープができあがった。自分たちの敷地にある向こうの木に戻ったら、ロープを引っ張るだけでいいのだ——雪に覆われた芝生の上に落ちて跡を残すようなへまをやらかさないように強く素早く引かなければならない。

慎重にロープを戻っていく……ゆっくりと……長くぶらさがっていればいるほど想像以上に体力を消耗する。時間もさることながら、バルコニーで静かに揺れているもののことを思うと疲労はいや増す。

ようやく大枝に着いた。さてロープの回収だ。用心して……

「ヘンリー、いいか」

「ああ」

かすれ声になるのは如何ともしがたかった。声が失われてしまったかのようだ。ああ、確実に年をとってしまった。

固い地面の上に降り立ち、雪の積もっているところは避ける。ようやくたどりついた。きれいに雪を払った凍り付いた砂利道に戻ってきたのだ。ここは雪がないので足跡を残す心配はない……

モートンとソロルドは言葉も交わさずにマッチングズへ忍ぶように戻っていった。ふたつの黒い影。一方は二本の巻いたロープを持ち、もう一方はプルオーバーを奇妙な形に膨らませていた……その膨らみにはボウ・ビーヴァーの真実がつまっている。

ところでグレゴリー・エイマーは、愛してやまない「見張りの塔」のバルコニーの下、一、二メートルのところにぶら下がり、すでに動かなくなっていた……

第二十二章　手記の始末

マッチングズの静かな部屋には三人の人間が腰をおろしていた。口を開く者は誰もいない。ひとりの男が立ち上がり、赤々と燃える炎を見つめる――室内に聞こえるのは、薪から水分が蒸発していく音や、薪がくずれ落ちる音、暖炉の鉄柵の向こうから火の粉を飛ばして薪がはぜる音だけだった。男が火を見つめるのに劣らぬ強さで、女が男の姿を一心に見つめている。暖炉の火影が赤く頬に揺れているにもかかわらず、女の顔は青ざめていた。時折舌の先で唇を湿らせる。両手をしっかりと握りしめていたが、近くでよく見ると、震えているのが分かるだろう。もうひとりの男は暖炉脇の男と同じように、ズボンもプルオーバーもゆったりとしたツイードの上着もすべて黒一色、こっそりとお楽しみに出かけるような装いで、立っている男と女の両方に視線を走らせていた。煙草をふかし、感情の高ぶりや神経質な様子はまったく見られなかった。沈黙を破ったのはこの男だった。

「心配はないぞ、ハリー（ヘンリーの愛称）。何とか間に合ったよ」

ハリーと呼ばれた男はこの声にびくりとし、頷くと深いため息をついた。炎から目をそらし、足元に置かれた厚い原稿の束を見下ろした。やおら上を向くと女の顔を見つめ、彼女の訴えかけるような視線にゆっくりと微笑みを浮かべて応えた。

「何とか間に合った」と相手の言葉を繰りかえして、またため息をついた。

「でも、ほんとうに大丈夫なの、ハリー?」女が訊いた。「今回の件は――あの時とは違う、そう思うといてもたってもいられないの」

「そんなに違わないさ。彼の首か、わたしの首か、だ。前の時は彼の首か――きみの首か、だった」

「そんな言い方はいや」と言って女はぴくりと震えた。

「おいおい、グラディス」もうひとりの男が口を挟んだ。「きみの立場から見ればほとんど違いはないんだぜ。前の時もきみはハリーを失うかもしれなかったんだ――今回も同じさ。違いを目にしたのは――ありがたいことに――このおれだと思うね。ボウ・ビーヴァー――ああ、あの時はよく我慢したよな。線路脇の生け垣の下にじっと座って、汽車が通り過ぎるのを待ってたんだ――そう、今晩も似たようなもんだ、木の下に座って待つ……」

最後は笑い声になった。女は恐怖に似た表情をその目に浮かべて彼を見つめた。「よく笑えるわね」

「ああ、笑えるさ」アメリカ風の発音が強くなった。

「自分ではなにも――やらなかったからだわ」

また笑い声があがった。

「ちがうね、グラディス。自分で手を下しても同じ気分だろうよ。もう考えるのはやめにするんだ。おれはこうしてハリーと一緒にいる、昔と変わらないんだ。好もうが好むまいが、おれたちはみんな固い絆で結ばれているんだよ。最初に抜けるのはおれじゃないぜ」

もうひとりの男はまた炎を見つめていた。半ば訴えるように、半ば抗議するように、女は彼の方に向き直る。

ソロルドは渋面を作ったが、すぐにまた冷やかし半分の笑みが口の端にのぼった。

「実はな、ハリー、今晩のきみは昔を彷彿とさせたよ。ロープの上をはね回ったりぶら下がったりする姿が目に浮かんだぜ。月が出ていたらいい絵になっただろうね。ボウ・ビーヴァーもそばにいるみたいでな、きみが一仕事終えて戻ってくるのを待ちかまえ、手柄を――つまりは金だな――横取りしようと手ぐすねひいているのさ」

「いや、今晩はちがったね」ハリー・モートンは言った。

「もちろん、そっくりそのままじゃあない。きみは年をとったし、おれもだ。それに――失礼ながら――グラディスもだ。寄る年波には勝てないぜ、きみもおれも。グラディスだってそうさ」

「そういうことじゃない」ハリー・モートンは生気のない静かな声で遮った。「前の時は――そう、ハロルドは自らのつけを払わなければならなかったんだ」（女が腕に手をかけると、男はすぐにその上に自分の手を重ねた）「今晩は――自分たちを守るためだ」

「確かにそのとおりさ。そいつを読む限り、あいつは警察に駆け込む寸前だったんだ。おれたちも終わりだったってことだよ、三人ともね」

「ああ、そこが問題なんだよ」モートンは応じた。「自分たちの首を守るために、わたしはあの男をバルコニーから吊したんだ」

女がまた身震いをした。

次にソロルドが口を開いた時、その声には棘があった。

「おれの首のために、と言いたいんだろ。前の時、手を下したのはおれだからな――しかも、きみらふたりが手に入れたものは、おれの手には入るべくもなかった。おれが始末をつけると、グラディス、きみはほっとしてたじゃないか。今度のことも――そうさ、できるんだったら、もう一度おれがやってもよかったんだ」

「彼の言うとおりだよ、グラディス。今回のことは避けられなかったし、もう、やってしまったんだから、くよくよ考えても仕方がない。別の手があればよかったんだが、そんなものは……」

「そんなものはなかった」ソロルドが引き継いだ。「それに、あのちびねずみは死に値する男だったと思わないかい？　なんであいつは、おれたちのことに鼻を突っ込もうなんて料簡を起こしたんだ？　それにあのいまいましい望遠鏡だ。とんだ苦労だったぜ、覗き見の現場をとらえた時はな。忘れるもんか、登った木の枝が折れちまったんだからな。そもそも、エイマーは――あいつはビーヴァーよりもましだってのかい？」

ここでしばらく口をつぐんだ。自分の言葉が相手の胸に浸透していく手応えを感じて、ソロルドはますます自信にあふれた口調で続けた。

「それにあいつには警告もしてあったはずだろ？　一回や二回じゃないぜ。それにやつの書いたものを読んだよな。汚らわしいちび野郎だってことが分かっただろ？　ハリー、本番に備えて稽古――ああ、実験と呼んでたやつだ、もしもの場合に備えてね――をやっていて本当によかったよ。オードリー・エムワースの話から、やつが真相をつかむのは、いや真相にいたる道を見つけるのは時間の問題だと分かったわけだ。お互いに心の底では、あれが実験ではなく本番のリハーサルだと思っていた、ちがうか？　それに、やつがどんな男か――善人面した気取り屋だ――オードリーは話してくれなかったか？」

女の表情が変わり、顔から緊張が消えた。

「オードリーね、ほとんど忘れていたけれども、あなたは――あの娘《こ》が好きなのね？」

ソロルドは笑い声をあげ、少々照れている様子である。

「好きさ。それでますます命が惜しくなったことは認めよう。おれには、オードリーの気持ちは分からない。でも、おれとしては――ま、とにかく、あの卑劣なエイマーがオードリーにしたことを考えれば、あれだけの――いや、もっと――いや、いや、それでも足りないくらいだが――罰が当然だ。誘惑に失敗すると娘の貞操までも奪おうとする男だぞ……ああ、もちろん、日記だかなんだか知らないが、そいつを読むまではやつの性根は分からなかったが、今となっては明らかだ。もっとも、やつが道でグラディスを『ひっかけ』ようとしたことだけは知ってたがな」

モートンはゆっくりと頷いた。彼の表情も変わった。顔に安心の色がうかがえた。

「ああ、きみの言うとおりだよ。後悔はしていない。不愉快なことではあるが、人生はそんなことばかりだ。嫌なこともやらなければ生きてはいけない。しかしな、あれだけはやるべきではなかったんだ――ハロルド・ビーヴァーが手を下したあの事件のことだ。そのつけをあいつは払わされたんだよ。どういう結果になろうと、罪を償わせてやるとわたしは心に誓っていたんだ」

「で、エイマーの死もその結果のひとつにすぎないというわけだ、ちがうか？」ソロルドは訊いた。

「そのとおりだ」

ソロルドはそれでは足りないと言わんばかりに、

「ちがうかい、グラディス？」と迫った。

「ええ、そうね」女はゆっくりとした口調で答えたが、その声音はソロルドを納得させたようだった。

ふたたびあたりに静寂が立ち込めたが、今度もそれを破ったのはソロルドであった。

「もしオードリーが――おれのことが好きなら、ふたりで家を構えようと思う。おれたちの何といったらよいか、その、友情《フレンドシップ》がだ、終わるのは残念だ」

「協力関係《パートナーシップ》さ」

「協力関係か、なるほどな、ハリー。友情は終わりはしないもんな。では、こう言おう。別々の道を行くことになるのは残念だが、必要とあらばいつでも駆けつける――いいかい、グラディス、きみにも言ってるんだよ」（彼女の方へ投げた視線には面白がっているような表情があった）「ま、きみらはふたりきりになれてうれしいだろう。おれがいたんでは、グラディスは忘れたいことも忘れられないからな」

モートンは笑った。

「出ていく理由にはならんぞ」と彼は切り出した。

妻が割ってはいる。

「ええ、そうよ、そんな風に言わないでちょうだい。ここにいてほしいの。それにしても、もしあなたとオードリーが――まあ、とにかく嬉しく思うわ」

「それはどうも」

「妻の言うとおりだ」モートンが明るい口調で言った。

「ああ、だがね、おそらく結婚は無理だろう」

「あの娘がすべて知ってしまえば――？」ミセス・モートンが訊ねた。

ソロルドは再び笑い声をあげた。

「いや、いや、ご心配にはおよびませんよ。こちらの素性は明かさない。結婚してくれるとすれば、おれのことをずいぶんと買いかぶっているからだ。三文小説ならうまくいくだろうがね。しかし、現実は、結婚前の男の本当の姿を知ってしまえば、バラ色の結婚生活も一年で色褪せちまうってもんさ。とんでもない話だよ、グラディス」グラディスが口を開こうとするのを見て取るとあわてて先を続けた。「やりたいようにやらせてほしい。だが、このことだけは覚えておいてくれ――オードリーが知って――口をすべらせようものなら、おれだけじゃなくてハリーも大きな代償を払うことになるんだ」

「それじゃあ、あなたの幸せは――」

ソロルドは悪態をついたが、その声は穏やかだった。

「吊されるよりましさ。それに、ハリーの言う協力関係ってやつがなによりも優先だ。何よりもだ、いいね。一番重要なのは、今までやってきたように、三人の結束を固めるってことだ。そうすりゃ、安全だ」

「そうかな？」

疑問を呈したのはモートンであった。女の顔が青ざめ、ソロルドは困惑の色を浮かべて一点を凝視した。

「そうだと思う」ソロルドはようやく答えた。「これまではずっとうまくやってきたんだ、ここまできたら——そう、きみもグラディスも些細なことでおれを見捨てるわけにはいかないだろうし、自首もできない。エドガー・アラン・ポーの小説みたいな真似や、まさか良心に駆られて警察に駆け込むこともないだろう」

「そんなつもりは毛頭ないさ」モートンはそう言って静かに微笑んだ。「ただね、エイマーの死の真相を連中が嗅ぎつけるんじゃないかって、それが心配なんだよ」

グラディス・モートンは座ったまま凍り付いてしまったかに見えた。ソロルドはますます深く八の字を寄せた。

「ありえない」きっぱりと言い切った。「きみが言ったんだぜ、『塔』のなかにあった原稿——おれたちのことを書いたやつだ——は全部かっさらってきたって。家の中やほかの場所に置いてないことはオードリーから聞いて知っているじゃないか」

「弁護士がいるよ、それに私立探偵、ほかにもあちこちで聞き回っていたんだ。そいつを考えていなかった」

「いやいや、考えていたさ」ソロルドが応じた。「リハーサルの日にきみがこの原稿に目を通して、何もかも分かったんじゃないか。決行の日は慎重に決める必要があった――やつの、その、死んだ後で、報告書が届くようなドジは避けなければならないって話し合っただろ。もうひとつの心配の種は、こちらの予想よりも早くやつが警察に駆け込むってことだった。陳述書が半分しか仕上がっていなくても、それをやられた日にゃ、もうすべてはお終いだ。こいつはでかい賭だったが、おれたちはそいつに勝ったんだ。それに、最初にやつのところに忍び込んだ時に、窓を閉める暇がなかったよな。やつも気づいたが、近頃ぼんやりするようになったと思っただけだった。またしても運命はこちらの味方をしてくれたわけだ。あちこちで聞き回っていたときみは言うが、誰が連中のことを知ろうと思うんだ？　なんで警察が興味を持たなくちゃいけない？　ビーヴァーとイーストンのことを調べ回っていたんだぜ、おれたちには関係がない。しかもだ、オードリーがいる。あいつが何を調べていたか証言できる者がいるとしたら、それは彼女だけなんだ。やつが話したことをそのまま繰り返してくれるよ。映画界の天才とそのスタッフのことをね」

「警察はそれで納得するかな？　理由もなく自殺はしないだろ」

「連中が動機に固執するのは殺人の場合で、自殺の時はさほどでもない」とソロルドは答え、「殺人」という言葉を口にした時のふたりの辛そうな顔を無視した。「どこから見てもりっぱな自殺じゃないか？　使用人を外出させ、ひとり閉じこもり、『塔』の中に置いてあったロープを使ったんだ。そのロープにしたって自分で買ったんだよ、ほら、村の雑貨屋で——」

ここで言葉を切って笑いを浮かべた。

「あれも運だよな。やつがロープを買っているのに気づいたのはきみだよ、グラディス」

おそらくこの言葉には別の意味がこめられているのだろう。前の時のように今回も彼女はこの陰謀に加担していると言いたいのだ。

「で、もし自殺でないのなら、誰の仕業なんだ？　ほかの誰が『塔』の中に入って、出てこられるんだ？　雪はこちらの味方さ」

「心配の種がふたつだけある」モートンは言った。「原稿は一枚残らず持ってきたと思うが、確実じゃない。大丈夫だとは思うが、それでも——それから、バルコニーだ。足跡は残していないはずだが、雪の量が少ないんだ。つまり、バルコニーにはもっと雪が積もっているはずだと連中が気がついたら——」

「そんなのは危険のうちに入らない。くよくよ思い悩むことじゃない。もちろん、油断は禁物だ——前回もそうだったようにね。一番心配しなくちゃいけないのは、今晩また雪が降るってことだ——そうなったら、何者かが『塔』に侵入したか、しないか、確認する手だてがなくなってしまう。だがな、おれたちの運が続けば——」ここで立ち上がり、窓辺へ寄ってカーテンの隙間から外を覗いた。「続いているようだ」と言葉をついで、暖炉脇の椅子に戻って腰をおろした。「それに、エイマーの隣に住んでいる男がロープにぶら下がって十八メートルの距離を往復したなんて、いったい誰が思いつくんだ——それとも、西部の荒くれ男がやってきて、投げ縄一発でどんぴしゃ、か？

いやいや、ハリー、雪が降らない限りおれたちは安全だ。どう頭をひねったところで自殺以外にはないはずだ」

「自殺の動機があってくれればいいんだが」モートンはあくまでも納得しようとしなかった。

「いざとなったら」ソロルドは気が進まないという気持ちをあからさまにして、ひどくゆっくりと話した。「オードリーがいるさ。誰もが知っていることだ——村の噂話ってやつさ——ほかに自殺の理由がないのならそいつを利用する。そのためにグレイハーストを去ることになっても、おれは平気さ。オードリーを巻き込みたくはない——ともかくあんな噂は利用したくない。しかし、いざとなったら——」

「だめよ、あんな噂はだめ、絶対にだめ！」グラディス・モートンが声をあげた。

ソロルドは肩をすくめた。

「いいや、やらなければならない——ほかにどうしようもなくなったらな。いいかい、おれたちの協力関係が何よりも最優先だ。そうすれば、これから先も安全だ」

再び静まり返った。

ようやくモートンの緊張が解けたようである。椅子に背を預けあくびをした。

「とにかく済んでしまったことだ」つとめて気楽そうな明るい声を出した。「で、どうなるかは——そうだな、心配したところでどうにかなるわけでもあるまい。寝るか。それが一番だ」

「ぐっすりと寝ることだ」ソロルドの言葉は一見ただの繰り返しにすぎなかったが、グラディス・モートンはそれ以上のものを感じとり、その意味するところをはかりかねて不安げに顔を顰《しか》めるのだった。

「やることはやった、それだけのことさ」こう言いながらモートンは立ち上がろうとしたが、このとき、膝の上と足元の床にある原稿の束に気がついた。モートンは声をあげて笑った。そのヒステリー患者のような笑い声に、ほかのふたりは心配そうに視線を交わした。

「こいつを燃やすのを忘れていたぞ」そう言うとぴたりと笑いが止んだ。「重要な証拠品だ」

ソロルドも笑い出した。

「忘れちゃいないさ。さあ、もう寝ろよ、こいつの始末はおれに任せてくれ。起きてきたときには一枚も残ってない――新聞の切り抜き一枚たりともな」

「わたしがやろう」モートンが答えた。

「信用できないってわけか?」

声の調子にこめられた意味よりも、もう少し深刻な内容をこの言葉は含んでいるのだろうが、モートンは気がつかなかった。立ち上がるとソロルドの背中を軽くたたいた。

「三人でやろうじゃないか、ジム。三人の絆を燃え上がらせるんだ」

大きく揺れていた火の勢いはすでに弱まっていたが、三人はその脇にひざまずいて、中に原稿を投げ入れ、わずかな焼け残りもなくなるまで細心の注意を払って灰をかき回した。「これで全部かな?」最後にソロルドが訊ねた。「よし。ではおれがこれから何をするか言っておこう。また薪をくべて火をおこす、確実を期すためにな、だめおしだ。それから一服して――しみじみと事件を振り返ってみるさ」

モートンは立ち上がり背筋を伸ばした。

「一汗かいたよ」

モートンはそう言うとポケットからハンカチを取り出して手を拭き、それから額をぬぐったが、火のそばで作業をしていたために、なるほどてかてかと光っている。

額を端から端までごしごしとぬぐう——こめかみのV字型の傷の上も。汗の粒は拭き取られたが、傷は消えない。死ぬまで残るサーカス時代の記念。

しかしいま、サーカスのことも、ハローフィールドのことも、腹違いの兄、あるいは長い間協力してきたほかのふたりのことも念頭にはなかった。モートンの頭の中にあるのは、鉄製の手すりから放り出されて力無くあがくエイマーの姿と「見張りの塔」の壁を踵が打つ音、そして底冷えのする夜気の中、吊されたエイマーの姿……

「休もう」大きな声だった。「来るかい、グラディス？　ジムに一服させてやろうじゃないか。窓を開けろよ、ジム。この暑さはまるで地獄の釜だよ」

グラディス・モートンは身震いをした。

第二十三章　すべての終わり

「検屍審問に対する備えは万全かね、警視？」州警察本部長は訊ねた。

「はい」

「よろしい。簡単に片の付く事件だろう。ところで、村人の噂は知っているな、エイマーは『ある種の地位』にあったとか」

「は、そのとおりです」と言って警視は笑みを浮かべた。

「意見が合ったようだな。彼が友人じゃなかったからといって、引け目は感じんがな。グレイハーストは小さな村だ。お山の大将になるのはわけもない。しかしだ」（と立派な口髭に指をあてた）「エイマーは良家の出だし、財産なども相当に持っていた。あの男の——突然の死はさぞかし評判になることだろう」

「まったくおっしゃるとおりです。グレイハーストについてひとこと付け加えさせていただきますと、このような事件に村中が沸き返るのは目に見えています」

「そうだろうな、警視。まったくだ。しかし、これは余談だ。われわれとしては細心の注意をはらわんといかんぞ、あの男が——つまり、他に誰もいなかったとしても。この点について、きみは納得しているのか。最終的に死因を決定するのは検屍陪審だが、われわれの若い頃とは事情が違っている。警察も納得するものでなければならんのだ」

警視は逞しい体つきの男で、背筋はまっすぐに伸び、肩幅は広くがっしりとしていたが、髪の毛は白くなっており、それが見るからに不釣り合いであった。椅子の背にからだを預け、指を組み合わせている。手の甲を上に向け、手首を下げ、椅子の肘掛けの上に乗せた肘を左右に突き出して指を動かしているが、まるでそうした指の動きで、事実の断片を正しい位置に並べているとでもいうように、じっと床を見つめている。

「まず第一に地理的な配置です。お分かりですね」

本部長は笑みを浮かべて頷いた。

「この『見張りの塔』ですが、母家からは少し離れています。道が一本通じていて入り口はひとつしかありません。一階はテニスのネットなどがしまってある物置のようなところです。一階のドアを開けると螺旋状の階段があり、上りきったところにもうひとつドアがあります。その向こうがミスター・エイマーの部屋、ええ、その、隠れ家とでも申しましょうか」

警視の隠れ家という言葉の使い方に何か妙なものを感じたが、本部長は口を挟まなかった。

「手短に申し上げますと、中に入るにはドアを破らなければなりませんでした。どちらのドアにも錠がかかっていました——巧妙な仕組みの錠です。われわれが調べた限りではその鍵はひとつしかなく、ミスター・エイマーが身につけていました」

「『われわれ』というが、警視、きみは確か――」

「失礼しました、本部長。捜査に向かった警官たちを『われわれ』と言ったまでです。いいえ、本部長、ドアを破ったのはわたしではありません。わたしがいたのは少し離れた――」警視は言い訳がましく説明を始めた。

「分かっている。それはいい。からだがいくつあっても足りないのは承知している。で、誰がドアを破ったのかね？」

「こういうことなのです、本部長。金曜の午後雪が降り、同日の夕方ミスター・エイマーは使用人――全部で四人です――を活動見物にやらせています。あ、映画のことです、本部長、はい。夕食を外で済ませてから戻ると使用人には言っていたようで、邪魔をされたくなかったのですね。もっとも、隠れ家にいる時はいつもそうだったようです。口うるさい男だったと言ってもいいかもしれません。まあ、余計なことですが。十一時少し前にメイドたちが戻り、音をたてないように二階へ上がりましたが、怪しい点にはまったく気がつかなかったようです。金曜の晩はそれ以上雪は降りませんでした。

「土曜日の朝七時頃、日決めで雇われた庭師――名前はブラウンです――が通ってきました。エイマーはブラウンを常勤させていたわけではなく――また、健康保険の関係で月曜日は仕事をさせようとしなかったとブラウンは言っています。けちだったと、誰もが証言しています、ミスター・エイマーのことですが」

「使用人からはあまり好かれていなかったのだな？」

「はい。しかし、その、使用人は決して――」

「いやいや、そういうつもりで言ったのではない。ミスター・エイマーの新たな一面が見えたと思っただけだ。続けてくれ」

「はい、本部長。ええ、ブラウンの話では、『見張りの塔』が見えるところまでくると――いや、塔の向こう側がと言った方がいいでしょう――あたりをざっと見回したそうです。するとバルコニーから何かがぶら下がっているのが目に入りました……エイマーの死体だったのですが、ブラウンにはそれが何なのかはっきり分かりませんでした。『黒い芋虫みたい』だったと言っています。バルコニーは高いところにありましたが、足首には触れることができました。そして――死んでいると思ったそうですが、まったくその通りだったわけです。その服に見覚えがあるように思った――こんな調子でブラウンは言ったのです――それに、顔にも」

警視はここで喉を整えるために言葉を切ったが、おそらくその間に次に切り出す言葉を考えていたのだろう。

「ブラウンの一報で大騒ぎとなりました。しかし――ブラウンはまっすぐ署へ知らせにきたのです。見方によってはとても妙ですね。つまり、その死体がエイマーかどうか確信が持てなかったのなら、という意味ですが。しかし、これが事実でして、やるべきことは何もないと分かったからだとブラウンは言っています。男は死んでいたのですから――」

「そう、われわれはみな戦争を体験しとるからな、警視。死体がどんなものか知らない者はいないくらいだ」

「はい、そのとおりです、本部長。ブラウン――たしなみがあり、言葉に裏のない正直な男です――によると、死体がエイマーならわざわざ母家にいる女たちを怖がらせる必要はないし、それがエイマーではないのなら、何もかもエイマーは承知しているはずだから、一刻も早く警察に知らせた方がいいと思ったというのです」

「きわめて合理的だ。だが、電話をするという手もあったはずだが」

「そのことですが、ブラウンは電話には我慢ならないらしいんです」

「よく分かるよ。時代に流されない、幸せな人間も残っているということだ。それでブラウンは署にやってきたわけだな？」

「はい、本部長。通報を受けると巡査部長が部下を連れて現場に急行しました。このふたりにもお会いになりますか？」

「いや、結構。証拠集めをしているわけではない。全体の流れを聞きたい」

「お話しできるのは、このふたりから報告を受けたことだけなのですが――分かりました、本部長。ふたりはブラウンを連れてフェアローンへ向かいました。巡査部長は冷静に対処し、『塔』に近づく前に現場を調べ、雪の上に残されたブラウンの足跡を発見しました。そこから『塔』のまわりを調べていきましたが、ブラウン以外の足跡は見つかりませんでした。ところがドアのある側に来てみると一続きの同じ形の足跡が残されていました。足並みは乱れていたようです――足跡の男はまるで――ええ、かなり酔っていたのではないかと、そう思ったそうです。もちろん、足跡を調べるためにそこにじっとしていたわけではありません。頭の中にこの事実を刻み込み、後で確認したのです。そのまま塔へ向かいました。ふたつのドアを破ったのは巡査部長と部下の巡査です」

警視はふたたび言葉を切ると咳をした――時間を追って説明してきたが、ここで脇道にそれるきっかけをつかもうとしたのだろう。

「巡査部長はドアを極力壊さないように努力しました。よくやったと思います。階段や壁が迫っていて作業は難しかったのです。それよりも、重要なのは、二階のドアをくまなく調べ、指紋を採取しましたが、エイマー以外の指紋は検出されなかったということです」

ここでまた咳をして話を本筋に戻した。

「明かりをつけました。カーテンが引かれ、ガスストーブの火はつけっぱなしです。四分の一ほどウィスキーの入ったデカンターがあり、そばのタンブラーの中にもウィスキーが残っていました。どちらからも、採集されたのはエイマーの指紋だけです。床の上には――いや、これは後ほどお話しします。当然真っ先にバルコニーに駆け寄りました。ロープは鉄製の手すりに結びつけられていました。ここで巡査部長は間違いを犯したことに気づきました――ロープを切るしか方法はなかったのです。それだけではありません。三人でバルコニーに殺到したためにあたりを踏み荒らし、雪をほとんど蹴散らしてしまったのです。それでも二、三くっきりと印された足跡が残されていました。トゥーリー巡査部長はほかのふたりを下に行かせて、ロープを切って死体を降ろし、『塔』の一階にあった編み垣の上に横たえました」

「足跡は？」本部長は言葉を挟んだ。「ドアまで続いている足跡はひとつだけだったんだな？　庭師のもの以外、『塔』に向かう足跡はなかったというのだな？」

「はい、本部長。足跡はエイマーのものでした。バルコニーに残されていたのも彼のものです。ということは――」

「そうだ。まったく疑う余地がない。事実は明らかだ。ところで、床の上にあったものとは何かね？」

「ああ、そうでした。はい、たいしたものではありません。くしゃくしゃに丸められた紙で、同じ紙の束が机の引き出しの中にしまってありました。そこには『グレゴリー・エイマーによる陳述書』とだけ書かれていました」

「ふむ、どう思うかね？」

「丁寧な字ではありません――なぐり書きで文字もばらばらです。ドアまで続いている足跡がふらついていたことや、ウィスキーの入ったタンブラーなどと合わせて考えると、エイマーはかなり酔っていて――決行したんだと思います」

「文字が書けなくなるほど飲んでいたが、きみの言う『決行』するには適当な量だったと？」

「そう思っております」

「うむ、充分に考えられることだ。で、医学的な裏付けは？」

「あまり満足のいくものとはいえません、ま、これはいまに始まったことではありませんが、寒さのせいとやらで死亡時刻を特定できないんだそうです」

　本部長は肩をすくめた。

「たいしたこととも思えんがな。それだけかね？」

「いえ」ここで警視はまるで薄氷を踏む時のような慎重な眼差しで上司を見つめた。「からだのあちこちに傷があったのです。顎や両手首には打撲傷、片方の手のひらは擦《す》り剝《む》けていました。服は泥で汚れ、カラーは半分とれていました」

この話を聞いた本部長は口をぽかんと開けた。

「しかし、なんてことだ、きみははっきり自殺だと言ったぞ。いったいどういうわけだ。そうだ、雪の上にもどこにも足跡がなかったんだ、それなのに――」

「待ってください、本部長」警視のほうは自信満々、勝ち誇ったと言ってもいいくらいだった。「わたしも訳が分からなくなったんですが、別の事実が明らかになったんです。まさに棚ぼたというやつでして」

本部長はもどかしげにうなり声をもらした。

「ジョイス・ウィロビーが――この娘は――」

「知っている。で、その女がどうしたんだ？」

「バーチェル青年と一緒にやってきましてね、彼は将軍のご子息ですよ――」

「そんなことは百も承知だ。このちっぽけな村にも多少の知り合いはおるんだぞ」

「失礼しました。つまり、このふたりが訴えを起こそうと署へやってきたのです。ミスター・エイマーが――つまり、彼女を襲おうとしたと言って――」

「なんだって！」

「そうです」警視は慎重に言葉を選び、悪意のない完全に事務的な口調で答えた。「ミスター・エイマーは前からその娘に――その、ちょっかいを出していたようです。で、とうとうジョージと竜亭で食事をした後で、彼女の後をつけてきたというのです」

「女の後をつけていったと！　いったいどうしてその娘は外なんかに出ていったんだ、寒いし、雪だって積もっていたんだぞ」

「ええ、その、ミスター・バーチェルと会うためらしいんです。ちなみに、数ヶ月前にミスター・エイマーはこのふたりと一悶着起こしているようで――将軍にふたりのことを話したとか――」

「ああ、そのようなことを聞いたことがある」

「ミスター・エイマーは並々ならぬ関心を寄せていたようです。つまり、あの娘を独り占めしたかったのですね。けれども彼女は――」

「娘の身にしたら当然だろう」

「まっすぐ話をすすめましょう、本部長」警視は思いきって先を続けた。「ミスター・エイマーはふたりの関係を好ましくないと考えたようです。とにかく、手短に言いますと、エイマーはジョイスの後をつけ、家に来るように口説き始めたのです。使用人を外出させたので誰からも邪魔されないと、あからさまに言ったそうです。水浴びをしているところを見ただの、肌の上に踊る火影を見たいだの――汚らわしい科白だったとミスター・バーチェルは言っています」

「バーチェルが言っただと！　しかし、あの男は――」

「いいえ、本部長。聞いていたのですよ。ふたりが待ち合わせていたちょうどその場所で、エイマーはジョイスをつかまえて口説いたんです。そしてバーチェルが出てきて目に物見せてやったんですよ」

「つまり、率直に言うと？」

「ええ、本部長、バーチェルが言うには、顎に一発お見舞いしただけ、そして、たしか——彼の言葉を繰り返すなら、倒れたエイマーを足で軽くゆすりました。そしてエイマーの脇に立ってはっきり言ってやったそうです。彼のことをどう思っているかぶちまけたんですよ。ジョイスはジョイスで警察に行くと息巻いたそうです。グレイハースト中の噂にして、いたたまれないようにしてやるということですね。立って家に帰れと言ったところ、エイマーが飛びかかってきたらしいのです。そこで、彼はエイマーをつかむと歯ががちがち鳴るほど揺すってやった——はい、喉元をつかんでです。それから、足で強烈な一撃を加えてエイマーを家の方へ突き飛ばしました。ふたりの証言によると、エイマーは悪態や罵りの言葉を吐きながら帰っていったそうです。その後ふたりは、まっすぐにジョージと竜亭に戻りました」

警視は言葉を切ると上司の意見を待った。

「なるほど。そう、足跡のことがなければ、つまり、足跡がないという事実がなければ——」

「はい、指紋もです、本部長」

「うむ、そのとおりだ、警視。指紋もだ。この事実がなければ、誰もがバーチェルを疑うだろう。ところで——ああ、きみはバーチェルが間違いなく宿屋に戻ったか確認したのかね？　その晩の彼の行動はすべて洗ってみたのか？」

「はい、本部長。まったくきれいなもんです。しかも、これだけははっきり言えますが、彼は知らなかったんですよ、わたしがエイマーの死を伝えると腰をぬかさんばかりに驚きました」

「驚いただと？」

「はい。『でもぼくは小突いただけですよ』と言いました。お分かりでしょう、エイマーが眠ったまま目を覚まさなかったとか、そんなふうに思ったんですよ。殴ったのが原因で死んだと思いこんでいたのです」

本部長は考えを巡らせた。

「筋は通っている」きっぱりと言った。「それできみの結論は？」

「まず、死体にあった打撲傷はこれで説明がつきます。次に、自殺の動機も分かります。エイマーは耐えられなかったのです。以上がわたしの見解です」

本部長は今一つ腑に落ちないところがあるという顔つきである。

「まだ少しよく分からないのだが、わたしの知っている――あるいは耳にした――エイマーは、その名前とは似ても似つかぬ人物だったが（エイマーは性愛を意味する amor と同じ綴り）。年輩のご婦人方からちやほやされるのは好きだったが、若い娘というのはどうもピンとこない」

警視は思わず微笑がもれたが、それを隠そうともしなかった。

「猫を被っていたんですよ、本部長。それとも――そうですね、思うに、ある理由から自分の本性を抑圧している人間がいるのは事実ですね、ところが年をとるにしたがってめっきが剝《は》げてくる」

「そのとおりだよ、警視。しかし、本件がそれに当てはまるという確かな証拠があるのかね？ミス・ウィロビーの証言だけではないか？　恐喝《ゆすり》ということも考えられるだろう」

「あ、そのことでしたら実はまだあるのです。ミス・エムワースの証言があります。この娘の叔母に当たるのがレディ――」

「分かっておる。何かそのようなことを聞いた気がする。だがあれはたんなる噂話にしかすぎん、ちがうかね？　苦情か何かを持ち込んできたわけではないのだろう？　そうだろうとも。まあ、狡賢い女なんだろうがね。叔母の手には負えないんだろう」

「このふたつの事実を突き合わせると信憑性も増すと思うのですが？」警視はあくまでも自説に固執した。「それに、まだ続きがあるのです。ミスター・エイマーの弁護士から話を聞きました――ずいぶんと歴史のある事務所です。年輩の弁護士がミスター・エイマーを生まれた時から知っていました。今度のことでは非常に心を痛めていると――」

「ま、当然だろうね」

「ところがです、彼の話ではミスター・エイマーが妙な振る舞いをすることがあったというのです」

「どんな風に？」

「いろいろです。まずなによりも、たいそう横柄に構えるようになった――まるで誇大妄想に取り憑かれていたようだったと、ミスター・アンドルーズは言っていました。ミスター・アンドルーズは弁護士です。それから私立探偵を雇うようになり――」

「なんと、本当か？　これで恐喝《ゆすり》という線が浮かび上がりはせんか？」本部長は新たに思いついたこの仮説に固執しているようである。「なんのために私立探偵など雇ったんだ?」

「それが妙なところなんです。ひとつには、どうも、知りたかったのはハリウッドのことらしく――ハリウッドというのは――」

「おいおい、ハリウッドについちゃグレイハースト並みにいろいろと耳にしているんだ。それがどこにあって何をやるところかなんて、いちいち言わんでいい」

警視が傷ついたのは傍目にも明らかだったが、堅苦しい態度を崩さずに先を続けた。「ハリウッドや、映画俳優の私生活やら品行やらです。まるで、連中の真似でもしようというように。少なくともわたしにはそのように思われます。彼はシネマ・クラブの会員でもありました。つまり――」

「シネマ・クラブだって? いったいそれはなんだ?」

本部長の知らないことを見つけて警視は嬉しくなった。シネマ・クラブについて説明をし、さらに検閲を気にせずに映画が見られるというだけで、会員になっている者も少なくないのではないかと補足した。

「ミスター・エイマーをクラブの会員に推薦した男にも会いましたが、ミスター・エイマーが会員になったのもそれが目的だったのではないかという意見でした。誰もいないところでこっそりと『ラ・ヴィ・パリジェンヌ』を読んでいるのを見たことがあると言っています」

「つまりきみの考えでは、そんなもののために私立探偵を雇ったというのだね」

「はい、さらに、イーストンとかいう一家の調査も依頼していました。西部地方です。あるスキャンダル――娘が困ったことになるといった類のありふれたやつです――を掘り起こそうとしていたようです。何年も前の出来事で、何であんなものに興味を持ったのかさっぱり分からないと弁護士は言っています。要するに、男と女の事件――不義密通、と言ってもよいでしょう――にミスター・エイマーは入れ込んでいたんだと思います。探偵事務所ばかりでなく弁護士にもその調査を依頼していました――若い方の共同経営者です。ミスター・ヒルグローヴという青年で、彼の話はエイマーの振る舞いがおかしかったというミスター・エムワースに関する例の噂話もある程度裏付けるものでした。ああ、そうそう、この青年はミス・エムワースの証言を完璧に裏付けてくれましたよ。これだけは確かだというのですが、夏のある日の午後、いきなりフェアローンを訪ねて行くと、エイマーが娘にしつこく迫っていたらしいのです」

「迫っていた？」

「キスとかそんなようなことをしようとしていたんです」

「ふーむ、どうやら、思っていたよりもきみの説には強固な裏付けがあるようだ。だが、どうも納得できんのだよ――きみのエイマー像とわたしのエイマー像はずいぶんと違うもんでな。つまらん男だとは思っていたが、悪さをしでかすような男には見えなかった」

「集めた証拠がすべてひとつの事実を示していることは否定できませんよ」警視は続けた。「これもお話ししておいたほうがよいと思いますが、エイマーはわたしに何か起こるようなことを仄めかしていたんです」ここで、ジョージと竜亭の外で出会って言葉を交わした時のことを一部始終報告し、さらにつけ加えた。「ミス・ウィロビーとバーチェル青年の供述という直接証拠があるのです。ほかのものはどれも、直接証拠としては弱いですが、補強証拠としては充分です。それに、『塔』

の中の部屋がありますよ」

「部屋の中で見つけたものは、すでに報告してくれたものと思っていたが？」

「ミスター・エイマーの自殺に関係したことをお話ししただけです。部屋自体のことは――いやはや、あんな絵はご覧になったことがないでしょう。それに本もです。あの男の心の中がどうなっているかという――本性といいますか、世間にはずっと隠し通してきたあの男の一面です――はっきりとした証拠ですよ」

「なるほど。抑圧されたものの表出というやつだな」

「は、まさにそのとおりです、本部長。わたしもあの部屋を見て、新しい見方ができるようになったのです。あの男はもっとも汚らわしいヨーロッパの裏面をあさりまわっていたにちがいありません。どうりで部屋には誰も入れなかったわけですよ。鍵には特製のチェーンをつけて、昼も夜も肌身離さず持っていたと使用人は話していました」

「確かなんだな？　それをきみの結論と考えていいんだね？　『塔』の中に彼以外の何者かがいた証拠は何もないと――」

「はい、本部長。『塔』には他に誰もいなかった証拠がある、こう言ったほうが説得力が増します」

「なるほどきみの言うとおりだ。結構。次に、からだに打ち身や擦り傷が見られ、泥などが付着していたことについては説明済みだ。第三点、エイマーは――つまり羊の皮をかぶった狼だったという証拠を握っている。そうだな？」

「はい、本部長。そして、わたしの結論はこうです。エイマーが正気だったとしても、自殺する動機は充分すぎるほどあったのです。地主だかなんだか知りませんが、世間の人たちが一目置く人物であり続けようと、エイマーが骨を折っていたことは確かです。本性を隠し通すのにそれこそ異常なほどの努力をかたむけていました――『塔』の鍵のことだけではありません。数ヶ所に分けて妙な調査を依頼しています。ところがちょっとやりすぎて、ミス・ウィロビーとバーチェルに化けの皮をはがされることになり、本当の姿を公表してやるとぶちまけられました。訴訟沙汰になる恐れが出てきたのです。ところで、本部長もあの男が高慢な小心者で、まるで全能者のように振る舞っていたことはご存じでしょう。この数ヶ月でますますうぬぼれが強くなったこともはっきりしています。そこで伺いますが、本部長、自殺の原因としては、どれもこれも納得できるものばかりではありませんか?」

州警察本部長は天井の一点に視線を注いだままである。

「そのとおりだ」一語一語かみしめるように言った。「きみの言うとおりだと思う。あとは陪審が納得してくれるかだ」

警視は自分の説が認められ、見るからに嬉しそうである。

「実は」本部長は天井を見つめたまま続けた。「動機はさておき、いまひとつよく分からんのだが、自殺以外には考えられんのだろうか。たとえば事故だが、これはまず除外できるな――ま、どのみち、事故ではわれわれの出る幕はない」

「事故は問題外だと思います。ロープは首に巻き付いているのですから――」

「ああ、そう、そう、ロープはどんなやつだ?」

「ちょっと以前に、エイマー自ら村へ出かけて一巻き買い求めたもので、『塔』の中に――一階です――置いてありました。それを切って使ったのは間違いないでしょう。しかし、わたしが申し上げたいのは、まず第一にロープはバルコニーに堅く結ばれていたこと。第二にロープの輪は引けば締まるような結び方になっていたこと。第三に、誤ってそのような結び方になってしまったと考えたとしても、つまりバルコニーから降りようとした時にですよ――」

「なんでそんなことを?」本部長はさえぎった。

「ええと、その、ことにおよんでいるときに『塔』の中にいると見せかけるためです――アリバイ工作というわけですね。結局、明かりと火はつけっぱなしになっていたんですから」

「うーん。しかし、カーテンは引いていた。いや、ありえんことだな」

「わたしもそう思います。それに、抜け出すつもりなら、ロープをもっと長く切るはずです――使用したロープの二倍の長さが残っています。なぜわざわざ短いロープを使って、一メートル半の高さから飛び降りるようなまねをするんでしょう? それに、戻ってきたときに二階まで登るつもりなら、ロープは長い方が簡単――いや、そうしなければ手が届かないのです。帰りに使うつもりがなかったのなら、どうしてあれほどきつくバルコニーに結わえ付けたのでしょうか? 二倍の長さのロープを使うことで事は足りたはずです。両端をしっかり結び合わせ――」

「もういい」本部長は話を遮った。「そうだな、最後にひとつだけ聞いておきたいことがある。隣の家だが、『塔』は敷地の境界のすぐそばに建っている。隣の住人は何か見聞きしていないのか?」

「いいえ。隣にはモートンという夫婦が住んでいます。ひっそりと暮らしていて、村人もあまりふたりの姿を見かけません。ミスター・エイマーとも行き来がありませんでした——実を言うと、エイマーの家を訪れようとはしなかったとか、何とかいう噂があります。つまり、エイマーが夕食に招待した時に断ったとか。エイマーがすぐにかっとなる男だったのはご存じだと思います」

「とにかく何も見てもいなければ、聞いてもいないのだな?」

「はい。家にいて遅くまで起きていたそうですが、何も気がつかなかったと言っています。庭を散歩するような晩ではなかったし、それに——」

「もちろんだとも。あまり期待はしていなかった。もし殺人事件だとしたら、叫び声を聞いているかもしれんと思ったまでだ」

「では、すべて納得されたと?」

「ああ、わたしはな。おそらく検屍陪審もだろう。いや、ご苦労だった、警視。このような小さな村では自殺でもたいへんな事件だ。新聞があまり加熱しなければいいんだが。『大事件! グレイハースト殺人事件公判』などと書き立てかねんからな。ほかに何かあるかね? 検屍審問に臨む用意はすべて整ったと思ってよいのだな?」

「抜かりはないと思います、本部長」

解説　探偵の研究

真田啓介

1　はじめに

本書の作者ミルワード・ケネディは、わが国の読者にはなじみが薄いものと思っていたが、年季の入ったミステリ・ファンにとっては案外そうではないのかもしれない。年季といってもこの場合二十年や三十年では駄目で、その倍くらいは必要なのだが。

することもない休日の午後など、雑誌のバックナンバーを何冊か引っ張り出してきて（その選択はアットランダムでなければならない）、あちこち気ままに拾い読みするのはまた格別の楽しみである。古い雑誌の黄ばんだページの間には、その時代の空気が封じ込められている。素朴なセンスの広告に郷愁を誘われたり、今よりも肉太な活字のたたずまいに不思議な新鮮味を感じたり。そしてもちろん、年月のかなたに埋もれてしまった数々の記事を掘り起こして読む面白さがある。そこには時折、ささやかな発見の機会も待ち受けている。

つい最近も、戦前の探偵雑誌〈探偵春秋〉を眺めていたら、思いがけずミルワード・ケネディの名に出くわすことになった。同誌昭和十二年三月号に、須藤蘭童という人の書いた「ロンドン便り」なる見開き二ページのエッセイが載っていて、これは前年十二月にロンドンで行われたドロシイ・L・セイヤーズの講演を紹介する内容のものなのだが、そこにこんな記述が見られる。

最初セイヤズ女史は、日本でも馴染まれている探偵小説家のミルワード・ケネディ氏に紹介されて登壇、縁無し眼鏡をつけたまま、ザッと小一時間あまり、現実生活の殺人、紙上の殺人、舞台での殺人に就て講演した。

「日本でも馴染まれている」とあるからには……やっぱり、なじまれていたんでしょうなあ。

実際、調べてみると、ケネディの長篇第三作（単独名義の作品としては第二作）*Corpse Guard Parade*（1929）は、原書刊行の翌年に『死の濃霧』の題で〈新青年〉に翻訳連載されている。もちろん抄訳ではあったが、戦前の翻訳事情からすれば異例の紹介の早さである。このほか、短篇もいくつか翻訳されているから、〈新青年〉時代からのオールド・ファンには、ケネディはそこそこ知られた存在であったろう。

右の記述からもう一つうかがえるのは、ケネディがセイヤーズと親交があったらしいことである。この講演会は〈サンデー・タイムズ〉主催のブック・エキジビションの折に開かれたものらしく、二人とも同紙で探偵小説の書評を担当していたから、ディテクション・クラブ（ロンドン探偵作家クラブ）のメンバー同士という関係のほかに、その面でもつながりがあったのだろう。本書の二百二ページ、グレゴリー・エイマー氏の手記の中の、当代の代表的な探偵作家を例示する文脈でセイヤーズの名が挙げられていることも、二人の交友の一つの裏付けとなろう。（もっとも、セイヤーズはこのような場合によく引き合いに出されるので、格別有力な証拠になるわけでもないが。[1]）

このときのセイヤーズの講演はなかなか面白いものだったようで、きちんとした記録が残っていない（と思われる）のが残念だが、「ロンドン便り」によると、こんな一幕もあったらしい。

『探偵小説に、「モースト・アンライクリー・パーソン」という陳腐なギャグを持ち込むのは、もう流行りません。』と、女史は断言した。

「陳腐なギャグ」には恐れ入るが、たしかに、探偵小説のトリックなるもの、客観的に見ればギャグの類にほかなるまい。ただし、それが陳腐に陥るかどうかは、作家の腕しだいというべきだろう。本書もある意味では most unlikely person テーマの作品といえるのだが、そこに独特のひねりが加えられることによって他に類例のないヴァリエーションをなし、一読忘れがたい傑作となっているのだから。

2 作者について

戦前いち早く長篇が翻訳されたケネディだが、原作が特に出来のよいものでもなかったせいか、さしたる評判も呼ばなかったようで、後続作品の紹介が相次ぐという具合にはいかなかった。戦後も翻訳されたのは短篇二つと、彼も参加しているリレー長篇二作だけであり、現在にいたるまで作者の真価を知らしめるに足る代表作の紹介は行われなかった。翻訳されたわずかの作品ですら、現時点では手に取ることが難しくなっている。こうした状況では、やはり大方の読者にとってケネディは未知の作家であろう。

若い読者の中には、本全集既刊キャメロン・マケイブの『編集室の床に落ちた顔』を読んで、そこで引用されていた書評からケネディのことを探偵小説の「著名な評論家」として認識されていた方もいるかもしれないが、それはケネディの持っていた一つの顔にすぎない。セイヤーズやバークリーなどと同じく、実作者としてもすぐれた作品を残していることを知っていただきたいと思う。

そこでまず、作者の紹介から始める必要があるが、筆者は先に本全集第10巻の月報でケネディについて一文を草しているので、その内容と若干重複するところがあるのはご容赦願いたい。

I　作家事典風の素描

ミルワード・ケネディ（Milward Kennedy）　本名、ミルワード・ロウドン・ケネディ・バージ（Milward Rodon Kennedy Burge）。一八九四年、英国生れ。オックスフォード大学卒。官吏及びジャーナリストの経歴の傍ら探偵小説を書き、また、探偵小説の書評家としても著名だった。一九六八年歿。

ケネディの公的な経歴は赫赫《かっかく》たるもので、第一次世界大戦では情報部で軍務に就き、戦功章を受けた。終戦後に短期間カイロの財務省に勤務した後は、ＩＬＯ（国際労働機関）に入り、ジュネーヴ本部での勤務を経てロンドン事務局長に就任、長くその地位にあった。第二次大戦ではオタワで再び情報部の仕事に携わったが、終戦後は公務を退いてジャーナリズムの世界に転じ、〈エンパイア・ダイジェスト〉誌の編集長を務めた。

探偵作家としては、一九三〇年代・四〇年代を中心に活躍し、別名義・合作を含めて二十作の長篇と若干の短篇を発表した。別名義としては、ロバート・ミルワード・ケネディ（Robert Milward Kennedy、ゴードン・マクドネルとの共著による処女作 *The Bleston Mystery* にのみ使用）及びイヴリン・エルダー（Evelyn Elder、三〇年代初頭の二作に使用）がある。合作には右の処女作のほか、ディテクション・クラブのメンバーによるリレー長篇『漂う提督』（一九三一）と『警察官に聞け』（一九三三）があり、特に後者では全体構想の立案・解決篇の執筆という重要な役を任されていることからもうかがえるように、ディテクション・クラブの初期における中心的なメンバーの一人であった。

ミルワード・ケネディ単独名義の長篇は十五作あり、戦時中の情報部勤務の経験を生かしたと見られるスパイ小説などもあるが、大部分は本格ミステリである。ただし、これといったシリーズ・キャラクターはなく、初期にコーンフォード警部物、私立探偵ジョージ・ブル卿物が二冊ずつ書かれたほかは、すべてノン・シリーズ物となっている(2)。

その作風の中心をなす本格ミステリの中にも二つの系列が見られ、オーソドックスなタイプのものと、「ケネディ流」とでも冠したい、ひねったタイプのものがある。後者の作品ではシニカルな視点と意地の悪いユーモアが特徴的で、その点、アントニイ・バークリーの作風にも通じるところがある。そのバークリーに宛てた序文の付された本書は後者のタイプの代表作といってよいが、オーソドックスな本格物の中にも、バーザン／テイラーの *A Catalogue of Crime* でも激賞されている *The Murderer of Sleep*（1932）のような佳作がある。

書評家としてはセイヤーズの後を受けて〈サンデー・タイムズ〉の書評蘭を担当し、長く健筆をふるった。サザランド・スコットは『現代推理小説の歩み』の中で、ケネディについて「有能で、歯に衣を着せない批評家でもある」と述べている。

II 別の視点

右のスケッチは、海外の作家事典等の記述に基づき、できるだけ客観的にまとめてみたものなのだが、もとより、こうした教科書的な記述だけで一人の作家の全体像がとらえられるはずはない。そこで、同時代の作家仲間の目に映ったケネディ像を紹介することで、その補いとしてみたい。登場願う作家はいずれ劣らぬ巨匠たち――ジョン・ディクスン・カー、アントニイ・バークリー、ドロシイ・L・セイヤーズの三人である。

カーの視点

ダグラス・G・グリーンによる評伝『ジョン・ディクスン・カー〈奇蹟を解く男〉』の第八章には、ディテクション・クラブの会員たちに関する興味深い記述が数多く見られる。ケネディについてもそこで言及されているのだが、その扱いは好意的とはいえず、いまやほとんど完全に忘れ去られている女流作家アイエンシ・ジェロルドについてふれた後、「彼女よりいくぶん重要だが、今日ではほとんど知られていない」[3]作家としてケネディの名が挙げられるのである。

これはあくまでグリーンが書いた文章であって、カーの視点とは別物であるわけだが、カーのケネディに対する評価も高いものではなかったようだ。「ディテクション・クラブに加わる前に、カーはケネディに面白がらせてもらい、悩まされもした。」

面白がったというのは、チェスタトン編のアンソロジー『探偵小説の世紀』にケネディの短篇が収録された際に、彼が自らを「フィクションのほかならぬこの分野で巨匠たちと肩を並べるものである」と位置づける宣伝文句を書いたことについてである。このアンソロジーが編まれた一九三五年までにはケネディもそれなりの実績を上げていたのだから、あながち身の程知らずともいえなかろうし、また一種のユーモアであったろうと筆者は思うのだけれども、[4]カーには存外謙遜なところがあって、ベスト作品の選出に自作を含めるようなことはしなかったから、ケネディの自信過剰な物言いが気にさわったのかもしれない。

悩まされたというのは、ケネディが〈サンデー・タイムズ〉に書いた書評に関してで、出版社との契約の関係で別名義「カーター・ディクスン」を用い始めたときに、ケネディが書評で作者の正体を詮索したことにカーはひどく腹を立てていた。もっとも、カー名義とディクスン名義の作品の間の作風の類似は別としても、ペンネーム自体が同一人物であることを宣言しているようなもので、ディクスンの正体は誰にも明らかだったろうから、それを指摘されたからといって腹を立てるというのはどんなものであろうか。グリーンの本には書かれていないが、「歯に衣を着せない」ケネディがカーのいずれかの作品に厳しい評価を下したこともあったかもしれず[5]、それがカーのケネディ観に大きく影響したという可能性はあるだろう。

ケネディが書評の中で、作家たちにもっと地図や見取り図を入れてほしいと要望していたことに対するカーのコメントもなかなか辛辣である。曰く、「やつがフリート街の大縮尺の地図なしでどうやって新聞社に原稿を届けられるのか、私にはわからんね。あの男のことだから、電話ボックスで迷子になったり、地下鉄に乗って殺されかねない。ただ、やつにもべつに悪気はないんだ。よかれと思って言っているだけなのさ」。ケネディの要望は、本格ミステリのファンからすれば至極まともなものに思われるのだが、要するにそりが合わなかったということであろうか。

なお、カーの妻クラリスの言うところによれば、ケネディの外見は次のごとし。「巨漢でした。体格がよくて長身、肩幅も広くて、体全体が少し太りぎみでした」。

バークリーの視点

ケネディについて語られるとき、彼と親交があった人物としてバークリーの名が挙げられることが多いが、実のところ、その交友関係を直接証拠立てる資料は見当たらない。互いに書評家として相手の作品を取り上げたことはあったかもしれないが（少なくともケネディがアイルズの『殺意』について論評を加えていたことは、マケイブ『編集室の床に落ちた顔』での引用から分かる）、それぞれが相手の人物についてふれた文章を目にすることはできない。

したがって、その「親交」は間接的に推測されるものである。先述したように両者の作風に似通ったところがあることから、お互いの作品に関心を持ち合っていたであろうし、二人ともディテクション・クラブの中心的なメンバーであったから、その運営等の場面で話をする機会も多くあったことだろう。これらは状況証拠だが、それ以上にはっきり裏付けとなる証拠が一組、作品自体の中に残されている。

バークリーに宛てられた本書の序文と、その返礼として三年後にバークリーが *Panic Party* (1934) ——シェリンガム物の最後の長篇となった作品——に付したケネディ宛ての序文がそれである。このやり取りは友情に満ちたエール交換といったのどかな性格のものではなく、ちょっとした毒が含まれているのだが、それを言うにはまず *Panic Party* の序文がどんなものだったか、お目にかける必要がある（拙訳により引用）。

親愛なるミルワード・ケネディ様

貴兄は以前公刊された書物において、推理の興味のみで読ませる作品を書けるかどうか、私に挑戦されました。ここできっぱりと申し上げますが、私にはそんな退屈なことをする気はさらさらありません。その代わりに、多大なる喜びをもって、それとは正反対の本を貴兄に献じたいと思います。我々が共に所属している厳格なクラブのあらゆる戒律を破り、それがためにおそらく私の会員資格が剝奪されることにもなるであろうこの本を。

——アントニイ・バークリー

Panic Party は「あらゆる戒律」を破るところまではいっていないが（そういうことができたら、それはそれで大したものだ）、フェアプレイの探偵小説ということは到底できず、多くの批評家の顰蹙《ひんしゆく》を買った作品である。全篇推理的興味のみの作品を書いてほしいと注文を出した相手にこのような作品を捧げるというのは、皮肉たっぷりで、いかにもバークリーらしいパフォーマンスといえるが、こうした真似ができたのも、裏を返せばケネディとの関係がまったく遠慮のない間柄であったからだろう。

『第二の銃声』から四年たったこの時点で、バークリーは「推理」を退屈（tedious）であると言っている。著者一流の皮肉な応酬を演出するレトリックでもあったろうが、それだけではないような気がする。こういう言い方をした背景を筆者なりに探ってみれば、このときのバークリーの気持の中には次の二つの要素が混じっていたのではないかと思う。

一つには、先に自分に宛てられた本書の序文を読んで、バークリーは必ずしも快く思わなかったのではないか。本書の序文でバークリーは「小説の技巧においてすでに名人の域に達している貴兄」などと持ち上げられてはいる。多少のお世辞が含まれていたとしても、それはうれしいことであったろう。しかし（以下はバークリーの内心の声である）、――「推理じたいを物語のモチーフに」した作品を貴兄なら発表してくれるのではないでしょうか、とは何事か。そのような作品を自分はもう書いているではないか。『毒入りチョコレート事件』こそ、まさにそうした作品ではなかったか。……これはもちろん筆者の想像にすぎない。だが、客観的に見てケネディの要求は既に『毒入りチョコレート事件』が十分に満たしていたと思うし、その方向でこれ以上の作品が産み出せるとも思われない。バークリー自身そう考えていたであろうことは、『第二の銃声』の序文において、自分はプロットや構成に工夫をこらす実験は『毒入りチョコレート事件』で試し終わったので、今度は第二の試みをするのだと宣言していることからもうかがうことができる。

本書の序文において、ケネディはどのようなつもりでバークリーに挑戦したのか。そこにもしバークリーの過去の達成を否定する（少なくとも十分には評価しない）意図が含まれていたとしたら、その毒はバークリーを刺激したことだろう。しかし、筆者には何となくケネディはあまり底意のある人だったとは思えないので（カーの目に映ったやや滑稽な人物像に影響されているせいかもしれない）、序文で「推理」の方向を強調したのは、単に本格物の愛好者として「心の過程」を追求する方向に反発した結果——その揺り返し——であるように思われる。そうであるとしても、公的な場で挑戦されたことだけで、バークリーはカチンときたのではないかと思うが。

バークリーの気持の中にはもう一つ、頑なに「推理」への志向を崩さないケネディに対する、そう、何といったらよいか、一種の軽侮の念があったのではないか。『第二の銃声』で転回の方向が示され、『殺意』と『犯行以前』が強力な牽引車となって、ミステリ文学はいまや新たな道を進みつつある。その時代の流れを理解しようとせず、というより、それを認識しながらことさら背を向けようとするケネディの姿勢に、バークリーはある狭小さ、あるいは貧困、といったものを感じたのではなかったろうか。

こうした二つの思いが入り混じって「退屈」という言葉になったのではないかと推測するのだが、それを証するものは何もない。バークリーに名を借りた筆者の視点だと言われるなら、批判は甘んじて受けるほかない。

セイヤーズの視点

三人の中では、セイヤーズが最も好意的にケネディを見ていたようである。それを裏付ける証拠を、間接的なものと直接のもの、二つあげてみよう。

間接的な証拠というのは、セイヤーズの編集した探偵小説傑作集である。セイヤーズ編のアンソロジーとしては、*Great Short Stories of Detection, Mystery and Horror*（米版 *The Omnibus of Crime*）vol. 1〜3 がその序文とともに有名だが、セイヤーズはその後、デント社のエブリマンズ・ライブラリ叢書の一冊として、*Tales of Detection*（1936）という小型の本も編んでいる。後者の収録作品は十九篇で、前者の三巻本が合計七十五篇を収録していたのと比べると量的には四分の一にすぎないが、「それだけに、セイヤーズの好みによって撰りすぐったものが入っているわけで、ベスト・テン或はベスト二十を求めるような場合にはこの方がはるかに参考になる」（江戸川乱歩[6]）と言われるように、独自の価値をもった珠玉の傑作集なのである。そのポオに始まる厳選された十九作の中に、ケネディの作も含まれているのだ。（ちなみに、三巻本の第二巻にもケネディの短篇が採られているが、他の作家は一人一篇ずつなのに、ケネディだけがなぜか二篇収録なのである（ただし英国版のみ）。優遇の証拠でなくて何であろうか。）

右の十九作の作者のうち、第一次大戦後に活動を始めた人々は次の十人である。――ロナルド・ノックス、アガサ・クリスティー、アントニイ・バークリー、F・W・クロフツ、ジョン・ロード、セイヤーズ、ヘンリー・ウエイド、H・C・ベイリー、C・デイリー・キング、そして、ケネディ。アメリカ作家からキング一人が入っている理由は良く分からないが（戦前の作家ではポオのみ）、他の顔ぶれは当時のイギリス探偵文壇の一流どころばかりであり、セイヤーズはケネディをこのクラスの作家として位置づけていたわけである。（アイエンシ・ジェロルドよりいくぶん重要、といったレベルでは決してなかったのだ。）

直接の証拠は、セイヤーズの書簡集の中に見出される。アメリカの学者でシャーロッキアンとして有名だったハロルド・ベル宛ての一九三三年三月十二日付の手紙[7]には、シャーロック・ホームズに関する話題が満載なのだが（この時期ベルはホームズ学文献のアンソロジーを企画中でセイヤーズにも相談をもちかけていたらしく、その返事と見られる）、その話題の一つとして、ホームズ物のパロディを書ける作家の品定めが行われている。ロナルド・ノックス、ヘレン・シンプソン、グラディス・ミッチェル[8]、E・C・ベントリーといった名前が上がった後に、ケネディが登場するのだ。拙訳により引用してみると、

ミルワード・ケネディはとても魅力的で元気いっぱい、そして愛想のよい人で、文章が上手です。ホームズの文体を真似られるかどうかは分かりませんが、彼にはウイットとユーモアがあります。彼は有力候補だと思います。

人柄は別にしても、セイヤーズに文章をほめられる作家というのは、そういないはずである。ケ

ネディについてはこれで終りなのだが、次の数行がすこぶる興味深いので、引用を続けさせていただく。

……他にも何人か、熱意をもって取り組むだろう人たちを知っていますが、彼らはたぶん、本物の特徴を捉えそこなってしまうでしょう。これはデリケートな問題なのです。たとえば、アントニイ・バークリーは、パロディ作家としては粗雑すぎます。F・W・クロフツは文体が平凡すぎますし、ジョン・ロードのおやじさんときては、完璧な仕事人ではあるのですけれど、芸術家としてはどんなものでしょうか。（この中傷的な意見はぜったいに内緒にしてくださいね!!! みんな私の友人なんですから！）

内緒にしてという女性のお願いを無視してしまったのは、いささか恥ずべき行いではあるが、文学史の真実究明のためには、筆者の名誉を犠牲にすることも吝《やぶさ》かではないのである。ちなみに、失格の判定を受けた三人のうち、バークリーにはホームズ物パロディの実作があるが、それを読む限りでは、バークリーびいきの筆者といえどもセイヤーズの判定に異をとなえる気にはなれない。(9)

3　本書について

（本書及びバークリー『第二の銃声』の内容にふれていますので、未読の方はご注意ください。）

本書は、その前年（一九三〇年）に刊行されたアントニイ・バークリーの『第二の銃声』を意識して書かれた作品であると考えられる。その理由としては、とりあえず、

①本書の序文に「貴兄は、殺人にいたるまでの『心の過程』を追求する新たな道を見いだ」し、「この新しい方向性を垣間見ることのできる優れた作品を発表しています」と書かれているのは、性格描写や作品の雰囲気を発展させる方向での実験たることを宣言し、人間性の謎の重視を標榜する序文を掲げた『第二の銃声』を念頭に置いていると見られること

②両作品とも、作中で重要な役割を果たす人物の「草稿」ないし「手記」を主体に構成されていること

の二点を挙げることができるが、これら表面的なつながりのほか、両作の間にはより深い意味での内的連関が認められる。その連関の意味は一言では説明が難しいのだが、写真のポジとネガの関係に類するともいえようか。いずれにせよ、もし『第二の銃声』がなければ、本書は少なくとも現にあるような姿では存在しなかったろうと思われるのだ。

そこで、以下においては『第二の銃声』と対比しながら本書の内容を吟味してみたいので、両作品を未読の方はご注意いただきたい。

Ⅰ　手記だ、当然のことながら(10)

読者の中には、右で『第二の銃声』を引き合いに出したことに疑問を感じた方もいるかもしれない。「『心の過程』を追求する道」を開いたのは、『第二の銃声』というよりもむしろ、フランシ

ス・アイルズ名義の『殺意』ではないか、と。たしかに、作品内容的には『殺意』の方が序文の文脈により適合するように思われる。

ここでちょっと時間の順序を整理しておくと、

一九三〇年十月　『第二の銃声』初版刊行
一九三一年一月　『殺意』初版刊行（形態はペイパー・バック）
同年八〜九月　『殺意』が〈デイリー・エクスプレス〉紙に連載される
同年十月　『救いの死』初版刊行

という具合であるから、本書の序文で念頭に置かれていた作品は『殺意』だという見方も十分可能であるように思われる。というより、筆者自身てっきりそう思い込んでしまい、本全集の月報に寄せたケネディの紹介文の中にも「著者はバークリーが（アイルズ名義の作品で）開拓した犯罪心理の探究の方向を評価しながらも」などと書いていた。しかし、その際筆者はある事実を失念していたのであり、その事実に照らせば序文が言及している作品は『殺意』ではありえない。遅まきながらそのことに気がついたので、右の文中の括弧書きは削除訂正をお願いしたい。

その事実というのは、本書の刊行時点では、アイルズがバークリーの別名であることは秘密にされていたということである。エアサム・ジョーンズが当時の新聞雑誌の切り抜きをもとにまとめた「フランシス・アイルズとは誰か」(11)という文章によると、『殺意』の作者アイルズについては、有名作家のペンネームであるというほか何も明らかにされず、その正体をめぐって様々な推理や憶測が乱れ飛んだ。第二作『犯行以前』の刊行時（一九三二年五月）においても秘密は守られており、そのジャケットには、それまでに疑いを向けられた二十人の作家の名前がズラリと列挙されている。リストの中にはオースチン・フリーマン、エドガー・ウォーレス等のミステリ作家のほか、E・M・フォースターやオルダス・ハックスリーのような文壇の大家も含まれていた。この作者あてゲームにようやくバークリーの名が登場するのは一九三二年九月のことで、正解を導いたのは、自身も推測の矢を向けられたE・M・デラフィールド[12]だった。

右の経過からすると、本書の序文を書きながらケネディが思い浮かべていた作品は、『第二の銃声』しか考えられないことになる。（あるいは、公的には伏せられていたアイルズの正体を、ケネディほか親しい友人だけは知っていた、という可能性もあるが、仮にそうであったとしても——そうであればなおさら、親友の秘密を暴露するような文章を公にしたとは考えられない。）この場合、「心の過程の追求」というテーマに結びつくのは、『毒入りチョコレート事件』に匹敵する多重解決ミステリとしての印象がつよい作品本体よりは、『殺意』の出現を予告したかに見える有名な序文の方であり、本書の序文はそれに対する反論とも読めるから、まず『第二の銃声』の序文の内容を振り返ってみよう。

バークリーの序文の論旨は、次のように要約できる。探偵小説を発展させる道として考えられる二つの方向、すなわち、

①プロットの構成に様々な工夫をこらす

②人物の性格や作品の雰囲気に意を用いる

のうち、『第二の銃声』は後者の試みとして書いたものである。そして、今後優勢を占めていくのはこの後者の方向であり、時間や場所や動機や機会の謎に代わって、人間性の謎が重視されることになるだろう、と。

これに対してケネディは、②の方向の試みに一定の評価を与えながらも、それでは「推理」から離れていってしまうのではないかという懸念を述べ、自分は「推理」を主題とした作品を書いていくのだと宣言している。ここで用いられている「推理」(Detection)という言葉は、必ずしもバークリーの序文の中の言葉とは対応していないが、制作側の視点からすると探偵小説の推理はプロットにより支えられるのだから、大きな枠組みでとらえれば、それは右の①の方向を支持する態度表明とみてよかろう。

それでは、そのようなケネディの創作姿勢が、本書では具体的にどのような形で現れているだろうか。ここで「手記」という構成の問題が浮上してくる。先にもふれたとおり、『第二の銃声』も本書も「草稿」ないし「手記」という一人称視点の書き物を主体に構成されており、そのことがそれぞれの探偵小説的趣向に大きな関わりを持っているからである。

手記だ、またしても——。

本書の刊行当時、ディクスン・カーがこれを手にしていたとすれば、こんな呟きをもらしたのではなかろうか。というのは、評論「地上最高のゲーム」の中の、記述者即犯人トリックの作品についてふれた箇所で、『第二の銃声』にも言及しながら彼は次のように書いていたからである。「……

一時期あまりにもこれが流行したため、またしても語り手が犯人ではないかとびくびくせずに、一人称の物語に取りかかることができなくなってしまったくらいだった。[13]」

しかし、本書は一人称記述ミステリの常套を脱している――という以上に、目ざましい新機軸を打ち出していると評価できるだろう。(カーの心配は杞憂に終ったはずだが、カーのことだから、それよりもエイマー氏殺害の〈密室トリック〉[14]の方に気をとられていたかもしれない。)

本書の構成を、作者に成り代わって「再構成」してみれば、

○手記の筆者が犯人である――これはもう、陳腐なギャグになりつつある。

○探偵小説に必須の登場人物は――犯人と探偵、そしてもちろん、被害者だ。

○とすれば、手記の筆者が探偵というのはどうだろう。あるいは、被害者というのは。そうだ、それを同時にやってのけたら……。

かくして、探偵が手記を書き、犯人を突き止めたあげくに新たな被害者になるという、独特の構成をもった本書が生れた――のではなかったろうか。

先に本書がある意味では most unlikely person テーマの作品だと書いたのは、「最も意外な被害者」という趣向の作品とも読めるからだ。いま読んでいる手記の筆者であり、探偵である人物が被害者になってしまうとは、いったい誰に予想できるだろう。作者は序文で「真相が明かされるかなり前に、読者はすでに結末を見越していることになるでしょう」と述べているが、そういう読者がたくさんいるとは思えない。

手記が終り、「別の視点」と題された第二部が始まったとき、読者は当然どんでん返しを予想す

る。それはせいぜい、犯人に関する別の解釈——エイマー氏の誤れる解釈に代わる事件の真相といったもの——が示されるのだろうという予想であろう。しかし、眼前に展開していくのは、事件の全体像に関する無意識の前提を根こそぎくつがえすような、驚くべき事態なのである。そこに感じる意外感は、ある種の不快感——自分のいる安全地帯が侵犯されるかのような不安な感覚をも伴っている。

いま題名も作者も思い出せないのだが、筆者は以前、一人称で書かれた短篇ミステリで、その語り手が最後に殺されてしまうというプロットの作品を読んだことがある。そのとき手にしていた雑誌(?)を床にたたきつけたくなるほど腹が立ったのは、語り手が殺される場面までが彼の一人称で書かれていたからである。この場合、一人称の記述は、どのような意味で成立するのだろうか。はじめからあり得ない設定で「結末の意外性」を演出されても、そこには探偵小説的趣向として評価できる何物もない。その噴飯ものの筋立ても、構成の仕方に一工夫あれば本書のような傑作たりうるのである。

改めて思うのは、探偵小説における構成法、ないし物語の語り方の決定的な重要性である。書かれる話の内容如何ではなく、それがある形式で書かれることによって、その話は探偵小説となるのだ。探偵小説の本質は、それに従った書き方がされることにより小説が一定の効果(謎解きの興味、意外性等)をもたらすことになる、その形式にこそある。

本書の場合も、素材としての物語(そこには、浮気女エリザベス・ビーヴァーの一代記、暗い過去から人気俳優にはいあがったハロルド・ビーヴァーの物語、ヘンリー・モートンの復讐と殺人の物語、ふとしたことからそれらと関わりを持つことになったグレゴリー・エイマーの生活と意見、等々が含まれている）からは、その取扱い方によって、どのような種類の小説でも――バルザック風の人生絵巻からジェイムズ・ジョイス風の言語実験まで、人間心理の解剖記録から血沸き肉躍る冒険活劇まで――書き上げることができたろう。それら無数の可能性の中からただ一つの種類を選び取るのは、第一次的には作者の意思であるが、探偵小説の場合にはそれ以上に物語構成の方法論がものをいう。その素材が過去を探る者の「手記」という形式の中に取り込まれ、加えて異なる視点の導入という構成上の工夫をこらしつつ語られたことにより、本書ははじめて探偵小説として成立したのだ。

以上に見てきたように、「手記」タイプのミステリに一ひねりを加え、新たな意外性を開発した点に、この作の探偵小説としての特長、探偵小説的趣向の大きな達成を見ることができる。……とりあえずは。

だが、勘所は本当にそこか。どこか見当違いの読み方をしてはいないか。

もう一度本書の序文を読み直してみよう。作者は本書を「『推理』を主題とした小説」だと書いている。右に見た特長は、バークリーの序文にいう第一の方向、プロットの構成に工夫をこらした結果ではあっても、「推理」が主題となっているといえるのか。探偵役の人物が事件を調査しながら手記を書いているという設定をとることによって、そこでは推理の過程が逐次公開される形にはなっているが、それだけのことでは、「推理」を主題としているとまではいえないのではないか。いえるのである。見方を変えてみるならば。

序文で「推理」と訳されている言葉は、原文ではDetectionである。序文の文脈においては「推理」という訳で適当と思われるが、Detectionにはもう少し意味に広がりがあって、推理もそのうちに含まれる探偵の作業、要するに「探偵すること」である。これを、探偵行為の主体をもイメージの中にすべり込ませながら「探偵」といってしまえば、本書はまさに探偵を主題とした物語なのである。

つまり、本書は「人はなぜ探偵をするのか」という問いに「好奇心ないし詮索癖から」という答えを出し、それゆえ探偵というのは不愉快でハタ迷惑な存在であること、それゆえ罰せられねばならぬこと、そしてその罰としての死が、探偵される側のみならず彼自身にとっても救いであること――を語っているとも読めるのだ。

探偵小説の主人公たる人気者の探偵たちは、何がしかエキセントリックな性格や愉快ならざる性癖を付与されてはいても、基本的に愛され、又は畏れられる、プラスの価値を体現した人物として描かれている。そうでなければ、シリーズ・キャラクターとしての地位を保つことは難しいだろう。だが、そこでは個性的な風貌や持ち物、ユニークな趣味や特技といった色とりどりのデコレーションの下に探偵というものの本質が隠蔽されている。その本質は、「まだらの紐」事件でロイロット博士が名探偵に浴びせかけた罵言の中に端的に表現されている。――「この悪党め！　きさまのことは前から聞いて知っとるぞ。お節介者のホームズじゃろうが！　……出しゃばり屋のホームズめ！」[15]。名探偵はこれを微笑を浮かべながら聞いているだけなのだが……。

探偵小説の作者であるドイルのペンから出た表現は、まだまだ穏やかなものだった。しかし、探偵小説に何ら顧慮するところのない文学者、しかも彼が探偵嫌いを公言して憚らない人物であったりすれば、憎しと見た相手をこきおろす筆鋒はことのほか鋭い。

「凡《およ》そ世の中に何が賤《いや》しい家業だと云つて探偵と高利貸程下等な職はない[16]」という見解を表明するのは漱石の『吾輩は猫である』（一九〇五—〇七）の主人公だが、飼主の苦沙弥先生の意見はさらに激烈である。

> 探偵と云ふ言語《ことば》を聞いた主人は、急に苦い顔をして
> 「ふん、そんなら黙つて居ろ」と申し渡したが、それでも飽き足らなかつたと見えて、猶《なお》探偵に就て下の様な事をさも大議論の様に述べられた。
> 「不用意の際に人の懐中を抜くのがスリで、不用意の際に人の胸中を釣るのが探偵だ。知らぬ間に雨戸をはづして人の所有品を偸《ぬす》むのが泥棒で、知らぬ間に口を滑らして人の心を読むのが探偵だ。ダンビラを畳の上へ刺して無理に人の金銭を着服するのが強盗で、おどし文句をいやに並べて人の意志を強《し》ふるのが探偵だ。だから探偵と云ふ奴はスリ、泥棒、強盗の一族で到底人の風上に置けるものではない。そんな奴の云ふ事を聞くと癖になる。決して負けるな[17]」

引用が続いて恐縮だが、もう一つだけ、おつきあい願いたい。司馬遼太郎唯一のミステリ『豚と

薔薇』（一九六八）の〈あとがき〉にあるという文章で、瀬戸川猛資『夢想の研究』からの孫引きである。

私は、推理小説に登場してくる探偵役を、決して好きではない。他人の秘事を、なぜあれほどの執拗さであばきたてねばならないのか、その情熱の根源がわからない。それらの探偵たちの変質的な詮索癖こそ、小説のテーマであり、もしくは、精神病学の研究対象ではないかとさえおもっている。(18)

探偵――それはお節介者の出しゃばり屋か。スリ、泥棒、強盗の類か。暗い情念を抱えた変質者か。あるいはそれ以外の何者かであるとしても、いずれ人から疎《うと》まれるべき存在なのか。そして、それならば――

人はなぜ探偵になるのか。

探偵小説の制度としての名探偵という存在を無条件に受け入れることのできる作家であれば、このような問題は何ら考慮する必要がなかったろう。たとえば、アガサ・クリスティーやジョン・ロードがお抱え探偵たちの功名譚を次々に書き続けることができたのは、一つにはそんな問題に頭を悩ませたりしなかったからだと考えられる。あるいは、F・W・クロフツの警察官やロナルド・ノックスの保険調査員のように、探偵を職業にしてしまえば、そこを素通りすることができた。(19)だが、この問題に自覚的な作家がアマチュアの探偵を起用するときには、事柄は単純でなくなる。作家は犯人の動機と同じくらい、探偵の動機にも神経を使わざるを得ない。

　例としてセイヤーズの場合を見てみよう。『誰の死体？』で初登場したピーター・ウィムジイ卿は、探偵仕事について「生活のためという以外に、こんなことをする言い訳はない[20]」と感じながらも、「事件に取り組むようになったのも、気晴らしのためでした。戦争が終わってすぐに辛《つら》いことがあって、そのせいで塞《ふさ》いでもいましたし[21]」と言い訳しつつ捜査に関わっていくのである。「探偵という仕事に手を染めたのは、……人生が塵と灰ばかりに見えた一時期において気分を高揚させるためだった[22]」（『雲なす証言』）、「探偵しているんです。趣味で。生来の詮索好きにとっては罪のない捌《は》け口《ぐち》になるんですよ。さもないと内に向かって、内省と自殺をもたらすかもしれませんからね[23]」（『不自然な死』）、といった具合に初期作では同じ言い訳が繰り返されるが、ピーター卿がシリーズ・キャラクターとしての地位を確立してしまえば、そんな言い訳も不要になっていく。「娯楽としての殺人」には「趣味としての探偵」で十分釣り合うといえなくもない。

　批評的意識にすぐれたもう一人の作家、バークリーの場合はどうであったろう。彼の場合はもう少し事柄の本質に迫り、ロジャー・シェリンガムを無作法な人間として造形した。無作法な人間であれば、他人の迷惑などおかまいなしに思う存分好奇心や詮索癖を発揮し、ごく自然に探偵活動に入っていくことができるわけである。だが、それは初めだけのこと。シェリンガムがシリーズ・キャラクターとして生き延びるためには、しだいに無礼な態度を改めていかねばならなかった。第三作 *Roger Sheringham and the Vane Mystery* の頃までには、彼は押しの強いところはあるが潑剌とした愉快な紳士に変わっており、最終作の *Panic Party* では、孤島でパニック状態に陥った人々に対して理性的にリーダーシップを発揮するヒーローとまで化しているのである。シェリンガムの人間的成長は、バークリーの作家的堕落の裏返しであったかもしれない。

シリーズ・キャラクターに色目を使わない本書の作者は、ワン・チャンスで徹底的に探偵の本質を暴いてみせた。グレゴリー・エイマー氏は最初期のロジャー・シェリンガムの精神的血縁であり、好奇心や詮索癖をさらに多く持ち合わせている人物である。エイマー氏は「手記」の中でたびたび隣人を探偵する動機についてふれ、映画俳優に対する芸術的な興味からなのだと仮定の読者を（加えて自らをも）納得させようとしているが、それは「公式見解」で、その裏には歪んだ好奇心と自分をコケにした人間たちへの恨みつらみが渦を巻いていることを読み取るのに、さほどの読解力は要しない。行間に見え隠れする下劣な欲望、うぬぼれと自己弁護に塗り固められた彼の人格の卑小さが、（そこに自ずとにじみ出るユーモアを楽しめるという一面はあるにせよ）読者に不愉快な気持を起こさせることを作者は容認している。というより、そのような効果を意図して、第一部の「手記」は注意深く言葉を選んでつづられている。探偵というものの真実の姿を読者の前に提示するために。ここには、動機の面から探偵という病の症例が克明に記録されている。アイルズの『殺意』が殺人者の研究であったとすれば、本書は、それと同じ方法論による「探偵の研究」なのである。

そして、別の見方をすれば、これはアイルズの『犯行以前』に先行する被害者の性格研究でもあるだろう。エイマー氏が殺されなければならなかった理由をなす彼の行為と人格は、いやおうなしに自らをさらけ出す結果となる彼の手記の中に描きつくされているのだ。全集月報の紹介文で筆者は、本書について「序文にいうようなDetectionじたいの興味で読ませる作品であるが、一方でアイルズの作品にも通じるようなおそろしさも感じさせる」と書いていた。単純に読後の印象を記したまでで、自分でもその意味を十分理解してはいなかったのだが、そのとき感じていた「おそろしさ」の正体を分析してみれば右のようなことになるだろう。

このように見てくると、本書の序文に表明された作者の創作姿勢と、作品が現実に達成しているものの間には、矛盾が感じられはしないだろうか。すなわち、『第二の銃声』の序文に示された二つの方向のうちでは、作者は第一の方向（プロット）を重視していたはずだが、結果においては第二の方向（キャラクター）で成果が上げられている。そして、このネジレは『第二の銃声』でも、逆の関係において既に見られたのである。『第二の銃声』では、作者の意図は第二の方向への試みであったが、結果においては第一の方向での達成たる外観を呈しているのだ。先にポジとネガの関係と言った意味がお分かりいただけるだろうか。

プロットとキャラクターが作中で覇権を争う、この両者のせめぎ合いこそ、この時期の英国探偵小説を高い水準に導き、「黄金時代」を現出した原動力ではなかったかと思われる。ロナルド・ノックスの分析によれば、プロットとキャラクターという小説の二大構成要素のうち、探偵小説は基本的にプロット優位の小説として成立した(24)。しかし、プロットだけに興味の中心を置き、他の要素を無視した小説は、早晩行き詰まる運命にあった。そこで新鮮な空気として求められたのがキャラクターの風である。『第二の銃声』の序文が作品を離れて有名になったのは、ちょうどその時にあたっていたからでもあろう。ここにおいて、プロットをさらに練り上げることにより行き詰まりを打開しようとする勢力と、キャラクターに生命を吹き込むことにより小説としての活力を取り戻そうとする勢力とがぶつかり合い、角を突き合わせながら新しいステージに上っていくことになった。『第二の銃声』と『救いの死』は、右のような状況を呈していた一九三〇年代初頭のミステリ・シーンの縮図として読むこともできるだろう。

以上、『第二の銃声』と対比しつつ、全体的な構成と主題の観点から吟味を行ってきたが、視点を変えればまた別の読み方も考えられよう。筆者にもまだ、

○「手記」のテキスト自体に着目して、その成立事情、構成要素等を分析する視点
○エイマー氏の探偵としての業績、すなわち二つの事件の謎解きのプロセスをチェックする視点
○エリザベス・ビーヴァーが不義の子を身ごもってからエイマー氏が殺害されるまでに至る一連の事実を年表にした上で、何をどういう順序で語ったことによって本書が出来あがったのかという、探偵小説の構成法を研究する視点

などから本書を読み直してみたい気持がある。だが、いくら見方を変えてみたところで、要するにみな筆者の視点であり、そこから読み取れるものを書き続けてみたところで、本稿全体が「第一部解説者の手記」にとどまるという事情は変わらない。

第二部の語り手は、別の視点の持ち主——読者であるあなたをおいて他にない。

（1） 同じ場所でセイヤーズのほかJ・J・コニントンの名も挙げられており、彼らはゴランツ社の看板作家であった（そ

して、本書を含むケネディの多くの作品も同社から刊行された）ことからすると、商業政策的な意味合いも強く感じられる。

(2) 本書の序文で、探偵役の存在が際立つと物語の構成上の面白さを弱めかねない、と書かれていることからすると、作者はプロットを重視する観点から、意識的にシリーズ・キャラクターを避けたのだとも考えられる。（商業政策的には、それが得策だったとは思えないが。）

(3) 以下、カギ括弧による引用部分は、国書刊行会版の森英俊・高田朔・西村真裕美訳による（同書二一六頁）。

(4) カーによるベスト・テンとして知られる傑作長篇十選の中に、カー自身の作品は含まれていない。その出版企画に対する序文として書かれた評論 The Grandest Game in the World を〈EQMM〉に掲載した際、エラリイ・クイーンはそのことにふれ、「その除外は告発の言葉なしで見過ごすわけにはいかない」と述べている（〈ミステリマガジン〉昭和47年9月号掲載「世界最大のゲーム」（宮地謙訳）の「編集者序文」参照）。

(5) ケネディに作品を酷評された作家の一人にレオ・ブルースがおり、『結末のない事件』の中で、（おそらく前作『死体のない事件』が）「冗長」と評され、綴りの間違いまで指摘されたことをこぼしている。

(6) 江戸川乱歩「英米の短篇探偵小説吟味」（『続・幻影城』所収）。

(7) Barbara Reynolds (ed.), *The Letters of Dorothy L. Sayers 1899-1936: The Making of a Detective Novelist* (Hodder & Stoughton, 1995), pp. 329-334.

(8) シンプソンとミッチェルは、ディテクション・クラブのリレー長篇『警察官に聞け』の参加メンバーで、探偵役を交換して互いに相手のパスティーシュをものしており、そんなところからセイヤーズは彼女らの才能を認めていたのではないかと思われる。

(9) バークリーの実作としては、「ホームズと翔んでる女」（エラリイ・クイーン編『シャーロック・ホームズの災難〔上〕』（ハヤカワ・ミステリ文庫）所収）等がある。セイヤーズは前記『警察官に聞け』においてバークリーと探偵役を交換しているから、バークリーに描かれたピーター・ウィムジイ卿の姿にも不満があったのかもしれない。（このピーター卿のパスティーシュは、筆者にはなかなかのものと思われるのだが。）

(10) ウンベルト・エーコ『薔薇の名前』（河島英昭訳、東京創元社）の序文の表題を借用した。

(11) Ayresome Johns, Who Was Francis Iles? —The Debate (*The Anthony Berkeley Cox Files: Notes Towards a*

Bibliography（Ferret Fantasy, 1993）所収）。その内容は、『創元推理3』所収の久坂恭「知られざるアントニイ・バークリー」でも紹介されている。
（12）「帰ってきたソフィ・メイスン」（創元推理文庫『怪奇小説傑作集2』所収）で知られるイギリスの女流作家。バークリーは *The Wychford Poisoning Case*（1926）を彼女に献じているが、同書の序文から二人が犯罪学に関して熱心な議論を交わしていたことが知られる。
（13）カー「地上最高のゲーム」（森英俊訳、翔泳社刊『グラン・ギニョール』所収）。同書二一三頁。
（14）ロバート・エイディーによる不可能犯罪物ミステリの研究書 *Locked Room Murders and Other Impossible Crimes*（増補改訂版 Crossover Press, 1991）には、本書のトリックもしっかり収録されている。ただし、同研究書のフォーマットによると「探偵」の項目にエイマー氏の名前が入ってしまうというおかしな結果になっており、こんなところにも本書の「型破り」な性格が現れている。
（15）『詳注版シャーロック・ホームズ全集2』（ちくま文庫）四三四頁（中野康司訳）。
（16）・（17）『漱石全集』第一巻（岩波書店、一九九三年）一四一頁・五二八―五二九頁。
（18）瀬戸川猛資『夢想の研究』（早川書房）五四―五五頁。
（19）ノックスの場合は、マイルズ・ブリードンを「不本意ながらの探偵」として描き、探偵というのは卑劣なスパイだと語らせていることからして、この問題を意識していたと思われる。
（20）・（21）セイヤーズ『誰の死体?』（浅羽莢子訳、創元推理文庫）一七一頁・二四〇頁。
（22）セイヤーズ『雲なす証言』（浅羽莢子訳、創元推理文庫）一二〇頁。
（23）セイヤーズ『不自然な死』（浅羽莢子訳、創元推理文庫）五〇頁。
（24）本全集既刊ノックス『サイロの死体』の解説を参照。

〈著作リスト〉

A　長篇

※〈C〉はコーンフォード警部物、〈B〉はジョージ・ブル卿物

1 The Corpse on the Mat〔米題 The Man Who Rang the Bell〕(1929)〈C〉

2 Corpse Guard Parade (1929)〈C〉『死の濃霧』訳者不詳(〈新青年〉昭和5年5月号～8月号)

3 Half-Mast Murder (1930)

4 Death in a Deck-Chair (1930)

5 Murder in Black and White (1931)　※イヴリン・エルダー名義

6 Death to the Rescue (1931)『救いの死』横山啓明訳(本書)

7 Angel in the Case (1932)　※イヴリン・エルダー名義

8 The Murderer of Sleep (1932)

9 Bull's Eye (1933)〈B〉

10 Corpse in Cold Storage (1934)〈B〉

11 Poison in the Parish (1935)

12 Sic Transit Gloria〔米題 The Scornful Corpse〕(1936)

13 I'll Be Judge, I'll Be Jury (1937)

14 It Began in New York (1943)

15 Escape to Quebec (1946)

16 The Top Boot (1950)

17 Two's Company (1952)

B 合作長篇

1 The Bleston Mystery (1928)

※ロバート・ミルワード・ケネディ名義。ゴードン・マクドネルとの共著。

2 The Floating Admiral (1931)『漂う提督』中村保男訳〈ミステリマガジン〉昭和55年7月号～9月号／ハヤカワ・ミステリ文庫、昭和56年）

※ディテクション・クラブのメンバーによるリレー長篇。著者の執筆部分は、第六章「ラッジ警部、考えなおす」。

3 Ask a Policeman (1933)『警察官に聞け』宇野利泰訳〈ミステリマガジン〉昭和59年1月号～6月号／ハヤカワ・ミステリ文庫、昭和59年）

※ディテクション・クラブのメンバーによるリレー長篇。著者は全体の構成を企画するとともに、解決篇である第三部「もし知りたければ——」を執筆している。

C 短篇

1 Mr. Truefitt Detects (1930)「トルウフィット君の手柄」訳者不詳〈探偵小説〉昭和7年7月

号）／「靴」延原謙訳（〈新青年〉昭和8年夏季増刊号）

2　Death in the Kitchen（1930）「台所の死体」延原謙訳（〈新青年〉昭和9年春期増刊号）／「ウヰスキイの壜」大友敏訳（〈ぷろふいる〉昭和11年11月号）／「台所の死体」二宮佳景訳（荒地出版社『一分間ミステリ』、昭和34年）

3　The Superfluous Murder（1935）「無用の殺人」真野明裕訳（創元推理文庫『探偵小説の世紀　上』、昭和58年）

4　End of a Judge（1940）

5　The Accident（1951）

6　The Fool（1954）

7　You've Been Warned（1955）

8　The Lost Ambassador（1961）

※なお、戦前の翻訳として他に次のものがあるらしいが、邦題及び時期から推して原作は3と考えられる。

○「湖底の自転車」藤島黎子訳（〈新青年〉昭和13年夏期増刊号）

D　エッセイその他

1　A Chance for Amateur Detectives／Report on the Competition（1930）

※ディテクション・クラブのメンバーによる合作『屏風のかげに』がBBCでラジオ放送された際に、ケネ

ディが出題した犯人当て等の懸賞問題と、寄せられた解答への講評。一九三〇年の放送時に作品のテキストと併せて〈リスナー〉誌に掲載され、一九八三年にゴランツ社から刊行された The Scoop *and* Behind the Screen の付録として再録された。(同書の邦訳『ザ・スクープ』(中央公論社)ではこの部分は省略されている。)

2 Are Murders Meant?(1939)
※ジョン・ロード編のアンソロジー Detection Medley に収録された実在の犯罪者をめぐるエッセイ。

3 Murderers in Fiction(1939)
※ Detection Medley に2と併せて収録された小説中の犯罪者をめぐるエッセイ。

訳者紹介

横山啓明（よこやまひろあき）

一九五六年、北海道生まれ。

早稲田大学第一文学部卒業。

翻訳家。主な著書に「海外ミステリー事典」（共著、新潮社）、訳書にマシュー・バンソン「シャーロック・ホームズ百科事典」（共訳、原書房）などがある。

世界探偵小説全集30

救《すく》いの死《し》

二〇〇〇年一〇月五日初版第一刷発行

著者――ミルワード・ケネディ

訳者――横山啓明

発行者――佐藤今朝夫

発行所――株式会社国書刊行会

東京都板橋区志村一―一三―一五　電話〇三―五九七〇―七四二一

http://www.kokusho.co.jp

印刷所――株式会社キャップス＋株式会社エーヴィスシステムズ

製本所――大口製本印刷株式会社

装丁――坂川事務所

装画――影山徹

編集――藤原編集室

ISBN――4-336-04160-1

世界探偵小説全集

1. 薔薇荘にて　A・E・W・メイスン
2. 第二の銃声　アントニイ・バークリー
3. Xに対する逮捕状　フィリップ・マクドナルド
4. 一角獣殺人事件　カーター・ディクスン
5. 愛は血を流して横たわる　エドマンド・クリスピン
6. 英国風の殺人　シリル・ヘアー
7. 見えない凶器　ジョン・ロード
8. ロープとリングの事件　レオ・ブルース
9. 天井の足跡　クレイトン・ロースン
10. 眠りをむさぼりすぎた男　クレイグ・ライス
11. 死が二人をわかつまで　ジョン・ディクスン・カー
12. 地下室の殺人　アントニイ・バークリー
13. 推定相続人　ヘンリー・ウエイド
14. 編集室の床に落ちた顔　キャメロン・マケイブ
15. カリブ諸島の手がかり　T・S・ストリブリング